魅丽文化

曾经多想变成你

毕 夏 著

CENG JING
DUO XIANG
BIAN CHENG NI

广东旅游出版社
GUANGDONG TRAVEL & TOURISM PRESS
悦读书·悦旅行·悦享人生

中国·广州

图书在版编目（CIP）数据

曾经多想变成你 / 毕夏著. —广州：广东旅游出版社，2017.10
ISBN 978-7-5570-1113-0

Ⅰ.①曾… Ⅱ.①毕… Ⅲ.①短篇小说－小说集－中国－当代 Ⅳ.① I247.7

中国版本图书馆 CIP 数据核字（2017）第 228850 号

出 版 人：刘志松
总 策 划：邹立勋
责任编辑：梅哲坤
选题策划：吴小波　马　叛
文字编辑：马　叛

广东旅游出版社出版发行

（广东省广州市越秀区环市东路 338 号银政大厦西楼 12 楼　邮编：510030）
邮购电话：020-87348243
广东旅游出版社图书网
www.tourpress.cn
湖南关山美印有限公司
（宁乡县金洲镇关山社区 11 组）
880 毫米 ×1230 毫米　　32 开
10 印张
200 千字
2017 年 10 月第 1 版第 1 次印刷
印数：10000 册
定价：32.80 元

【版权所有侵权必究】

本书如有错页倒装等质量问题，请直接与印刷厂联系换书。

序

我不喜欢夏天，却喜欢你

原／城

广州最近奇热无比，走在路上随时都觉得自己快融化了，一丁点儿想看书或者写东西的欲望都没有，可我还是要挤一挤自己的脑袋瓜来给毕夏写个序。

很多人觉得长篇难写，动辄十几二十万字，由于网络小说的发展，一两百万字的小说也稀松平常，他们认为一个故事要写那么多字太难了，而自始至终我都觉得短篇之难难于上青天。

百万字的故事，我们可以拿大把字数去渲染去铺垫，而短短一万字里，要交代清楚人物与事件，并且要写得动人，十分耗心血。

由于我本人不爱看书，导致毕夏的小说我也没看多少，但三五篇还是仔细品过的，是好看。最爱的是他把年少的情感写得真实而生动，他很擅长把握人性的美好与瑕疵，所以他的短篇看起来总是很饱满。

饱满的故事才好看，这毋庸置疑。

一个人的文字或多或少都会映射作者本人的影子，读毕夏的文字与故事，会读出真实与精致，他正是这样的人。

前几天恰逢我们一个共同的朋友失恋，在我看来失恋的痛苦是别人安慰不了也分担不了的，心里的坎儿只有自己能过去，所以我不太过问这些事。私下里他却和我说："你看他还好吗？我很担心他的情绪，他会不会很难挨。"

在这个每一个人都很擅长表现自己友好善良的时代里，他是一个难得的友好与善良的人。

至少我一直觉得那些在私下里会担心朋友的人，都是真正值得交往的人。

我略矫情，但凡我觉得人品不怎么样的作者的作品，我都不会关注，封面都不愿意看一眼。虽然这很偏激，我们不能因为一个人的人品去否认一个人的作品，但好的作品太多了，我更愿意把我的精力和金钱送给那些值得我去品味的人和书，比如我和你们共同喜欢的毕夏。

　　既然你我品味如此相同,那我们也就是朋友了。既然是朋友,客气的话就不多说,干了这杯夏天的冰激凌,读完这本西瓜味棉花糖之书,你就会觉得手里捧到了四季,拥有了热与清凉,看懂了爱与彷徨。

　　愿好运与好书伴你们常在,愿毕夏有美好的你们常伴。

目录

序 我不喜欢夏天，却喜欢你 ·1

冥王星的眼泪　　　　·002
告别天堂　　　　　　·022
未完局　　　　　　　·042
当时光跨过温柔的河　·060

孔雀东南飞　　　　　　·080
乌云背后的幸福线　　　·102
在日落的黄昏最想你　　·126
喜欢你是生长在相片里的花　·146

CONTENTS

我和劳拉　　　　　　　66
那个迟来的夏天的盛放　88
你是世界上唯一的光　　10
骗子　　　　　　　　　30

我在你遥远的身旁　　　·248
不爱了我就送你远航吧　·268
最后的晚餐　　　　　　·284
后记　和青春认真地告个别 ·304

- 曾经多想变成光芒万丈的你
- 朝着你闪耀光芒的地方努力
- 想不到有一天就变成了你

谨以此书献给那些在暗夜里努力过的日子

≈ 冥王星
的眼泪

曾经的　　朝思暮想

如今的　　念念不忘

一

——你做过的坚持最久的事情是什么呢？

——爱一个人。从 2006 年至 2015 年，9 年，整整 3285 天。

二

"我叫汤博，和发现九大行星之一冥王星的那个汤博同一个名。"

要不是被爱好天文的顾启明威逼利诱拉着去豆瓣天文爱好小组的同城活动，我大概这辈子都不会遇到你。迟到的我们来到聚会地点甫一坐下，刚好轮到你上台做自我介绍。说话的时候你扬着头，语气里是满满的得意。

可是你的话音刚落下，就有人泼了你一盆冷水："冥王星不是刚被九大行星除名吗?"

"那怎么了?在我心里它永远属于九大行星。"我看到有慌乱从你的眼里一闪而过,但你仍继续坚持自己的观点。

听到你这么说,台下的人都笑了,看到这个场景的你一下子就红了脸。

那一刻,有一种莫名的情愫在我心里浮动。我用力打了一下身边笑得格外激动的顾启明,连忙站起来走到台上,你见势立马下了台。

"大家好,我叫尹歌,很开心认识大家。"说到这里我望着台下停顿了一会儿,"今年1月9日,在肯尼亚航天中心,'新视野'号探测器已经发射升空前去探测冥王星,我相信它一定会为冥王星正名,让冥王星重新回到九大行星之列。"

说到后半句话的时候,我看到下台后一直低着头的你突然抬起头来望向我。不知道是你的眼睛太过明亮还是对于刚刚说的话没有底气,那一刻我心如擂鼓。在台下的人还没反应过来的时候,我佯装潇洒实则仓皇地下了台。

聚会结束后一伙人去了一家提供自助餐的KTV,顾启明起先还陪在我的身边鞍前马后,但很快我就被人来疯的他抛到了一边。正当我一个人坐在角落无所事事时,同样被人冷落的你沉默着走到我的身边坐下。

"尹歌,下午谢谢你。"说着你向我举起酒杯。

包厢里音乐声嘈杂,但你的声音还是一字不差地落入我耳里。

我的脸不知怎么突然变得滚烫，我举起杯子想和你碰杯，却被你一把拦下。

"小孩子不能喝酒。"你微笑着望着我，眼睛深邃澄澈如夏季黑夜的天幕。

汤博，这是 2006 年 9 月，我们第一次见面。

那一天，我在你的眼里看到了红着脸慌乱无措的自己。

三

我没想到会这么快再遇到你。

那天，我晚自修去老师办公室问问题耽误了时间，为了在熄灯之前赶回寝室，我选择了从小树林走抄近路。白天的小树林漂亮又凉快，晚上的小树林灯光昏暗树影婆娑，整一个阴森森的感觉。胆子极小的我一边埋怨着顾启明不等我，一边低着头快步向前走，走到一半的时候我突然就撞到了两个人。

在我闭着眼睛大声尖叫的时候，我听到你的声音："尹歌？"

听到有人叫我，我睁开眼睛来，暗淡昏黄的灯光下你看着我一脸的疑惑，你的身边还站着一个面色绯红的女生。一下子就猜到了大概的我转身要走，你却像遇到救星般拽住了我。

"桑陌，你看我没有骗你吧，我说有事，就是在这里等尹歌然后送她回寝室。现在她来了，那我先走了。"

"这谁啊？我以前没听说过啊。"你拉着我奋力往前跑，桑陌软糯的声音从背后传来。猎猎的风吹乱我的头发，我侧过头看到你英俊的侧脸在路灯下一明一暗，像一尊完美的雕塑。

很多年后我还会想，如果那一晚我没有走小树林，我们之间的命运是不是就会不一样。

那一晚之后，你时不时来找我吃饭找我玩。然后，我知道你是我们学校高二的学生，知道桑陌是你们年级里数一数二的美女，而你，则是她热烈追求的对象。当然，我也知道了每一次见到你时胸腔里飞速跳动的小火苗是什么。

你在学校里很受欢迎。你是学校天文社的社长，下面有包括桑陌在内的近八十号社员。为了有很多的机会见到你，对天文知识一点都不感兴趣的我也加入了天文社。天文社每个月都会举办一次活动，有时候是天文知识讲座，有时候会外出观测。我入会后，每次活动你都让我给你打下手，这让我觉得开心不已。

年少的爱都带着毫无保留的付出，每个星期天晚自习的时候我都会把从家里带的好吃的分给你。每次去你班里找你的时候大家都会起哄，而你都会红着脸笑着说我是你妹妹。

有一天晚上我去你班里找你扑了空，桑陌走出来把我拉到了一边。

桑陌很瘦很漂亮，白皙的皮肤像剥了壳的水煮蛋，一双眼睛像两汪清泉。她看着我，一副欲言又止的样子。

"怎么了？"我问她。

"你以后不要来找汤博了，其实你每次来教室找他大家起哄的时候他都很尴尬，他都不好意思告诉你。还有，他很少吃零食，你给的东西他每次都分给大家了。"

听了桑陌的话后我失魂落魄地回到教室，顾启明看到我这个样子，问我是不是被你欺负了。我说了句"没有"，低下头，眼泪顿时就落了下来。

那之后，我很久没有找你，而你不知道是不是因为学习忙，也很默契地没有找我。

大概过了一个月，你突然找到了我。你告诉我已经升入高三的你学业很忙，最近家里事情也很多，所以一直都没有找我。

我的鼻子在见到你的第一秒就阵阵发酸，听到你说了这么多，我的泪腺温热无比。我问你是不是每次我来找你都给你造成了困扰，我问你是不是每次都把我送你的零食分给了别人。

你没有说话，但是我从你的眼里看到了一闪而过的紧张和慌乱。下一秒，我不知从哪里来的勇气，仰着头看着比我高出一头的你说："我喜欢你。"

你显然没有想到我会突然这么说，你红着脸连连倒退了好几步，你手足无措的慌乱样尽收我的眼底。

"我……我从来没有想过这些。高考后我才会考虑这些……"

还没等你说话，我就打断了你的话。一个人想去做一件事的时候只有一个理由，一个人不想做一件事情的时候总有无数个理由。

"好的，那我不会打扰你了。"说完这句话我转身，任凭你在后面喊都没有回头。

汤博，这是 2007 年。你高三，我高二，我们认识一年多。

四

你高三的那一年里，我没有再找过你。因为学业，你退出了天文社，而我也再没有去参加社团里的活动。我经常会在学校里看到你，每一次见到你我都会远远地走开。我害怕我们见面会彼此尴尬，我更害怕面对你，我那该死的自尊会瞬间瓦解。

是的，虽然我没有和你再见面，但我一直都在搜罗你的信息。你每次的大考成绩我都知道，你每天早上几点从寝室出门每天晚上几点回去我都知道……我还侧面打听到了你想报考的大学以及桑陌想要和你上同一所大学的消息。

汤博，你高考的那三天，学校给我们高一高二的学生放了三天假。这三天里，我比你起得还早。每天早上，我躲在学校门口一两百米开外的地方看着你拿着文具袋走进考场，每天考试结束后，直到你走出考场坐上公交车我才慢慢回家……

那三天里，我一直都在许两个愿。第一个愿望是，你可以超常发挥然后考进自己心仪的学校。第二个愿望是，希望桑陌发挥失利远离你的世界。

我没想到你会主动找到我，在高考结束的第一天。

那时候，我们已经整整两个学期没有说话。脱下校服的你穿着白色的微微发皱的 polo 衫，整个人在阳光下闪闪发亮。你咧着嘴笑着露出洁白的牙齿，我慢慢地走向你，每一步都带着对于你突然到访的欣喜和不确信。

"嘿，尹歌。"直到听到你叫我，我才知道这不是梦。

我们没说几句上课铃就响了，后来你就一直等在外面直到我放学。放学后，你带我去了学校旁边的商业街。商业街很热闹，我们肩并着肩向前走，谁都没有开口说话。直到快走到尽头的时候，你才支支吾吾地开了口。

"这一年里，其实……其实我经常想起你。"

听到你这话，我停下了脚步。我抬起头望着满面羞怯的你，心里涌动着巨大的喜悦。

接着你告诉我因为家庭，对于高考你承受着巨大的压力，所以你不得不暂时推开我，心无旁骛地认真学习。但是这一年里，你经常会想起我，你很想和我聊聊学业上遇到的困难和心里无法排解的压力，但一想到高考这座大山和不确定的未来，你又重新投入到书海之中。

"幸好，我坚持到了最后。幸好，你也一直没有放弃。"在说这话的时候你拉住了我的手，我的身体不由得轻轻地发了一下抖。我不敢看你，因为我的脸早已滚烫滚烫的，像天边无际的晚霞那么红。

这一天，是2008年的6月。认识不到两年的时间，我们走到了一起。

五

每个高三毕业生在高考成绩出来前的那段时间，都会没心没肺地尽情玩耍，你也不例外。很多活动，你都会带上我，有时候在活动中大家调侃我们，我能感受到桑陌传来的杀气。

但是，我一点都不介意。没有什么事情比和你在一起更重要了。那时候的我，是真的觉得和你在一起就拥有了整个世界。即使有再多的艰难险阻，我都觉得是幸福的，是快乐的。

高考成绩出来后，你第一个打电话给我。电话里你每句话最后一个字的音调都微微地上扬，你告诉我你的高考成绩比预估的还多了 20 多分，肯定可以去自己期望中的学校。那阵子天文台预测说有流星雨，你告诉我说要组织活动一起去野外露营。

挂了电话后我连忙去问别人桑陌的成绩，当得知她的成绩和你没差几分时，我原先还雀跃不已的心一下子就沉到了谷底。

汤博，我是真的害怕桑陌和你考进同一所学校。你是我心中的岛屿，而她是潜伏在海底的炸弹。我怕比你小一年的我还没靠近你，就已经失去了我的领地。

露营那天，没有意外地，桑陌也来了。来参加活动的大多是天文社的老成员，当然你还叫上了豆瓣天文爱好小组同城活动里的几个朋友，包括顾启明。到达营地后，大家搭帐篷的搭帐篷，准备食物的准备食物，每个人都忙得热火朝天。

夜幕降临后，大家坐在山头等待流星雨的到来。我靠在你的肩上拉着你的手，闻着你身上淡淡的肥皂香，心里安宁静谧。那个时候，我在想，要是时间就此停滞，画面就此定格，那该有多好，可是突然打我脑袋戏弄我的顾启明打断了我的幻想。

我气急败坏地起身去追他，等我和他打闹完回来的时候，你已经不见了。同时，我发现桑陌也不见了。我问了几个人后，一个人朝树林里走去找你，在走到一个分岔路口不知道该往哪边走的时候，我听到了不远处你和桑陌的争吵声。

"为什么你一直都看不到我？为什么你最先遇到的是我，选择的却是尹歌？"

"桑陌，这东西真的没有先来后到之分的。"

"我不会放弃的，我会和你考一样的大学，我会一直一直地追你。"

我循着声音走向你们，在离你们只有二三十米的时候我看到桑陌突然间哭着抱住了你。没有想到桑陌会来这么一出的你想要推开她。看到你这样桑陌更加用力抱紧你，无奈之下你吸了一口气奋力把桑陌推了出去。

然后，只听得"啊"的一声尖叫，桑陌滚下了山。你惊慌失措地四处张望，然后目光对上了同样惊恐不已的我。那一刻，我看到你踉跄着倒退了几步，浑身颤抖地靠在一棵树上。

汤博，我知道那一刻的你在想些什么，你一定是害怕作为目击证人的我会把看到的一切说出去。怎么会呢？汤博，喜欢你的我想要和你一直一直在一起，我怎么可能忍心让你遭受牢狱之灾呢？

汤博，你真的低估了我对你的喜欢。

而我，也低估了桑陌对你的喜欢。

命大的桑陌没有死。她在滚落山下的半途中撞到了一棵大树上，这棵大树作为缓冲救了她的命。但是，桑陌的脸被严重地刮伤，除了瘀青遍身之外，她的右腿粉碎性骨折，肋骨还断了三根。

在手术完醒来后，警察、学校的领导和桑陌的父母问起事情的缘由时，她说，是她不小心踩空滚下了山。

在桑陌病情稳定后，我们一起去医院看她。躺在病床上的桑陌整张脸都缠着绷带，她的右脚被悬挂在空中，绑着厚重的石膏。曾经那么美丽的桑陌，就像一朵刚刚盛开就被暴雨摧毁的花朵，凋零残败。

一群人围在桑陌的病床前嘘寒问暖，而你站在人群的最外面，透过缝隙小心翼翼地看着病床上的桑陌。或许在余光中看到有人在盯着你，你转过头来与我四目相对的那一刻，我再一次从你的眼中看到了惊慌失措，和桑陌滚下山的那一晚我从你眼中看到的一模一样。

桑陌出事后你一直拒绝和我见面，看望完桑陌从医院离开的时候，你主动叫住了我。

"尹歌，我想，我们还是不要继续下去了。"在面对面沉默了几秒后，你缓慢地开了口，不知道你会说这话，我一下子就愣在了那里。

"为……为什么？"

你没有说话，而是一直低着头沉默不语。

"汤博，你是怕我会把看到的一切说出去吗？"我走上前伸出双手拽住你的手臂，没想到你猛地甩开我的手连连倒退了好几步。

你的反应让我更加疑惑，我再一次问你想要和我分开是不是因为这个。

不知道过了多久，你轻轻地点了点头："我真的没法再继续和你在一起了。不仅仅因为你看到了事情的经过，更重要的是看到桑陌那个样子，我怎么能安心和你在一起呢？所以尹歌，对不起。"

说完最后一个字，你转身仓皇而逃。我一个人站在医院门口，望着你的背影从我的世界消失。

汤博，这是 2008 年 7 月末。我们一个月不到的爱情，比昙花一现还要短暂。

六

当天晚上，你就拉黑了我所有的联系方式。这个时候，我才知道你是如此决绝的一个人。你真的就是那种一旦认定了一件事就不达目的誓不罢休的人，就像当初你为了安心备战高考可以一年不理我。失去你的联系方式后，我发现自己对你是真的一无所知。

几天后，我在问了好多人费了很大劲后去了你家。面对破败的小屋和驼背的老人，我知道了你爸爸在你小学时出意外去世后你妈妈就改了嫁，后来你一直跟着年迈的奶奶长大。所以，你才要努力地学习，争取考上自己心仪的学校。

我问奶奶你去了哪里，她告诉我，你拿了积攒十几年的压岁钱和同学一起去外面旅行了，不知道什么时候回来。

从你家离开回家的路上,我遇到了这个夏季最大的一场雷阵雨。没有撑伞向来胆小的我听着震耳欲聋的雷声,顶着忽明忽暗的天幕,不知道脸上是雨水还是泪水。我不敢回家,我不想让家人看到我如此失魂落魄的样子。然后我不知不觉地就经过桑陌所在的医院,我跑进去躲雨,然后猝不及防地看到你推着坐在轮椅上的桑陌,一脸的微笑和关切。

汤博,我不知道对于桑陌你是不是因为愧疚想要补偿,但在那一刻我可以确信的是,我和你之间就这样草草地结束了。

那之后,我进入高三,退出了天文社。高三的学业很重,每天都有做不完的试卷背不完的课文,每天各个老师都以激励我们的名义变相地向我们阐述高考的重要性和残酷性。我全身心地投入到高考这场战役中去,但感觉快坚持不下去的时候我还是会情不自禁地想起你。

我想,要是你在就好了,作为过来人的你一定会开导我安慰我。其实,我不需要你的开导和安慰,只要你在,我就有勇气和力量去面对黑暗和未知的前方了。

高考前几个月,不知道是不是因为压力太大,每次洗头的时候我的头发都大把大把地掉。有一天路过食堂的时候我听到几个女生在谈论你,她们说你在大学创立了天文社,混得风生水起,但你始终一个人独来独往。

我没来得及去验证听到的消息是真还是假,第二天我就以生病要去看医生为幌子,请假坐车去往你所在的城市。我没有告诉任何人的是，我假装忘记你，但是我从各种渠道知道了你的电话、你经常上课的教室以及你的寝室楼。

抵达你大学所在的城市已经是晚上9点多，刚出了车站我就发现自己的钱包被偷了。

"汤博，我在C城。"

我带着哭腔打电话给你，听到是我，电话那头的你一下子就愣住了。没等你开口说话，我就哭着告诉你我这一年里对你的想念，告诉你我过得如此糟糕。

"我在火车站，我的钱包被偷了，你快来救我。"

"好，你等着，你在原地等我，不要走开。"

在说这话的时候，我听到了你语气里的焦急和担忧。看，汤博，你还是担心我的，不是吗？在等你到来的那段时间里，我在想，如果你没有和桑陌在一起，如果你真的还是一个人，那这次就让我来追求你。

可是，直到东方的天幕慢慢泛白，我还是没有等到你。这期间，我打过无数个电话给你，电话从最开始的无人接听变成最后的"您好，您所拨打的电话已关机"。最后，我打电话给了顾启明，他让他在C城的亲戚帮我买票回了家。打完电话后，我拿出手机卡，丢到了旁边的垃圾桶里。

汤博，我不知道为什么你答应了却又爽了约。你总像一个哄小孩的大骗子，先给我一丝希望，又用一盆冷水泼灭我世界里的火。

在回家的火车上，正午将至，破旧的车厢里温度渐渐攀升，而我的心却一寸一寸地冷下去。

汤博，这是 2009 年的 5 月。我觉得我们真的回不去了，我放弃了。

七

这个世界，谁离开谁都可以活。离开你的我，好像比之前过得更加幸运更加精彩。

2009 年的 6 月，本想和你考同一所大学的我超常发挥考上了上海的一所 211 大学。顾启明跟着我去了上海的另外一所大学。在选择社团的时候，我加入了学校的摄影协会。一有空我就跟着学长学姐去外面采风。每一次在拍摄夜晚的天幕时，我都会想起你，想起距离地球 50 亿公里外的那颗冥王星。被踢出九大行星后，冥王星受到的关注越来越少。我们分离后，做过最有默契的事情就是互不联系。其实，我一直在等你的电话，等你解释那天为什么没有到来。

2010 年，我的一幅摄影作品获得了上海市摄影协会举办的摄影大赛的金奖，那之后我获得了很多机会，也被越来越多的人所熟知并且喜爱。同一年，顾启明向我表白。追了你那么多年的我得知有一个人像我爱你一样默默爱了我那么多年后，面对着他的告白号啕大哭。我第一次知道，原来被爱的感觉，是那么好。

2011—2013 年，除了完成学业之外，我一直都在东奔西走着拍照。我从来不知道有一天我会过上这样的生活，我也从来不知道自己原来是那么喜欢摄影，就像当年那么喜欢你一样。2013 年毕业那年，高中班里组织了毕业后的第四次同学会。因为不想回望记忆里满是你的高中生活，前三次同学会我都用各种借口推托掉了，这一次高中时的班长打了好几次电话给我，我实在推托不了。

　　同学会，无非是相互寒暄好久不见，然后女生聊衣服聊化妆品，男生聊股票聊女朋友。结束后，大家又一起谈笑着陷入回忆里。

　　"尹歌，我们真的没想到高中时默默无闻的你会变成一个有名的摄影师。等会儿你可得好好帮我们拍几张照片。"

　　"好的好的。"我应答着，却怎么都想不起说话人的名字。

　　"哪里，尹歌哪有默默无闻？当初尹歌可是疯狂地喜欢汤博呢。"

　　这时候，坐在身边的顾启明一把拉住我的手。

　　"汤博，哪个汤博？"

　　"就是比我们高一届的天文社的汤博啊，不过好久没他的消息了。我上一次知道他的消息还是 2009 年 5 月末。我听学姐说那天晚上他匆匆忙忙地出门，在学校门口租了辆电瓶车，然后不小心撞到了一个老人。"

　　"5 月末，哪一天啊？"听到这里，我心里一惊，忙不迭地问。

　　"具体我也忘了。哦，对了，那天好像你刚好请了假。"

　　彻骨的寒冷从脚底直蹿而上，我坐在椅子上，身体微微颤抖。然后，我慢慢把手从顾启明的手心里抽出来，假借上厕所的名义走了出去。

走出包厢后我就连忙打电话给你，这些年我一直都没有删掉你的号码。电话接通后，是一个陌生男人的声音。

"是汤博吗？"我小心翼翼地问。

"不是，你打错了吧？"对方冷冷地说了一句，然后挂断了电话。

我靠在墙壁上握着手机，不知怎么的觉得好笑。从 2009 年到 2013 年，在这个变心比变脸还快的社会，能有几个人用一个手机号码这么多年呢？

汤博，我没有告诉你的是，我的手机号码一直都没有变。因为我怕我换了号码，有一天你突然想起我打电话给我会联系不到我。

汤博，这是 2013 年的 7 月。我突然想要找到你，问问你这些年过得好不好。

八

在这个信息时代，找一个人并不是一件多么困难的事情，没几天我就要到了你的手机号码。你的号码被我在手机一遍遍地输入一遍遍地清除，电话接通后该说些什么？我想问问那天晚上你到底发生了什么事情，想问问你这些年过得好不好，想问问你还是不是单身……我不知道这么多年过去，你还是不是原来的那个你。

最后，我还是没有拨出你的号码。

工作很忙，没多久我就受邀出国工作。在国外那段时间里，我在一个又一个国家和城市辗转，我拍了无数的风景照人像照。很多个恍惚的瞬间，我都觉得镜头那端的人，是你。岁月漫长，回忆太薄，我发现我们连一张照片都没有。每一次想起你，都要去记忆的尽头，寻找你。

2014年年末回国，我在出了一本写真集后开始筹备个人摄影展。各种邀约和摄影展的各项工作让我恨不得生出三头六臂。那几个月里我忙得焦头烂额，自从2008年分开，我第一次破天荒没有想到你。

我没有想到会在那样的场合见到你。那一天是2015年5月20日，在这个网友自发兴起的"网络情人节"里，顾启明拉着很久没有好好吃顿饭的我去餐厅过节。在手牵手走进餐厅的时候，我和顾启明的脚不约而同地停在了原地。我们看到你和桑陌牵着手正准备走出餐厅，看到我们，你们也一下子愣在了原地。

你瘦了高了，2015年的你相比2008年的你多了几分成熟的男人味。你身边的桑陌，小鸟依人地靠在你的身上笑容明媚。

"你好，尹歌。"

你率先开了口。汤博，你不知道你清浅温柔的嗓音那一刻在我的心里掀起怎样一场巨大的海啸。

"你好，汤博。"我知道那一刻我的脸一定苍白到不行。

我正想开头说点什么的时候，无意瞥到了你和桑陌手上的戒指。时间在那一刻停止，声音在那一刻隐匿。我知道，什么都不用问了，什么都不用说了。在这个时刻，在这个地方，说什么做什么都没有用了。在 2008 年我们分开的那一刻，命运就把我们分离到不同的人生轨迹，从此我们不会再次靠近，只会渐行渐远，变得生疏客套，最后相忘于江湖。

汤博，在那一刻看着你那张陌生而熟悉的脸，从 2006 年滋生在我脑海里的关于你的记忆顷刻之间崩塌。那记忆里，是我的青春，再也不能回去再也不能复制的青春。

汤博，这是 2015 年的 7 月。8 年之后，我们再次相遇。你不是从前的那个你，我也不是从前的那个我。

九

7 月 18 日，摄影展的那一天来了很多的人。摄影展开始 1 个小时后，我被主办方拉进小房间接受记者的采访。

在采访的途中，有个记者问我摄影是不是我做过的坚持最久的事情。听到这个问题后我仰着头想了想，最后摇了摇头。

在仰头思考的那几秒里，我的脑海里浮现出你的脸。原来，这些年我做过的坚持最久的事情是爱你。我爱你，从 2006 年到 2015 年，9 年，整整 3285 天。

汤博，我突然想到几天前看到新闻说，美国"新视野"号探测器经过 9 年多的飞行，在跨越 50 亿公里后终于见到了从九大行星除名的冥王星。谁都没有想到的是，冥王星的表面有着心形的暗斑，网上有人调侃说，这心形的暗斑是冥王星对"新视野"号探测器 9

年长途跋涉造访探测的感谢和示爱。

汤博，我想说的是，我爱了你9年，无论我以后和谁在一起，我都不会忘记2006年那个因为冥王星被除名而尴尬失落的你。

我其实很想问问你，在这9年里，你有没有在某个瞬间感受到我那颗炽热坚定的唯一的心。

9年，物是人非。9年，沧海桑田。

你不再是你，我不再是我。

≈ **告别
天堂**

曾经的　　朝思暮想

如今的　　念念不忘

一

李鹤宇准备出门的时候，在玄关处的落地镜前，看到了这样的自己——

穿着黑色的沾着零星泥土的登山鞋，深褐色的皱巴巴的冲锋衣。视线再往上移，就看到一个童山濯濯让人忍不住抬起手摸上一把的大光头。

李鹤宇从来都不知道极其注重形象的自己有一天会有这样的装扮，更打死也想不到向来注重发型胜过一切的自己会变成光头。看着镜子里的自己，李鹤宇一下子就笑了，可笑着笑着，他的心里就有阵阵的钝痛蔓延开来。

陆捷，你知道吗？现在我看到我自己，就会想起你。

第一次见到陆捷，是在理塘前往巴塘的路上。那天在理塘产生高原反应的李鹤宇在徒步了几小时后，终于搭到了一辆藏族大哥的面包车。在半路上，好心的大哥又"捡"了两个人，其中一个是叫佳希的女生，另一个就是陆捷。

在他们上车的时候，因为高原反应而头痛欲裂的李鹤宇昏昏沉沉地抬起头瞥了他们一眼。一身黑色如奔丧，登山鞋子满是泥浆，光头闪亮如灯泡，这就是李鹤宇对陆捷的第一印象。

那天到达巴塘已经是晚上 11 点钟，三人找遍了整个巴塘才在一家民宿找到唯一的一个单人间。李鹤宇和陆捷毫不犹豫地把床让给了唯一的女生佳希。

半夜的时候，陆捷在睡梦中被李鹤宇的咳嗽声惊醒："你怎么了？"

"不知道，嗓子痒，就想咳嗽。"

"怎么会这样？刚才还好好的。"

"咳嗽而已，比刚才头痛欲裂浑身发冷好多了。死不了，哈哈。"怕吵到佳希，李鹤宇压低声音偷笑了几声。

陆捷没有再说话，房间里佳希的呼吸声均匀起伏，李鹤宇的咳嗽声时不时响起。陆捷回想着李鹤宇最后话里的那句"死不了"，再也睡不着觉。

当李鹤宇再次咳嗽的时候，陆捷起身从包里掏出止咳药递给他："看来你一时半会儿也睡不着，陪我聊聊天吧。"

陆捷拉着李鹤宇去了民宿顶楼的天台，一上天台陆捷就飞奔着坐到围栏上。他的身后，秋天的风将白色的床单吹得猎猎作响。头顶低垂的天幕上，硕大且闪耀的星辰伸手可摘。

"喂，你为什么要去西藏，还用搭车的方式？"陆捷甩着脚转过头来问李鹤宇。

正走向陆捷的李鹤宇听到这话一下子就停下了脚步，他望着远处黑暗中隐隐约约连绵起伏的大山，不知道该怎么回答。

这个时候陆捷注意到李鹤宇腰上的包："哎，你有必要时时刻刻都背着你的腰包吗？里面莫非有很多钱？"

李鹤宇听到这话用手紧紧地抱住腰包，他慢慢地转过头看向陆捷："哥，你知道死亡是什么感觉吗？"

李鹤宇这突如其来的问题让陆捷愣了神，他还没想好怎么回答，身体深处传来的疼痛让其直冒冷汗。他皱着眉头飞快地从口袋里掏出药瓶，倒出几粒白色的药丸吞了下去。

"你怎么了？"李鹤宇被陆捷这反应吓了一跳，"有必要反应这样大吗？真要死了一样。"说着李鹤宇又咳嗽了起来。

"明天你必须在巴塘休整一天，等咳嗽好了再走。你知道在高原上咳嗽的后果，肺水肿肺气肿，很有可能会要了你的……"

"不，我不能停下来。"陆捷还没说完李鹤宇就抢白。

"刚才你问我死亡是什么感觉，你要是执意带着咳嗽上路，你真的会尝到那味道的。"

"有人在拉萨等我，我不能停。"说着李鹤宇就转身下楼，留给尴尬的陆捷一个瘦削且孤注一掷的背影。

二

　　第二天天还没亮，李鹤宇就整理好行李出了门。他是真的不能停下来，因为他和一个走青藏线的叫巴飞的男生约好了，8天后在拉萨相遇。

　　傍晚的时候，他到达了一个叫作左贡的小镇。一下车，他就听到背后有清亮的女声在叫他。转过头去，看到陆捷和佳希正气喘吁吁地跑向自己，李鹤宇的脸一下子就绿了。

　　"李鹤宇，你是真的不要命了？"

　　李鹤宇还没来得及反驳就拼命咳嗽起来了，这个时候，他发现自己已经咳嗽到说不出一句完整的话了。晚饭后，陆捷不由分说拉着李鹤宇去了诊所。经过一系列的检查，医生要求李鹤宇在左贡停留三天，吊三天盐水。

　　"不，我不能停留。"医生还没说完话，李鹤宇就举起了反对旗，他皱着眉头一脸的孩子气，但语气里有着不容抗拒的坚定。

　　"那就先吊一个晚上吧。"看着医生尴尬的神色，陆捷打起了圆场。

　　李鹤宇的一只手扎着针，一只手牢牢护着自己的腰包，他挺直着脊背，神情疏离而淡漠。

　　"嘿，你真的不打算停下来先治好咳嗽吗？"陆捷用轻佻的语气试探性地问了一句，李鹤宇听到这话抬起头来。陆捷的脸在李鹤宇一米之内的视线里，双眼皮大眼睛，高鼻梁薄嘴唇，青青的胡楂儿，一点都不像初次见到时那样粗犷。在日光灯的照耀下，陆捷的光头也越发显得油光发亮。

看到李鹤宇没有说话，陆捷继续开口："李鹤宇，我不知道你是固执还是不把生命当一回事，可你想过万一你出了什么事情，你的家人怎么办吗？你有想过他们的感受吗？人生在世，有时候不能只自私地为自己活，你明白吗？我想，你应该好好地养好病再上路，这样不仅是对你负责，更是对你家人的负责……"

"够了！"李鹤宇抬起头做了一个停止的手势打断了陆捷的话，他抬高分贝的声音还带着咳嗽后特有的沙哑，但极其短促而有力，"你知道什么？你根本就不知道我的情况，你有什么资格这样和我说？这23年里我从来没有做过一件我自己想做的事情，甚至我从来没有独立做过一件事情或者做过一个决定。你能明白我的感受吗？现在我不想考虑这么多，况且你想的这些问题根本就不存在。现在，我只想一刻不停地到达拉萨。只要到达拉萨，我这辈子就圆满了。我想，这是我一辈子做过的最勇敢且最疯狂的事情了。这是第一次，应该也是最后一次。"

说到最后，李鹤宇激动得浑身颤抖。

"李鹤宇，我真没想到你是那么自私的一个人！"

"自私？呵呵，人生在世，我为什么不能为自己活一次？"

李鹤宇直视着陆捷，他的眼前升腾起白茫茫的雾气，在那雾气背后，陆捷看到了一片辽阔的深蓝色的大海。在无边无际的海面上，有一只小小的木船，在风雨中漂泊，晃晃悠悠。

说这话的时候，李鹤宇还是笑着的，可谁都看得出来他的笑里面隐匿着无数的悲哀和无奈。那一刻,陆捷的心紧缩了一下,他深呼了一口气,伸出手笑着揉了揉李鹤宇的头。

"小子,你怎么就那么固执呢?"

"别碰我头!"说着李鹤宇就甩头避开了陆捷的手。

可当陆捷第二次把手伸过来的时候,他没有再甩头,因为他感到一种莫名的心安,像潺潺的清泉,流淌在自己的心里。

三

最后,经过权衡,李鹤宇与佳希、陆捷结伴,带着两天的盐水上了路。

进入藏区之后,沿途的风景越发秀色可餐。无边的草原、成群的牦牛、连绵的雪山、飘动的经幡……

李鹤宇趴在窗口,时不时发出欢呼尖叫。金黄色的阳光透过车窗跳跃在他的身上,李鹤宇全身上下都被光笼罩着。陆捷看着李鹤宇,想到那晚李鹤宇的那番话,他想,自由对于李鹤宇来说,一定比生命更可贵吧。想着想着陆捷摸了摸自己的光头,低下头重重地叹了一口气。

到达然乌湖那天,下起了大雪。佳希因为要和之前约好的驴友一起去看冰川,就和李鹤宇他们分别了。来自南方的李鹤宇鲜少看到这样纷纷扬扬从天而降遮蔽云日的大雪,他像个孩子一样,拉着陆捷的手央求陆捷给他拍照片。

李鹤宇戴着彩色的毛线帽,好看的眉眼和冻得通红的脸蛋在飞扬的雪花中若隐若现。这样的画面，让陆捷不由得愣了神。随着贪玩的李鹤宇突然扔过来砸到胸口的一个雪球，陆捷才回过神来。他不由自主地扬起嘴角，然后弯腰抓起一团雪，大叫着朝李鹤宇跑去。

　　白茫茫的世界里，一抹跳动的红和一抹跳动的蓝属于陆捷和李鹤宇。堆雪人、打雪仗、砸树上的落雪……每一个项目，李鹤宇都玩得不亦乐乎，等到浑身湿透了，李鹤宇才满是留恋地回到旅店里去。

　　回到旅店，陆捷进了卫生间洗澡。听着淅淅沥沥的水声，看了看卫生间紧闭的门，李鹤宇小心翼翼地从腰上解下早已被雪团弄湿的腰包，然后拉开拉链来。

　　——你到哪里了？我已经进藏了。大约再过三天就可以到达拉萨。

　　——我前天开始就发烧咳嗽了，到现在还没好，不会没到拉萨我就要死了吧。

　　——你还好吗？那个东西你保存好了吧？

　　手机里躺着三条巴飞发来的短信。接着李鹤宇从腰包里掏出一个外壁贴着卡通图案的瓶子，他仔细地擦了擦那个瓶子，又放了进去。他打开手机准备给巴飞回短信，这个时候卫生间里传来了陆捷痛苦的呻吟声。

　　"李鹤宇，我胃病发作了，帮我把药找出来。

　　"在我背包的内袋里，和我钱包放在一块的。是一个白色的瓶子，在最下面。"

"好好好,我帮你找,你不要急。"李鹤宇慌乱地翻着陆捷的背包,在最底层找到了那个内袋。打开内袋的时候,李鹤宇看到了钱包、白色的药丸和一张照片。那张照片小小的,照片里两个人对着镜头头靠头灿烂地笑着。

"李鹤宇,你找到没有,我痛死了!"卫生间里传来陆捷断断续续的声音。

"找到了,来了来了。"李鹤宇抓起药瓶,转身跑向卫生间。

好一会儿,陆捷才弓着背慢腾腾地从卫生间里走出来。他的头发湿漉漉地滴着水,脸上没有一丝血色。那样子看起来就像是刚被打捞上来的溺水之人。

"你怎么样,还好吧?"

陆捷躺在床上蜷缩着身子抱成一团,好像没有听到李鹤宇的话。

"李鹤宇,我好累啊,我快撑不下去了。"好久之后陆捷缓缓开了口。他的声音哑哑的、涩涩的,却像一把锋利的刀,精准地扎在李鹤宇的心上。

"李鹤宇,你知道我为什么要去西藏,还是用搭车的方式吗?"

"嗯?"

陆捷没有回答,而是继续问道:"小屁孩,你谈过恋爱吗?"

李鹤宇没想到陆捷会问出这个问题,他愣了一下,然后迅速红了眼。他低下头点了点头,然后又马上摇了摇头。陆捷看着李鹤宇这个样子,扑哧一声笑了出来。

"以前我有一个女朋友,我们很相爱。她和你一样,年轻有朝气,想过自己的生活。她很喜欢旅行,一有空就到处跑。前年她在来西藏的半路翻车滚入了怒江,永远地离开了我。那个时候我就想有生之年一定要来走一走她曾想走的路,所以我来了。"

听了陆捷的故事,李鹤宇正想说点什么,电话响了起来。看到是巴飞的来电,他连忙起身钻进了卫生间。

挂了电话打开卫生间门的时候,李鹤宇猝不及防撞上了站在门口的陆捷。

"你偷听我打电话?"李鹤宇冷冷问道。

"我才没有那么无聊,我只是刚好想来上厕所罢了。"陆捷耸了耸肩走进了卫生间,背对着李鹤宇,他长舒了一口气。

从卫生间出来后,陆捷拍了拍躺在床上摆弄手机的李鹤宇:"你和我讲讲你的故事吧。"

"没有。"李鹤宇翻了个身,留给陆捷一个背影。

四

第二天李鹤宇是闻着食物的香味醒来的。睁开眼睛来,他看到床头柜上的包子油条以及酥油茶。那些食物还是热的,那袅袅升腾的热气带着谷物的芬芳直往李鹤宇的鼻子里窜,眼泪不由自主地顺着他的脸庞流了下来。

"你怎么了?"洗漱完从卫生间出来的陆捷看到这一幕,疑惑地问道。李鹤宇揉了揉眼睛,慢慢地支起身子,对着他笑了。

"谢谢你。"那种久未感受到的被在乎被疼惜的温暖,就像一只卧躺在心里瘪瘪的气球,须臾就鼓鼓地填满了心房。

"有什么好感谢的?快点洗漱吃饭吧,吃完了好赶路。"陆捷看着泪眼蒙眬的李鹤宇百味杂陈,他走过去拍了拍李鹤宇的头,笑着说道。

因为前一天下雪,这天路上的车子特别少,他们走了几公里的路还是没有搭到车。李鹤宇一直握着手机发着短信,被陆捷远远地甩在后头。

"哎,我手机没电了。你的移动电源还有电吗?"在陆捷打算停下来等李鹤宇的时候,李鹤宇快步赶了上来。他大口喘着气,心急如焚。因为风吹,他两边的脸颊红红的,像两坨高原红,可爱极了,陆捷不由得笑了。

"你没听到我的话吗?我有急事。"

陆捷听到这话回过神来:"有电啊,我手机正充着呢。我的移动电源有两个孔,把你手机拿过来吧。这样也可以给你减轻负担。"

"这……"李鹤宇犹豫了一会儿,还是把手机和数据线递了过去。

"哎,到时候要有人打电话给我你要告诉我。还有,有人发短信过来你不许偷看。"末了,李鹤宇又严肃地补充道。

"好好好,我明白,小屁孩事真多。"说这话的时候,陆捷看到李鹤宇的手冻得通红,"你没有手套吗?"

"没有。我以为天气不会那么冷的。"

"真神了,还真有和我一样的人。来,揣我兜里吧。我这冲锋衣内里是羽绒材质,暖和。"陆捷一边说着一边就拉起李鹤宇的手揣到了自己的兜里。

"呃。"这一系列的动作陆捷做得飞快,李鹤宇根本没来得及反应。他只感到自己的左手被陆捷的右手紧紧包裹着,他能感受到陆捷手掌的肌理以及手心里源源不断传来的温暖。

这天他们两个手拉着手在步行了3个小时后才搭到一辆轿车,见里面只有一个位子,陆捷毫不犹豫地把李鹤宇塞了进去。

"在波密等我,照顾好自己。"

看着载着李鹤宇的车子消失在视线中,陆捷才回过神来,这一刻,他发现充盈在胸腔里的,是对李鹤宇满满的牵挂。

这时候李鹤宇的手机响了,看到显示的是一串藏区号码,陆捷想应该是打错了吧。他按下了拒绝键,可没过几秒,那个号码又打了过来。几个回合下来,无奈的陆捷按下了接听键。

五

陆捷到达波密是下午4点多,还没下车他就已经看到了在街口左顾右盼的李鹤宇。

一下车,看到李鹤宇微笑着飞快向自己跑来的画面,陆捷揣酙了一路的话瞬间散成了一盘沙。

"哎,你怎么了?脸色怎么这么差,是高原反应了还是胃病发作了啊?"看到陆捷不对劲,李鹤宇说着拍了拍他的肩膀。他扬着嘴角笑盈盈，眼睛亮得能渗出水来，可是陆捷一点都开心不起来。他觉得面前的李鹤宇就像是一条表面风平浪静实则暗潮汹涌的河流。

安顿好之后，陆捷自顾自地说起了自己这些年的出游经历。

听着陆捷的话，李鹤宇觉得自己这辈子是真的白活了。那些他从没去过的地方在陆捷的口中像瀑布般倾泻下来，然后变成一幅幅斑斓的画面——呈现在自己的眼前。

李鹤宇盘着腿坐在床上听得痴迷，陆捷轻易就捕捉到李鹤宇眼中的向往和渴望。

"每次在旅行的时候我都会觉得活着真好，生命真美好。所以我在想，去完西藏，该去哪里呢？"

"你可以带上我吗？"陆捷的话音刚落下，李鹤宇就迫不及待地说道，可下一秒，他眼里如炬的光芒就暗淡了下去，"我的手机呢？今天分开搭车的时候你忘了把手机还我了，有人联系我吗？"

听到这话陆捷愣了一下，他慢慢起身，然后坐到李鹤宇的床上，用双手按住他的肩膀。

"李鹤宇，我要告诉你一件事情，你一定要冷静点。"

李鹤宇看着满脸严肃的陆捷，一脸的迷茫。

"巴飞死了。"陆捷微微皱着眉头，低沉地说道，"今天中午，我接到警察打来的电话，他告诉我说巴飞乘坐的车子在拐弯的时候因为路滑摔到了悬崖下。在巴飞的手机里，他们看到唯一的联系人是你，所以就打电话给了你……"

砰！陆捷的话还没说话，一个拳头就落在他的脸上："谁让你接我电话了？谁让你接我电话了？！"

陆捷咬了咬嘴唇，继续说道："他们还发现了他的日志，他们知道巴飞打算到了拉萨后就自杀，他们想问问你和他是什么关系。"

李鹤宇的身体不受控制地颤抖起来，像狂风暴雨中颤巍巍的树苗，紧接着，豆大的泪水从眼眶里飞迸出来。

"我代替你回答了，我告诉警察我和他只是在网上认识并相约到拉萨玩的网友，就这样简单的关系。"

李鹤宇猛地望向陆捷，他红肿的眼睛里除了泪水之外，还盛载着太多太多复杂的情绪。下一秒，李鹤宇难以自抑地恸哭起来。

六

泪水过后，是推心置腹的倾诉。

李鹤宇告诉陆捷，他的父母一直都忙于工作，无暇顾及他，所以就请了保姆来照顾他的起居，周末给他找几个老师，轮流来给他补课。

"他们认为，这就是我应该做的事情，这就是我应该过的生活。可是，一年365天，离了学习，我发现我什么都没有。没有朋友，没有关怀，有的只是做不完的试题和大房子里的冷清与寂寥。"说这话的时候，李鹤宇一直都看着窗外，外面阳光大好，可怎么也照不进他的眼里。他的肩膀，一直都在轻轻地颤抖着。

"我高二的时候喜欢一个女生，那是我第一次尝试着别的情感，尝试着从那个冰冷的世界里爬出来，我觉得那时的我很快乐。可这段恋情开始不久就被我爸妈知道了，他们非常愤怒地冲到学校，用极其恶毒的话语指责那个女生，第二天就给我办理了转学。"李鹤宇转过头来，望着陆捷，眼神木然。

"那之后，我再也不敢喜欢别人了，就像七岁那年我喜欢上了清洁女工带来的一条小花狗，可是第二天那个清洁女工就被辞退了。我的内心无比惶恐，我害怕我热爱的那些人和事也如同那条小花狗，再也无法出现在我的世界里。"说到这里，李鹤宇自嘲地笑了笑，那笑容僵在嘴角，非常难看。

"我恨他们剥夺了我爱人的能力。可当我得知爸妈在某次应酬中因为饮酒过度猝死时，我并未得到解脱的快感。其实我并不是要他们赚很多钱给我，我只想要他们抽出时间陪陪我，哪怕是给我做一顿饭、陪我逛一次街……"李鹤宇几乎是哽咽着说出这段话的，"那段日子，我非常难过，觉得世界都是灰暗的，人活着也没什么念想。我在网上认识了巴飞，他和我的际遇很像，他也对这个世界充满了绝望，所以我们就约定了去西藏，当作自己人生中的最后一次旅行，然后在最靠近天堂的地方自杀。"

说完这些话，李鹤宇感到前所未有的坦然和轻松。

"所以，你更应该好好地活着啊，为了自己，为了你的父母。你还年轻，还没有去过我口中的那些地方，你不觉得可惜吗？"说着，陆捷伸出手揉了揉李鹤宇的头发，"你要明白，只要活着，一切的一切就都还有希望。"

第二天陆捷醒来的时候发现李鹤宇不见了，他像被人突然重重打了一拳蒙了。他飞快起身，一边穿着衣服一边大声地叫着李鹤宇的名字。

"你醒啦。"这时候李鹤宇推门进来，清浅的嗓音打碎了陆捷的慌乱。

"你一大早的干吗去了？你差点吓死我你知道吗？"陆捷飞奔过去，厉声问道。

"我买早饭去了。"李鹤宇说着摇了摇自己手里的塑料袋。

去卫生间洗漱的时候，陆捷看到了垃圾桶里贴着卡通图案的瓶子。骤然之间，他悬在心里的石头落了地。那天晚上在李鹤宇接到电话神色紧张地跑去卫生间打电话时，陆捷因为好奇打开过李鹤宇那个寸步不离身的腰包，腰包里面就有这个瓶子，瓶子里面是一整瓶的白色药丸。这些药丸陆捷很了解，李鹤宇就是靠那些药丸度过漫长黑夜的。

七

两天后，他们到达了拉萨。这座日光之城比想象中更有内涵更有韵味，恢宏雄壮的布达拉宫、虔诚叩首的善男信女、香火萦绕的大昭寺、仓央嘉措和情人约会的玛吉阿米、蓝宝石般的圣湖羊卓雍措……拉萨的每一个景每一个人都像一剂温润的安定药，抚慰了李鹤宇心里的焦灼烦躁以及对这个世界的厌烦。再加上有陆捷的陪伴，李鹤宇每一天都笑容满脸，他明白了，这个世界其实从来都不缺少烦恼，更从来不缺少快乐。烦恼是自找的，快乐更要自己去寻找。不知道是不是因为拉萨的阳光太过强烈，李鹤宇觉得整个世界锃亮锃亮的，让人心生愉悦，满怀希望。

李鹤宇的咳嗽早就好了，可陆捷的胃病越来越严重。搭车路上偶然出现的疼痛每天都会出现，有时候痛得连吃成倍的药都没有用。从纳木错回来的那天，陆捷在车上咯血。当天，陆捷就告诉李鹤宇要回家做一次全面的检查。

"你还会联系我吗？"

在机场送别陆捷的时候，李鹤宇的心里是满满的不舍，几天相处下来，他们从陌生到交心，从争吵到依赖，已经成了很好的朋友。陆捷就像一束光，照进李鹤宇满是雾霾的心。即使现在面对的是伤感的离别，李鹤宇也并未觉得失落，他的心，因为有了新的牵挂，因为有了新的人陪伴，此后前行的路上，不会再孤单，也必定会安然晴好。

"当然，我当然会联系你。等我回到家就联系你，然后等我看好那该死的胃病就来找你玩。我不是答应了你要一起去旅行吗？我不会食言的。"陆捷说到一半的时候李鹤宇就已经泪如雨下，陆捷抬起手轻轻擦去李鹤宇脸颊上的泪水，然后把李鹤宇的嘴角捏成上扬的角度，"千万不要再有放弃生命的念头了，知道吗？你还年轻，未来还很长，你比很多人幸运多了，你知道吗？再说，无论怎样，我都在呢。"

李鹤宇哭着点了点头，然后扬起嘴角，朝着陆捷张开了手臂。

八

陆捷说过会联系李鹤宇,可是回去后陆捷的手机就关了机,李鹤宇怎么都联系不到他。每一天李鹤宇都会给陆捷发短信打电话,可是那一头一直都没有回音。

李鹤宇听陆捷的话,他开始和不同的人打交道,参加不同的社团组织,也接手了父母留下来的生意,生活变得丰富多彩,他也越来越积极、阳光、乐观。

李鹤宇是在生日那天接到陆捷的电话的。那时候李鹤宇正被朋友拉着去吃海底捞,在看到陆捷的来电后,他甩开朋友的手,在人来人往的街头按下了接听键。

"生日快乐。"陆捷温柔的声音从电话那头传过来,像一团小小的棉花,轻轻地砸在李鹤宇的心上。

"这些天你干吗去了?你现在在哪里呢?"

"李鹤宇,哥想你了,你想我吗?"

"我想,我当然想你。"

"李鹤宇,我想你。"这时候电话那头陆捷的声音变得虚弱而缥缈。

"你的胃病怎样了,好了吗?你说过等病好了和我一起去旅行的。"

"快好了,我过几天就来找你。"

这一次,陆捷没有食言。几天之后,他果然来到了李鹤宇的身边。

——李鹤宇,我很想念我们一起搭车去西藏的日子,那是我这辈子最美好的回忆。这些天我的脑海里一直都是我们一起旅行的约定,我想我是要食言了。对不起。但是我相信你会带着我的梦想走下去。我想,你一定会好好地活下去的,为了我,为了你自己,为了你的父母……

灯光暗淡的咖啡厅里,李鹤宇和佳希分坐在咖啡桌的两边。桌上,一支小小的录音笔里,传来陆捷虚弱的声音。

佳希看着泪水滂沱哭得不能自已的李鹤宇,一直强烈隐忍的悲伤终于溃不成军。

"给,这是陆捷让我转交给你的。"佳希从包里拿出一个日记本和一个铁皮盒递给李鹤宇。

李鹤宇没有伸手去接,只是呆呆地坐着。他感到一双无形的手在奋力揉搓着自己的心脏。那感觉很痛,痛得无法呼吸,好像整个世界的空气都在一瞬间窜逃得无影无踪。

李鹤宇后来不记得那天佳希还说了什么话,他也不知道自己最后是怎么回家的,他更不知道自己那一晚将那本日记看了多少遍。

原来根本不是所谓的胃病。那些疼痛以及那个秃头都是癌症带来的。

原来他早就知道了自己想要放弃生命的计划。怪不得他一次次向自己讲述祖国大好河山的美丽,并告诉自己一定要好好的。

原来他在生命结束之前想好好地走一次川藏线,可谁知道他遇到了想要轻生的自己,然后他一直在硬撑着,一直在带给自己正能量，并与命运和死亡抗争。

那么多的"原来"都是自己不曾知道的事情，回想着一路上相互照顾相互安慰相互慰藉相互温暖的画面，李鹤宇的眼泪再次像断线的珍珠止不住地落下。

看着陆捷留下的东西，李鹤宇真的很想追随陆捷的脚步。可是，他很快就打消了这个可怕的念头。因为要不是遇到陆捷的话，自己应该早已不在这个世界上了。最重要的是，在日记本的最后李鹤宇看到了陆捷罗列的他想要去却来不及去的地方。

曾经说好要一起旅行，要一辈子永不分离地走下去，可现在，你人呢？

李鹤宇哭着哭着就笑了。他想到了陆捷不止一遍告诉自己要好好活下去，他想，一定要听陆捷的话，要好好的啊。好好地活，好好地走，带着陆捷未完成的梦想，去那些陆捷来不及去的地方，看那些陆捷来不及看的风景。

只要活着，就还有希望啊。

≈ **未完局**

曾经的　　朝思暮想

如今的　　念念不忘

一

　　陶桃打来电话通知我去剧团排练的时候，我正坐在赶往小城体育馆的出租车上。我说了句"今夜有约，请勿打扰"后就像甩掉烫手山芋般利索地撂下电话，按下了关机键。

　　我不是有意不去参加剧团的排练，因为我有更重要的事情要做。记得曾经芒果卫视的选秀舞台上风靡这样的一句话——于公于私于情于理，但是，在我的面前，天大的事情也没有我的爱情来得重要。爱情是我的避风港，是我的象牙塔。

　　今晚小城的市政府为了响应繁荣文化产业的号召，在体育馆举行一场嘉宾云集的演唱会。我省吃俭用，花了几个月的生活费，买了两张门票，一张给陈子叙，一张给自己。我想借着这个机会，和陈子叙重新开始。

　　很多时候，在爱情里，首先进攻的一方都会被冠以一厢情愿的标签。我想，我就是这个样子的。因为，直到演唱会在烟花升腾掌声雷动中拉开序幕，陈子叙还是没有填补我右手边的空位。他不接电话，不回短信，最后直接关了手机。他残忍地将我如炬的希望摧毁成风中残烛。

我是无人踏足的荒岛，周边是沸腾喧嚣的海水。

他们呐喊着，欢呼着，用热情和活力构建着人声鼎沸的乐园。他们手中挥舞的荧光棒，就像一把把利剑，每挥动一下，都触及我萧索失落的左心房。

最让我受不了的是我左手边的那个男生。演唱会一开始，他就翻动着嘴皮子碎碎念地点评着舞台上的表演。

他一会儿嘲笑中年女歌手身材丰腴，一会儿批评红遍两岸的三栖明星载歌载舞时的气息……最后，当他将我喜欢了六年的声音极具辨识度的选秀女歌手批评得一无是处的时候，我囤积在胸腔里的怒气在经过无数回合的翻江倒海后，终于在某个节点蹿上喉咙，呼之欲出，变幻为这样一句气势恢宏的话语——

"你能不能闭上你的烈焰红唇好好听歌啊？！"

说完这句话后，周围的人纷纷侧目而视，左手边的男生瞬间僵在原地，停滞了好几秒。而我也被自己那么大声脱口而出的话语吓坏了。

我还没回过神来的时候，左边的男生转过头来，愣怔地看着我，一脸无害且茫然地对我说："你为什么叫我烈焰红唇？我的嘴巴一点都不红润啊。莫非你深深喜欢着今年快男舞台上的评委影子老师？"

很久以后,当我想到这句话的时候,都会捧腹大笑着有种想要把他拍到大西洋的冲动。可是当时,我真的怎么都笑不出来。

台上的女歌手怀抱着吉他自弹自唱,沙哑但清浅的嗓音直抵心扉——我一个人吃饭旅行到处走走停停,也一个人看书写信自己对话谈心。那一刹那,我切肤般感觉到,这首歌是为我量身打造的黄金单曲。听得太投入,想得太真切,以至于泪腺温热到眼泪肆意流淌也没有发觉。

"喂,你怎么了?我没招你惹你吧?"他侧过头问我,从舞台上投射过来的灯火璀璨夺目,但是我还是轻易就看见他弯弯的眼睛灿若星辰。

"要你管,真多事。"我甩下这样一句话,起身,头也不回地离开。我怕再过几秒钟,我就会卸下伪装的面具,在别人面前号啕大哭。我不想,我不要,因为谁都明白,人的面子大过天。

二

我没想到他会追着我出来。在体育馆对面的西餐厅里,他取下身上的围巾围到我的脖子上,为我点了一杯热牛奶和一块提拉米苏蛋糕。

"你怎么了,还好吗?"他小心翼翼地问道。

我和他相隔着一张木桌,我沉默着没有应答他。

他丝毫没有因为热脸贴冷屁股而感到尴尬，反而对着我自顾自地说起笑话来。他说诸葛亮的夫人送给诸葛亮一把扇子，这不是给他扇风的，而是给他遮脸的；他说他自己虽然眼睛小，但是眼睛小的人走路刮风不眯眼，不过一迷了眼那沙子就怎么也出不来……当他说到他的名字叫傅钟磊，同学都戏谑他是多情的三生石时，他不好意思地眨了眨眼睛，抬起手摸了摸后脑勺。

在听到"傅钟磊"三个字的时候，我愣了一下。我之所以愣了，不仅仅因为他是同学口中的家境显赫、成绩优秀、品性优良的美男子，还因为他是陈子叙口中的常客。陈子叙曾经告诉我，他们两家是世交，两人从小一起长大。他还说，从小到大，傅钟磊除了比他长得帅一点，什么都比不过他。

和陈子叙交往的两个月里，我无数次在他口中听到"傅钟磊"这个名字，可我一次都没见到过。我没想到会在这样的情境中见到本尊。我慢慢抬起头看他，像是黑白默片般安静。他果然像众人所说般的棱角分明，帅气无敌。但这并不是我所在意的东西。

我喝了口牛奶后又低下头去。于舒缓悠扬丝丝入扣的钢琴声中，我抿着嘴，颤巍巍用轻若游丝的声音说："那个，傅钟磊，你认识陈子叙吧？你能告诉我他是一个怎样的人吗？"

傅钟磊显然没有想到我会问这样的问题。好几秒的沉寂后他才开口说话："子叙啊，他聪明，他重义气，他帅气，不过……"

"不过什么？"我像发现新大陆般抬起头，望梅止渴般迫切地望着他。

"不过他有点花心。"

傅钟磊的最后七个字像催泪弹将我努力抑制的泪水炸得四分五裂。他张皇失措地看着我,不知道说什么好。

我流着泪别过头去。现实总是如此残酷,在把你推向万丈深渊的时候还不忘砸下一块巨石。视线里陈子叙挽着一位身材高挑的卷发女生,笑盈盈地推门而进。

我想要起身上去质问,可是我浑身颤抖得厉害,什么都做不了。这个时候,傅钟磊牵起我的手,拉着我迅速离开了西餐厅。

他说,有些东西,眼不见为净。

一刹那,我觉得他像极了驰骋沙场的骁勇战士。

三

傅钟磊送我回家的路上,我用支离破碎的语言向他拼凑起我和陈子叙两个月的过往。

原来我是作为一个筹码进驻到陈子叙的生活当中的。他为了与朋友打赌的一千块钱和那些所谓的尊严面子,对一直把男生拒之门外的我展开了猛烈的追求。殊不知,那些日子我家里遭遇了巨大的变故。父亲一回家就吵嚷着要和母亲离婚,而母亲则辞去了工作成天唉声叹气,不停地和父亲争吵。

每天回到家里,我的耳鼓里就充斥着连绵不绝的争吵声以及物品碎裂的声音。而这个时候陈子叙就恰如其分地扮演了护花使者的角色，成为了能让我依傍的温馨港湾。他风雨无阻地接送我上学放学，他每天早餐都会送我一杯酸奶，他时不时地给我来一个小惊喜……可就在我沉浸在陈子叙为我缔造的美好童话里时，我知晓了陈子叙追我的初衷。

我不知道该怎样来描绘和形容那一天。现在的我一直在想，要是没有那一天该多好。可有的时候，我又想，幸亏有那一天的存在。

那天去上课的路上，一个女生和一个男生拦住我的去路。那个女生我认识，是陈子叙的前女友。她颐指气使，看着我，高傲地说："你和陈子叙在一起幸福吗？"

我听说过无数个喜欢陈子叙的女生争风吃醋大打出手的戏码。我没有想太多，只对她挤出一个笑容，笑着说："谢谢，我很幸福。"

我没有想到她的下一句话就将我所有的幸福所有的甜蜜击得溃不成军。

"你知道吗？你是陈子叙和他朋友赌局中的筹码。他不是真心爱你的。"

我强忍着内心澎湃的情绪装作一副无所谓的样子。"哦，是吗？那谢谢你的提醒。"说着我就迈开脚步想要离开。

没想到她拉住我的手。她把身边的男生推到我面前说："你知不知道你和他在一起他就能拿到一千块钱？不信，你问他。"

我迟疑地望向那个男生。那个男生弓着身子拼命点着头，眼睛里有不容置疑的坚定。

那天我没有去上课，我没有哭，我心灰意冷地给陈子叙发了条短信交代了所有，然后回了寝室。还没在寝室待上多久，楼下就响起了陈子叙的大喊大叫。

——心怡，你下来，我有话对你说。

——心怡，我承认最开始只是想要玩弄你，可现在不是

——心怡，你和别的女生都不同，我想保护你一辈子。

——心怡，你先下来好不好？

到了最后，楼下不仅有陈子叙的叫喊声，还有一阵阵的起哄声。那叫喊声和起哄声一浪接着一浪，让我的心海铁马冰河般汹涌。我倚在墙边偷偷拉开窗帘，下面黑压压的一片，人群中陈子叙仰着头不停地叫喊着。我从来没有看到他这么卑微的样子，他每叫喊一声，我的心都会随之颤抖着传来一阵钝痛。

我跑下楼的时候，陈子叙身后的人已是里三层外三层了。我想，他们也一定和我一样，没有看到过陈子叙如此。

陈子叙跑到我身边，用力把我揽到怀里。他不停在我耳边呢喃着道歉，他把我拥得越来越紧，像是要把我嵌进他的身体里去。在这样紧实的怀抱里，所有的委屈、所有的愤怒、所有的哀怨都在一瞬间荡然无存。

就这样，我和陈子叙在许多人的见证下重新走到了一起。我原以为经过这件事，我们两个会携手并肩直到地老天荒。可是，我们之间像是缺少了什么似的怎么也找不到以前的那种感觉。到最后，他对我越来越冷漠，越来越疏离。

那天，当我在他们班门前堵到他，然后把演唱会门票交给他的

时候，他连正眼都没有看我一下。他望向别处，冷冰冰地说："项心怡，我们不合适，分手吧。"

说到最后，我泣不成声。我从口袋里掏出那张原本准备给陈子叙的门票，甩在傅钟磊的身上。

"看，这就是我省吃俭用几个月的代价。这是给你的好兄弟的！"说着我就跑进了小区。

四

当一个人开始不喜欢一个人，想要逃离一个人的时候，那么另一方所做的一切努力都是徒劳。

陈子叙开始躲着我，不，应该说他开始在我的世界里销声匿迹。每次去他们班找他，他空落落的位置都会给我沉重的一击。我问他的同学，问他昔日的朋友，他们都不知道陈子叙去了哪里。

我问傅钟磊，他总是沉默不语。

陈子叙的离开不仅在我的心上划开了一道口子，还给剧团带来了猛烈的重创。因为高中毕业前的汇报演出，两个小时的舞台剧，他是第一男主角。

排练厅里，所有人都急躁得像是热锅上的蚂蚁。编剧兼导演陶桃双手叉腰，来来回回不停地踱步。大家都安静地坐在地上不敢说话。空气中静谧但焦灼不安的气氛肆意流淌，陶桃的踱步声一下下敲在每个人的心上。

"你们说,离演出还有四天时间了,你们让我到哪里去找一个像陈子叙那样出众的男主角?纵然找到了,那又有什么用?两个小时的剧,他的台词,他的走位,他和别人的配合怎么来处理?"陶桃红肿着双眼疲惫地对大家说。

"陶桃,对不起,都是我的错。"面对这个烂摊子,我是真切地觉得所有的一切皆因我而起,由我造成。我低下头,不敢看陶桃。

陶桃停下踱步,走到我身边蹲下:"心怡,不关你的事。我知道你心里也很难过,我们不要急,再想想办法吧。"陶桃揉了揉我的头发,叹了一口气。

大家窃窃私语起来,我隐约听到他们说陈子叙不负责任,说陈子叙忘恩负义。我的鼻子不知不觉又酸了起来。

"我来,我来扮演那个角色。"循着声音我转过头去,我看到傅钟磊神采奕奕地朝着大家走来。眉如剑,眸如星,灿烂的笑容一下子扫荡走在大家头顶盘旋的阴霾。

"大家都说你是只会读书不擅长运动的纸片帅哥,你确定你可以表演?"陶桃万分怀疑地盯着傅钟磊。还有四天时间,这可不是一个简单的活儿啊!

我看到傅钟磊在听到陶桃说他是纸片帅哥的时候皱了一下眉头,随即他又舒展开眉头:"我可以,台词我都烂熟于心了,大概的走位我也已经明白了。来,大家开始排练吧。"他一副胸有成竹的样子。

"你……你怎么会这些的?"我看了看大家脸上堆积的疑云,

问他。

"子叙告诉我的。这些天每天晚上他都向我讲解扮演这个人物各方面的注意事项。所以我希望大家不要再说他不负责任了。"

他说完,大家再次哗然。

原来陈子叙的离开是早有预谋的,我一直都被蒙在鼓里罢了。

接下来的排练异常顺利。每一句台词每一个走位,甚至是每一个神情,傅钟磊都拿捏得十分到位。这完全在大家的意料之外。陶桃开心得不得了,她和大家不停地赞扬傅钟磊天生是个演戏的料。

我是剧中的女主角,和傅钟磊扮演的男主角有许多对手戏。我不得不承认他演技精湛,可不知道为什么,在我和傅钟磊演对手戏的时候,我总觉得有一个眼神一直追随着我们。

最后,在傅钟磊抱着我转身的一刹那,我终于捕捉到了那双藏在暗处的眼睛。排练厅的窗外,陈子叙趴在窗台上,一双眼睛散发着炯炯的光芒,将焦点定格在我和傅钟磊的身上。

陈子叙见我看到了,立刻转身就跑。

"陈子叙,你不要跑,你站住!"当我扒开人群跑出排练厅的时候,他早已骑上自行车,决绝地飞奔而去。他颀长的背影越来越小,直到消失不见,我仍愣怔地站在原地,连傅钟磊站在我身后拍我的肩膀也没有察觉。

"喏,子叙给你的。"他将一个信封交给我。我打开一看,里面是一沓人民币。我抬起头疑惑地看着他。

"里面的一千块是他和朋友打赌追你赢来的,剩下的是你前几天甩给我的那张演唱会门票的钱。"

傅钟磊说完最后一个字的时候,我瞬间感到有一股冰冷的液体从脊椎骨里刺入。我脊背僵直,瑟瑟发抖。视野所及之处,茫茫一片,什么都看不清。

"心怡,子叙走了,我代替他来爱你。"我只听到傅钟磊在我身后这样说道。

五

傅钟磊果然开始扮演起陈子叙曾经扮演过的角色。我和他的教室不仅不在同一幢楼,还相隔几百米远,可是,他一天三次地来找我。早上他接我上学,送我牛奶,嘱咐我要好好学习。中午他送来零食和饮料,告诉我要记得午睡。傍晚他等我放学,然后一起去排练厅排练。

原先陈子叙做的所有事情傅钟磊都照做,甚至比陈子叙更加用心。我没有拒绝他,我也不知道自己是不是在逼着忘记陈子叙。或许,有一个人在身边总比一个人好。陈子叙在身边,我就安心。傅钟磊在身边,我也安心。

舞台剧公演的前一天傍晚,排练完之后,傅钟磊送我回家。半路上他一反常态,不再贫嘴讲笑话,而是低着头沉默不语。

"嘿,烈焰红唇,你到底怎么了?"我用手肘撞了撞他。他抬起头转向我,勉强挤出一个微笑。

"你今天怎么了,是为明天的公演担心吗?放心,你可以的。"

"子叙后天要出国了。"傅钟磊的话把我的耳朵撞得嗡嗡作响。那一刻,脑海里闪现出来的是电视剧和小说中男主角或是女主角为了去国外治病或是留学,就和自己的爱人分手的烂俗桥段。

"他和我分手就是因为出国?他出国是去治病,还是去留学?"我望向傅钟磊。

"都不是。他和你分手,不是因为出国。"傅钟磊停顿了一会儿又说,"他说如果没有出国,他也不会和你在一起。他只是喜欢你,但没有爱过你。"

我正欲说话,傅钟磊拿出录音笔,按下了播放键。陈子叙和傅钟磊的对话传入我的耳中。我听到曾经对我说过许多情话的陈子叙用我熟悉得不能再熟悉的声音对劝他和我复合的傅钟磊大声吼道:"我不爱她,我爱不了她,你知道吗?一开始我就错了。"

"我不爱她。"陈子叙的声音一遍遍在我耳畔回旋。

我后悔向傅钟磊问出那么幼稚的问题。原来一直以来都是我一厢情愿。这份一厢情愿纵然倾注了我浓厚的爱意,但还是脆弱得不堪一击。在陈子叙的一句话前就败下阵来,支离破碎。

回到家的时候我还是魂不守舍地想着陈子叙的话。一百多平方米的房子没有开灯,黑漆漆一片,冰冷得像是一个地窖。偌大的房子里,母亲呆坐在沙发上,在我点亮灯的时候都没有抬头看我一眼。她嘴里呢喃着什么我没有听清。我走过去,在她身边坐下。

"妈,你记得我和你说过还给你看过照片的那个要永远保护我的陈子叙吗？他不爱我了，这个世界男人都一样。"我轻轻地自言自语地说了这样一句话。

说完，我就起身走回了房间。

六

第二天的公演无比成功，几千人的大礼堂座无虚席。演出过程中，此起彼伏的喝彩声鼓掌声像次第开放的花朵绽放在礼堂的上空。谢幕后，全体演出人员齐聚在后台击掌庆贺，吵嚷着等下去哪里庆功。

"陈子叙来了呢，在外面和大家道别呢，听说明天就要去国外了，怪不得那么多天没来上课。"不知道谁喊了一声，然后大家就潮水般涌向门口。我也顺着人流往门外走，傅钟磊走上前牵起了我的手。

还没走到门口，我就听到人群中传来尖叫声。我挤进人群，看到我的母亲，自从和父亲离婚就变得神志不清的母亲死死抱住陈子叙，嘴里一遍遍地喊着"你这个负心郎"。而陈子叙则用力地想要挣脱我母亲，大声喊着"疯婆娘快滚开"！

"妈，你不要这样，你不要这样。"我甩开傅钟磊的手跑上前，奋力地想要把母亲从陈子叙身上拉开。可是无论我和陈子叙怎样努力，都无法掰开母亲的手。

"阿姨，我喜欢心怡，我爱她，我会保护她，你要相信我。"

在我和陈子叙手足无措的时候，在所有人站在一旁围观看着好戏的时候，傅钟磊挺直着脊背在我们的身后大声地喊了起来。

所有人都震惊了。陈子叙瞪大了眼睛望向他，我和母亲都停下来转过头看着他。这个时候，我的母亲松开了紧抱住陈子叙的手。她嘿嘿地傻笑着拉着我走向傅钟磊，然后将我的手放到他的手上。

周围响起了雷鸣般的掌声。傅钟磊含情脉脉望着我，眼睛里流光溢彩，倾泻了我一身温暖。

我转过头去的时候，陈子叙早已不见了踪影。我长长舒了一口气，仿佛卸下了包袱。我转过头去，对着傅钟磊扬起了嘴角。

七

陈子叙去了国外，淡出了我的视线，淡出了我的记忆。像一阵风，来来去去，无影无踪。

我和傅钟磊在公演那天走到一起后，一路从高中到大学，我每次和母亲打电话的时候她总是念叨着傅钟磊，嘱咐我要和他好好在一起。其实，我自己怎样无所谓，只要母亲好就好了。

值得庆幸的是，和傅钟磊在一起后，母亲再没有发过病，而我也真真切切地感受到了他给予我的浓稠的爱意。我很幸福，因为傅钟磊，因为母亲。

我对他说，不爱我了就请告诉我，无论如何都不能欺骗我。欺骗我，比毁了我更可怕。一朝被蛇咬，十年怕井绳，我想，我再也经受不起欺骗和愚弄了。而傅钟磊也用他的行动让我对他非常安心。他把他的 QQ 密码、MSN 密码以及银行卡密码都告诉了我，他的这一表现让我把对他的信任度提高到至高无上的位置。

有人说，爱一个人就要彻彻底底地相信他，所以，我从来没有去登录他的 QQ。

有一天，我在图文中心上网的时候傅钟磊打来电话。他说他的朋友给他发了份文件，要我登录他的 QQ，在邮箱里下载然后帮他打印了送过去。当我帮他下载完那份资料后，列表末端一份发件人为陈子叙的邮件紧紧拽住了我的视线。

打开来一看，很多陈子叙知道傅钟磊知道而我不知道的事情昭然若揭。

陈子叙对傅钟磊说——

小磊，看到你和心怡在一起我是真的很开心。这无疑给我打了一剂安神的强心针。

你说，年少轻狂是不是总会演绎出一些桀骜不驯的叛逆戏码呢？我承认，最开始我追项心怡真的是因为那个和朋友打发无聊时间的赌局。但是后来，我是真的喜欢她。我喜欢她的不拜金，我喜欢她的孝顺，我喜欢她的坚持。无心插柳柳成荫，我是真没想到，我无意在她心中播下的种子竟会在我的玩笑中萌发滋长茁壮成长。那每一片树叶都郁郁葱葱地遮蔽了我世界的阴霾。她像一个小太阳，让我告别哀怨，告别孤独，告别过往的颓唐难熬。这些，都是过往的物质生活没有给过我的。

但是小磊你知道吗？我对项心怡的喜欢里没有掺杂一丁点爱的成分。情由情生，爱由心生。爱不能勉强，爱不能施舍。对于项心怡，对于她的那份感情，我从来都是怀着最初的歉疚以及无止境的偿还心态。对于这样的好女生，我爱不起，我更伤不起。所以，我对她说我会保护她一辈子。但是，我仅仅把她当作自己的妹妹来对待。

小磊，当你告诉我你喜欢她后，我就迫不及待地离开她并帮你制造和她在一起的机会。我故意拒绝她一起看演唱会的邀请，然后帮你买到她身边的票。演唱会的那天，我在比你们高几排的座位上看你们，演唱会结束后西餐厅的偶遇也是我精心安排的桥段。我还把年度大戏的男主角位置让给了你，这样你就有和她面对面的机会，这样你就可以更接近幸福。我来剧团偷看你们排练是想看看你，看看你和心怡有没有默契。还有公演那一天，我只是想来见你最后一面，见心怡最后一面。但是，我所做的一切绝不是为了摆脱项心怡。她是我喜欢的想要保护的女生，而你则是和我从小一起长大的兄弟，我所做的，只是想要让你们两个人都幸福。

所以，小磊，你一定要答应我。你要遵守在我面前许下的承诺，爱她保护她直到老去，至死不渝。

看到最后，我猛然发觉，自始至终陈子叙都没有对我说过爱。但是，不知道为什么，我的周身被一股极其强大的暖流包裹。这是我从未拥有过的温暖。

我没有流泪。

我庆幸遇到这样一个男孩，在我最美好的青春年华。他没有给我爱情里的爱，但给了我一辈子的温暖，还赐予我一个天使一样的男孩。

　　陈子叙，我也明白了。正如你在信中说的那样，爱不能勉强，爱不能施舍。所以，当这一切真相大白的时候，我似醍醐灌顶，爱不能转让，爱更不能任人操控任人摆布。

　　我想，我是不能再做你手中的棋子了。我想，对于傅钟磊，我是再没有继续爱下去的勇气和信心了。

≈ **当时光跨过**
温柔的河

曾经的　　朝思暮想

如今的　　念念不忘

一

吃完饭的时候，外面的街灯渐次亮起。

傅欢一边戴上手套一边拉开面馆的玻璃门，料峭的夜风直面而来渗透进衣服的每一个罅隙，她不由得裹紧了外套。

马路上来往穿梭的车辆像奔腾的河流，城市上空闪耀的霓虹和滚动的广告屏仿若璀璨的星河。这个黄金时段是 LC 最忙的时候，所以傅欢埋头赶路没有顾及这似锦的夜色。在经过第二个路口的时候，口袋里的手机响了起来。

"欢欢，快听！"电话那头周狄大声地喊着。

傅欢还没反应过来，浪潮般的大合唱就通过电流传了过来。

"走在风中 / 今天阳光突然好温柔 / 天的温柔地的温柔 / 像你抱着我……那爱情的绮丽 / 总是在孤单里 / 再把我的最好的爱给你……"

第一句歌词窜进傅欢的耳蜗时,她就愣在了原地。有一股复杂的情绪从脚底随着血液飞速涌上心头,变成一只隐形的手,紧紧拽住了她的心。她就这样一动不动地站在熙熙攘攘的街头,直到歌曲结束周狄问了她好几遍才回过神。

"我没事,我很好。你和你女朋友好好看演唱会吧。"没等周狄说完傅欢就抢了他的白挂断了电话。她泪眼蒙眬地抬起头,无意瞥见的一幕又猝不及防地击中了她的心。

对面的街上,穿着运动装的男生背着一个头戴荧光牛角的女生。那个女生穿着浅色的小洋装,头发微卷皮肤白皙,就像一个精致的芭比娃娃。男生时不时地转过头去说话,惹得女生咯咯地笑。

等到他们走远,傅欢的视线才慢慢地收回来。她叹了口气低下头,豆大的泪珠一下子就砸在了地面上。

二

傅欢后来是跑着回到 LC 的。

LC 是傅欢开的一家真人密室逃脱店的店名。一进 LC 就会看到一面供玩家拍照的背景墙,上面的图案就是 L、C 这两个硕大的英文字母。很多来密室逃脱店玩的朋友问傅欢为什么要取这个名字,每一次她都笑着搪塞过去。

这是独属于傅欢的孤单心事。其中的缘由,只有她、周狄和桃子三个人知道。这所有的一切,都和一个叫作吕超的男生有关。

第一次和吕超打交道，傅欢只闻其声未见其人。

那是大一刚开学没多久，周狄看上了在军训汇演上跳孔雀舞的桃子并对她展开了猛烈追求。周末的时候，周狄约了桃子去市中心刚开业的真人密室逃脱店，为了找人壮胆并避免第一次约会时尴尬，周狄还咬咬牙叫上了傅欢。

"欢欢，这门票一百块钱一张，三张票可是花了兄弟我一个礼拜的伙食费。所以，你一定要好好表现然后帮兄弟促成这好事啊。"

出发前，周狄把傅欢拉到一旁拍着她的肩膀这般嘱咐道，说这话的时候，周狄的视线却是驻扎在桃子身上的。

还没等傅欢回应，周狄就蹦蹦跳跳地凑到桃子面前。他的眼神柔和得像是带着花香的春风，可傅欢犹如伫立在冰雪世界里般寒冷。

周狄和傅欢是高中时最要好的异性朋友，在得知傅欢填志愿失误和自己考入同一所大学时，周狄高兴得不像话。

"欢欢，太好了，这样我的大学就不会孤单了。"

傅欢一直都记得周狄在毕业聚餐会上说这话时的情形。喝了酒微微醉的周狄脸颊红得像抹了腮红，他揽着傅欢的肩膀把头凑到她耳畔。周狄带着酒气的声音像一把熨帖的刷子，刷得傅欢面红耳赤的同时，心脏止不住地乱跳。

所以，根本就没有填错志愿这回事。一切的一切都因为喜欢，因为喜欢就跟随你的脚步，因为喜欢就想要和你头顶同样的蓝天呼吸同样的空气。

"快点,傅欢你走快一点。"周狄在前面不停地喊着。

傅欢应答着慢慢跟了上去。她看到周狄一次次想要拉住桃子的手一次次又缩回来,感到有一点点好笑,但更多的是无法形容的烦躁。

三

一来到密室逃脱店,工作人员就以避免搜索逃脱攻略为由要求大家把手机放到储物柜里。周狄提前预订的是"逆转裁判"这个主题,说简单点就是——越狱。这个主题要求队员分成两组分别进入不同的房间寻找线索,然后隔空喊话交换线索并得出一个个的密码用以开锁逃出密封的房间。

工作人员语音刚落下,周狄就站到了桃子那一边。

"桃子,我和你一组吧。"他一边说着一边冲着傅欢使了使眼色。

傅欢没有说话,径直走进了其中一个房间,工作人员立马给房间上了锁。

幽深静谧的房间有逼仄的窒息感,傅欢借着门缝里透过来的微光观察起房间来。她在一个马桶里找到了一支手电筒和几个台球。当她打着手电筒打开房间里的衣柜时,不由自主地发出了一声尖叫,手里的手电筒也冷不防掉在了地上。

衣柜里飘动着一套洁白的囚犯服,旁边还挂着一个精致的上了锁的百宝箱。

"傅欢,你怎么了?"

隔壁房间传来了周狄的声音,傅欢正想说自己害怕,周狄又开了口。

"傅欢,你那边有什么线索吗?我们这边除了一个铁质的小型三脚架和几个台球,什么都没有。"

傅欢还没从受惊中回过神来,她靠在墙上不停地喘着气。这个时候,上方的广播突然响了,傅欢又一次被吓到了。

"逆转裁判房间里的男生,你怎么把手机带进来了?不是告诉你们把手机放进储物柜里吗?请你把手机放进口袋里。"

"我又不是来作弊的,我只是拿来拍几张照片。"周狄在隔壁的房间不服气地嘟囔着。

接下来傅欢又听到了周狄小声的说话声——

"桃子,看着镜头,对,对,笑一个!

"桃子,靠过来点,这样我们两个的脸才能全部放到屏幕里。"

为了听清周狄到底在说些什么,傅欢把耳朵贴在了墙壁上。她从来没有这么迫切地想要听到周狄的声音,她是真的有一点害怕周狄会对桃子说出那三个字,她三番五次调整着位置,耳朵被墙壁磨破了皮都没有发现。

"逆转裁判房间里那对男女,你们到底是来玩的还是来自拍的?注意一点好不好?"广播里的男声再一次响起。这一次傅欢没有受惊吓,相反,她觉得这个男声好听极了。那声音就像山间潺潺的泉水，一下子就涤荡去心里的焦灼和烦闷。

最后，傅欢他们当然没有在一个小时里面越狱成功，他们只通过两关，成了所有玩家里战绩最差的一支队伍。从房间里出来的时候，傅欢看到桃子一脸不开心，想到广播里的那个男生，心里暗暗地偷笑不已。

这个时候有一支队伍通关成功哄笑着从房间里走出来，工作人员连忙递过去一个手工缝制的一米多高的布偶作为通关成功的奖励。

没有挑战成功的傅欢他们每人只获得了一支药丸形状的圆珠笔作为纪念品。当工作人员把东西递给他们的时候，桃子一脸不屑地转过身去，而傅欢则连忙收下来放进了包里。

在傅欢的心里，这支小小的笔，承载着她和周狄的回忆，理所当然地值得被珍惜被宝贝。她相信，终有一天，这支小小的笔能描绘出美好的未来；终有一天，心里蓬勃生长的嫩芽，能长成遮蔽烈日的参天大树。

四

傅欢以为"密室事件"会就此画上句号，谁知第二天周狄就因为这件事找到了她。

"欢欢，可以帮我一个忙吗？"

周狄是来告诉她桃子喜欢上了密室逃脱店里那个手工缝制的大

玩偶,她说只要周狄搞到了那个玩偶,她就和他在一起。

"欢欢,你数学那么好,逻辑思维能力肯定也很棒,所以你能不能帮帮我把玩偶赢回来?"周狄看着傅欢的眼睛里盛满了殷切的希望,让傅欢不知道该怎么拒绝,"你知道的,我数学比你差多了,再说我平时要做兼职。欢欢,算我求求你了。"

"算我求求你了!"周狄这样的一句话顿时让傅欢仅存的心理防线溃不成军,她是怎么都想不到,因为爱一个人,从不轻易向别人低头的周狄会如此卑微。然后,她对着周狄点了点头。

第二个周末,傅欢一大早就去了密室逃脱店。

推开密室逃脱店厚重的木门时,清晨柔缓的阳光先她一步蜂拥进房间。傅欢看到一个男生坐在前台认真地写着些什么。柔软的栗色头发,好看的侧脸,整个人在阳光的倾泻下闪耀如星。

"你好,有什么需要帮助的吗?"傅欢还没开口,男生就转过头来熟稔且亲切地问道。

在看到男生的正面时,傅欢不由得愣了,这是一张和周狄不相上下帅气的脸,但比周狄更多了几分刚毅之气。而那个男生在看到傅欢的时候,也不知怎么愣了一下。

"我想玩密室。"傅欢回过神来轻轻地说道。

这一次傅欢玩的是主题为"末日逃亡"的逃脱游戏,平常有五六个人的房间里只有她一个人,她一个人在十个停摆的时钟里找到了密码,通过观察化学元素周期表找到了正确的线索……一个人的力量毕竟是有限的,在最后一关需要通过红外线取得终极密码的时候,一个小时的时间快到了。

她急得浑身冒汗,一次次企图强制迈过红外线获取终极密码。在监控室里的男生看到傅欢这个样子,都不忍心用广播来警告她。最后时间到,随着嘀的一声,傅欢疲惫地瘫倒在地上。

她低着头,想到周狄到时候失望的样子,她的肩膀止不住颤抖了起来。

此后,傅欢一有空就跑来密室逃脱店,次数多了,她和那个男生也熟络了起来。她听到大家都叫他吕超,也就跟着叫。

"傅欢,你怎么就这么喜欢玩密室逃脱啊,你不会厌倦吗?"每次吕超这样问她的时候,傅欢的心里都会暴发一场痛彻心扉的海啸。但每一次,她都会笑着信心百倍地说:"我喜欢玩,我一定要通关赢取大奖。"

在傅欢第九次来密室逃脱店的时候,吕超看不下去了,他暗地里帮助傅欢,让她通了关。在通关成功的第一时间,傅欢打电话给周狄。周狄没有接,他挂了傅欢的电话,然后马上发来了一条短信说自己正在办重要的事情。

傅欢的喜悦像熊熊燃烧的火焰,可周狄的举动就像一盆无情的冷水浇灭了她。接下来,更让她不知所措的事情发生了。

吕超把通关大奖递给傅欢的时候,不是之前那个手工缝制的大玩偶,而是一个爱国者 MP3。

"大奖不是玩偶吗?"

"哦,是有过这么一次,我们的奖品不是固定的,是老板随机派送的。今天准备的就是这个呢。"吕超这样解释道。

这时候傅欢的手机响了，打来的是周狄。

"欢欢，我和桃子在一起了，你以后不用帮我去玩密室逃脱了。"周狄在电话那头兴奋地大叫，而这边傅欢却怎么都开心不起来。她紧咬着嘴唇，心和窗外的夕阳一样，慢慢地沉了下去。

五

自从周狄和桃子谈恋爱，傅欢就落单了。这个时候她才发现，自己在学校里除了周狄之外没有什么朋友。室友恋爱的恋爱兼职的兼职，很多时候，傅欢都是一个人。她没来由地觉得难过，从高中一路到大学，她的生活几乎是围着周狄转的，可是现在……

傅欢留着一头干练的齐耳短发，不知道是不是因为这个，周狄一直都只把她当作好哥们儿。傅欢其实无数次想过要向周狄袒露自己的心意，有一次她甚至都已经说出前面几个字了，可最后还是退缩了。说出的话，就像泼出去的水，是怎么都收不回来的。她害怕自己说出口连朋友都不能做了。

既然没有百分百的把握，就默默地再继续陪在周狄身边一起吃饭一起逛街一起玩耍吧，这样其实和情侣也没什么两样。傅欢是这么安慰自己的，可是没想到现在连站在他身边的资格都失去了。

傅欢一边这样胡思乱想一边咬着当作晚饭的烧饼准备去图书馆的时候，身边突然刮过一阵风，就在她疑惑不已的瞬间，手中的烧饼飞了出去。

"哈哈哈,你怎么就那么喜欢吃烧饼啊?"

面对突如其来的情形,莫名其妙的傅欢转过身去,看到抢了自己烧饼的人时更加惊诧了。

那个人是吕超。

"不好意思,我看错人了,我以为是我一个好朋友。"说着吕超立马把烧饼塞回傅欢的手里,"奇怪了,你们的背影怎么这么像啊?"吕超摇着脑袋呵呵笑着,那样子让傅欢怎么都生气不起来。

"你说,你吃过的东西我还要吃吗?"傅欢把烧饼重新递给吕超继续说道,"平时就是这样抢你朋友的晚饭的吗?"

"啊,这是你的晚饭吗?"吕超的脸上露出尴尬的神色,"你怎么能吃这个当晚饭呢?作为赔罪,我请你吃饭吧。"

听到这个提议傅欢最开始有一丝犹豫,但马上她就答应了吕超。玩了那么多次的密室逃脱,早把一个月的生活费花得差不多了,她不好意思开口问爸妈要,也不好意思问同学借,只能每天省吃俭用买点路边摊小吃。周狄之前说过能"报销"她玩密室逃脱的费用,傅欢对此根本就不抱任何希望。众所周知,谈恋爱是一项花费人力物力财力的事情,所以周狄不问她借钱就谢天谢地了。

看着在自己前面带路的吕超,傅欢心里有一丝丝窃喜。终于能够吃一顿好的了,她在心里这样暗暗想着。

傅欢没有想到会在餐馆里遇到周狄和桃子,她正想躲开,周狄就喊住了她。

"哎,傅欢,这么巧,你也来吃饭啊。来来来,一起坐一起坐。"

听到周狄的叫声,傅欢的脊背一下子僵硬了。她慢慢转过身,极不自然地向他们走过去。周狄说完话就回过头去和桃子讲话,他一边讲话还一边不停地往桃子的碗里夹菜。桃子碗里的菜已经堆成了一座小山,再夹下去就要发生"山体滑坡"了。

"傅欢,你好。"桃子抬起头冲着傅欢友好地笑着,可不知道为什么,傅欢浑身都不自在。她正想着等下坐下来一起吃饭时该怎么化解这尴尬的局面,吕超的话骤然间在她糨糊般的脑子里凿开了一条鲜花夹道的光明大道。

"还是不坐一起了,我提前订了位子的。祝你们吃得愉快。"

说完吕超就拉着傅欢坐到了餐厅的另一头去。

六

这一顿饭,傅欢吃得非常不专心,她的眼神时不时不由自主地飞到周狄那边去,吃着吃着她就情不自禁地陷入沉思里。

这一切,都被吕超收进了眼里。

晚上快熄灯的时候,傅欢接到了周狄的电话。

"傅欢,那个男的是不是你的男朋友啊?你小子啊,谈了男朋友也不告诉我,太不够哥们儿了吧。"

听周狄这么一说,傅欢囤积了一个晚上的怒火轰然爆发。

"谁是你哥们儿?谁是你哥们儿?"说完傅欢挂了电话,把手机甩到了一边。

谈了男朋友也不告诉他？嘁，他那会儿看上桃子的时候告诉她了吗？还不是最后到了要和桃子约会的时候才说的。再说，吕超根本就不是她的男朋友。傅欢想着想着忍不住用脚后跟敲起床板来。

傅欢的心里有太多的情绪想要发泄，她辗转反侧怎么都睡不着，突然她想到晚上吃饭的时候和吕超交换了号码，于是立马发了短信过去。不一会儿，吕超就打来了电话。

傅欢和吕超说了很多话，大部分是关于自己和周狄的。这是她第一次对别人说起自己和周狄的故事，说完之后，她觉得浑身舒畅了许多。挂电话的时候，吕超告诉傅欢，他在那个 MP3 里下载了一首自己最喜欢的歌，或许这首歌可以给她一点点慰藉。

"走在风中／今天阳光突然好温柔……／天边风光／身边的我／都不在你眼中／你的眼中藏着什么／我从来都不懂……那爱情的绮丽／总是在孤单里／再把我的最好的爱给你……"

傅欢不像周围很多人对五月天充满狂热的喜爱，但在这时候听到这首《温柔》，她一下子就沉沦在歌词所营造的意境中，她从未有这样强烈的感受，觉得这首歌简直是为自己量身打造的。

傅欢听着听着眼泪就顺着眼角滑了下来。窗外清朗的月色洒在傅欢的脸上，那一颗颗泪珠，变成了天上微微闪耀的星。那里面藏着她对周狄的感情，那是她最最疼痛的孤单心事。

那晚过后，傅欢和吕超的关系突飞猛进，傅欢对吕超也有了更进一步的了解。吕超和傅欢是同一个学校的学生，但比她高一届。

因为成绩不怎么好，他索性把大部分的时间放在兼职上面。他说他一直以来就喜欢玩密室逃脱游戏，说等他赚够了钱就退学然后开一家这样的店。

对于吕超时不时提到的退学，傅欢每次都表示强烈的反对。大学是一个人一生中最美好的也是最后的清闲时光，所以一定要格外珍惜。每次他们都会因此展开激烈的辩论。

那天在去外面吃饭的时候他们又因为这个争辩了起来，走到学校活动中心的时候，傅欢看到了大学生冬季征兵的宣传广告。

"你既然不喜欢读书，那就去当兵吧，这样总比退学好得多……"

傅欢的话还没说完，吕超就在她头上敲了一下："我去当兵了，谁每天陪你吃饭逛街啊？"

听到这话，上一秒还在争辩中气势逼人的傅欢骤然间安静了下来。她突然发现，在和吕超厮混的这些日子里，她已经很久没有见过周狄了，周狄也很久没有和她联系了。她心里突然间有一种莫名的后怕，她不敢想象，吕超走了，自己的生活会发生怎样的变化。

七

圣诞节快要到来的时候，整个城市都洋溢着浪漫喜庆的节日氛围。

傅欢在下课后回寝室的路上接到了周狄打来的电话，傅欢记得很清楚，距离上一次联系，已经过了 31 天。听着电话那头久违的熟悉的声音，傅欢一下子就停在原地迈不开脚步。

周狄打来电话是邀请傅欢参加平安夜人民广场上的烟花盛会的，电话末尾，周狄嬉皮笑脸地说："哎，欢欢，你也可以叫上你那个男朋友啊，你不要再解释啊，我都好几次看到你们在一起了。"

傅欢也真的没有解释，挂了电话她只觉得心里一阵阵酸涩。

平安夜那天，傅欢如约前往人民广场。这个时候傅欢的头发已经长到了及肩的长度，为了更加漂亮地出现在周狄的面前，她还借了室友的烫发棒，把发尾烫得卷卷的。当她穿着粉色洋装蹬着马丁靴出现在吕超面前的时候，吕超有那么一瞬间的愣神。他有种喘不过气来的感觉，仿佛自己的心突然间漏跳了一拍。

人民广场人山人海，他们好不容易才找到早一步到来的周狄和桃子。周狄和桃子手拉着手穿着情侣装，很登对的恩爱模样，傅欢原先满心的欢喜顿时灰飞烟灭。周狄和桃子笑着和他们打招呼，傅欢支支吾吾地不知道怎么回应。吕超在这个时候拉住了傅欢的手，像一个骁勇的骑士把她从水深火热之中拯救了出来。

傅欢转过头，笑着和他说谢谢。

吕超也咧开嘴角，他的眼睛深邃得像波涛翻滚的大海，上面缀满了点点星光。这时候，傅欢才发现今天吕超穿得很帅气，剪裁特别的休闲西装外套，衬衫的领口别了一个鲜艳的蝴蝶结，看起来沉稳而不失俏皮。傅欢看了几眼，感到呼吸莫名急促了起来，她连忙转过头去。

转过头的一刹那，她顿时重重地跌入万丈深渊之中。面前的周狄和桃子紧紧地拥抱在一起，唇齿相依。

下一秒，有一双手蒙住了傅欢的眼睛，从掌心传来的暖意让傅欢的泪腺温热了起来。

"不要看。有我在。"吕超清浅的嗓音缓缓地传入耳畔。

"吕超，我身体有一点不舒服，我们先走吧。"

她的话音刚落下，吕超就背起了她。

吕超背着她穿过簇拥的人群时，脑海里满满当当都是傅欢。第一次在密室逃脱店监控室看到的贴着墙壁满脸焦灼和悲伤的傅欢，在密室逃脱店里心急如焚寻找线索满头大汗的傅欢，看到周狄手足无措心跳加速的傅欢，看到好吃的会忍不住欢呼大叫的傅欢……一个个傅欢在吕超的脑海里像电影一幕幕闪过，他也由最初的心痛变为满满的喜悦。

而趴在吕超背上的傅欢，却感到格外安心。她闭着眼睛把头贴在他宽厚的脊背上，感受着他的心跳和呼吸，于是把一切的一切都暂时抛到了脑后。

"傅欢，可以让我照顾你，陪你走下去吗？"

听到这话，傅欢的内心犹如铁马冰河般汹涌。她的脑海里周狄和吕超的面孔交错着浮现，最后吕超的笑脸停驻了下来。可是傅欢没有说话，她想到从高中以来和周狄发生的一切，心里的天使和恶魔争吵得厉害。最后，她索性发出微微的鼾声，以此来躲过这突如其来的表白。

到了傅欢寝室门口，吕超叫醒了她。

"傅欢,我知道刚才你没有睡着,你能给我一个回答吗?"

傅欢依旧不知道该怎么回答,她红着脸转身跑上了楼,连再见都没有说一声。等她走进寝室从窗口往下望的时候,她发现吕超还站在原地。

路灯下吕超孤独的身影让傅欢难受极了,喉咙干涩得像是塞进了一把稻草。

八

傅欢换好睡衣准备洗漱的时候接到了周狄的电话,她以为周狄是来问自己为什么提前离开的,可是周狄告诉傅欢他受伤了。

他告诉傅欢在看烟花的时候,因为工作人员操作不当,有烟花突然进到看台上剧烈爆炸,把好多人炸伤了,他和桃子也在受伤的人群里。

听到电话那头周狄虚弱的声音,傅欢放下牙刷来不及换下睡衣就出了门。

而那一边的吕超沉浸在如何再次向傅欢表达心意的思考中,没有看到烟花大会出事的消息。第二天早上,他捧着一束鲜花冲进了傅欢上课的教室,打断了老师。

"老师,可以耽误你5分钟时间吗?"

没有等老师说话,他就深情地对着台下诉说自己心里的想法,他不敢看台下,直到说完他才敢抬起头来。

"傅欢今天没来上课。"这时候有人在台下说道。

"他的朋友周狄在烟花大会上受伤了,昨晚她一夜没有回来。"

那个从来不点名的任课老师发现有人没有上课还彻夜未归,立马联系了傅欢的班主任。

吕超匆忙赶到医院的时候,傅欢刚好挂了班主任的电话。她穿着睡衣,头发乱蓬蓬的,两个大大的黑眼圈就像画了浓重的烟熏妆。

"傅欢。"吕超轻轻喊她。

看到抱着玫瑰花的吕超,再想到室友说的"吕超求爱门事件"以及班主任的警告,傅欢的怒火一下子就冲到天灵盖上。

"吕超,你是不是有毛病啊?!"她冲过去夺过他手里的玫瑰花重重地砸在地上,然后转身进了周狄的病房。

透过房门上的玻璃,吕超看到周狄的头上、手上都缠着纱布,而傅欢则微笑着给他喂吃的喂喝的,还毫不介意地给他擦身子。看着傅欢小小的背影,吕超的视线慢慢地模糊起来。

其实傅欢走进病房里就后悔自己刚才对吕超的态度了,可那一刻她真的是太生气了。她想要向吕超道歉,可她不知道该怎么说,短信来来回回地编辑了好几遍,最后还是删除了。再说,现在最重要的事情是照顾好周狄,所以她暂时把道歉的事情给耽搁了。

九

傅欢是最后一个得知吕超要去当兵的消息的。

那天是周狄出院的日子，她和周狄从出租车上下来走进学校的时候，看到的是锣鼓喧天热闹非凡的新兵欢送会。傅欢一眼就看到了被人簇拥着的吕超，他戴着军帽穿着军装，像一棵挺拔的白杨树。

傅欢没有想到之前看到征兵启事时随意说的话会一语成谶，吕超胸前的大红花太过鲜艳，刺得傅欢泪如雨下。周狄看到这儿，连忙把她揽到怀里。

闻着周狄身上熟悉的气息，傅欢的心平静得像日暮时分波光粼粼的海面。因为在照顾周狄的这些日子里，吕超的音容笑貌时不时地出现在她的眼前。那些日子里她明白了，在那个主题为"周狄"的黑暗密室里，自己终于越过重重障碍，告别了幽深与黑暗，迎来了光明和未来。

可是光明那么短，未来那么远，自己想说的话还未说出口，世界就再一次熄了灯。

吕超在被送上车时深深地往后看了一眼，傅欢不知道他是不是在找她，但她能确定的是，如果时间倒转到那晚她趴在吕超的背上听到他告白的那一刻，她一定会毫不犹豫地答应他。

如果当初坚定一点，如果当初早一点领悟，是不是一切就会和现在不一样了呢？

吕超走后，桃子和周狄分了手。在那次事故中，桃子的左边脸上留下了一个巴掌大的伤疤，她后悔和周狄在一起，更后悔和周狄一起去看那场烟花。在甩下"你是我毕生的灾难"这句话后，桃子就退学了。周狄难过了很长时间，但伤痛不过百日长，几个月后，他就交了一个新女朋友。

　　傅欢始终记得吕超说过的每一句话，她拿出了自己从小到大的压岁钱，再向父母伸手要了一些开了一家真人密室逃脱店。店名之所以叫"LC"，不仅仅因为这是吕超名字的缩写，更因为那两个字是她心里来不及说出的话："LOVE CHAO（爱超）。"。

　　吕超离开后，傅欢每天还会用那个MP3听好几遍《温柔》，每次听到这首歌，所有的一切好像都回来了。为此，她还在密室逃脱店里设置了以"温柔"为主题的房间。那个房间没有线索没有密码，只有一台正对着人的摄像机。只要坐下来说出你的心里话，并填写好想要投递的时间，到了规定的时间就会收到那段不想与别人分享的时光。

　　傅欢每天都会进那个房间说说话，她谈自己的近况，谈对吕超的想念，她把每一段音频的投递时间都定在吕超退伍回来的那一天。她多么希望在接收到那些音频的那一刻，吕超刚好推开密室逃脱店厚重的大门，背对着灿烂的阳光，对自己露出一个大大的笑容。

　　如果那个时候他还爱她，她想她一定再不辜负这迟来的温柔岁月。

≈ 孔雀
　　东南飞

曾经的　　朝思暮想

如今的　　念念不忘

一

　　碧琳进门的时候，林吉刚好端着一碗汤从逼仄的厨房里走出来。

　　"吃饭啦，快坐下吧。"黄昏的阳光从狭小的窗棂漫进来，周身都被金色光芒包裹的林吉看起来温暖而美好。

　　碧琳实在累得连说话的力气都没有了，她没有应答，而是放下包拿起换洗的衣服，慢腾腾地走进了浴室。她洗完澡坐回餐桌的时候，林吉的脸像是乌云过境时的天幕那样阴沉。

　　"你又练功了？"

　　碧琳点了点头："不练功怎么行？底子变硬了就不好了。"

　　这是碧琳毕业后第二年，也是她在戏曲路上摸爬滚打的第十二年。如今的她为了生计在健身房担任健美操教练，没有客人的时候她就会练练功。台上一分钟，台下十年功，她不担心自己努力了不优秀，只担心优秀的人比自己更努力。

"碧琳，你这样做觉得有意思吗？"

"我还年轻，我还想再拼一拼。"听到林吉的话，本来饥肠辘辘的碧琳顿时味同嚼蜡。

"再拼一拼？你还在做什么白日梦呢？！要成角儿早成了，你明白吗？"林吉说到激动处脸涨得通红，嗓音也比原先高了几个八度，甚至微微盖过了电视里的声音。

"白日做梦的话，我又何苦每日吊嗓练功？"碧琳也扯开了嗓子，"林吉，我不会像你一样，轻而易举就放弃的。"

碧琳想起大学时第一次在舞蹈房看到林吉的情景。身材颀长剑眉星目的林吉，穿着练功服和靴子。他双手放置背后，然后慢步、中步、快步、移步、单移、官生步一遍遍地练习台步，一身正气，凛然如风。

林吉开口和碧琳说的第一句话就是——"我要做中国戏剧界最好的武生。"他说这话时，斗志昂扬怒发冲冠，全身上下都洋溢着梦想的光芒。

可谁知，才毕业一年，林吉就为了房租、生活费等问题向现实低头，做起了销售。

在碧琳眼里，半途而废才叫真正的失败，就像林吉那样。她想，自己绝不会放弃的。

这时电视里插播了一则娱乐新闻：李安二度问鼎奥斯卡最佳导演奖。新闻里，主持人还口若悬河地讲述着李安艰苦卓绝追求梦想的辛酸往事。

"你看，你看，只要坚持，就一定会成功的。"碧琳指着电视机大声嚷道，这一刻，她的胸腔里充盈着丰沛的斗志，"林吉，你要相信我，我一定可以的，我一定会站在很大的舞台上。林吉，你也重新回到戏剧舞台上来吧。"说到激动之处，碧琳情不自禁拉住林吉的手。

"够了，我才不想和你一起疯。"林吉奋力甩开碧琳的手，啪的一声把筷子甩在桌上，头也不回地夺门而去。

二

林吉走后，碧琳瘫坐在椅子上，看着桌上的饭菜愣了神。过了好久碧琳才回过神来，随后她拿起手机和包出门去找李竹依。

李竹依是碧琳同窗八年的密友，毕业后为了继续追求梦想，她一个人在城市边郊的城中村租了房子。碧琳乘了一个小时公交车赶到后，看到的是李竹依在狭小的出租房里练功的情景。

正是夏末秋初秋老虎狂傲的时候，没有空调的出租房闷热得像是一个蒸笼。耗、压、悠、踢、劈、搬、抬，李竹依咬着牙汗流浃背地练着腿功。她穿着白色的练功服，水藻般的长发随意绾在后脑扎成一个球，因为太热出了汗，李竹依的脸颊绯红绯红的，像是有两朵火烧云驻留在她白皙的脸上。

"竹依。"碧琳趴在窗口轻声地喊道。

"和林吉又吵架了？"

碧琳点了点头。

其实，每次和林吉吵架碧琳都会来找竹依，次数多了，任谁都能看出端倪来。最开始的时候李竹依会苦口婆心地劝和他们，可次数多了她也烦了。爱情从来都是两个人的事情，所以他们的酸甜苦辣让他们自己去尝，他们的纷纷扰扰让他们自己去解决。

"对了，我也正想找你来着。"李竹依清了清嗓子，从抽屉里拿出一份文件递给碧琳，"南城最大的越剧团招新选角，选中的人可以和剧团签约三年，还有机会出演今年的年度大戏。碧琳，你有什么想法？"

"千载难逢的机会，必须去。"她一把从李竹依的手里抢下文件放到眼前。

"这次，你可不要被我给比下去了。"

"你还是担心好你自己吧。"碧琳抬起头，一边冲李竹依笑着一边狠狠地抱住了她。

追求梦想是一条艰辛且漫长的路，时光残酷现实狰狞，在分分合合之中，坚持下来的人越来越少。碧琳真的庆幸还有李竹依一直陪伴在她左右。

可林吉呢？她本以为林吉会是自己生活和事业上的最佳伴侣，可谁知才毕业一年，他就退出了戏曲界，还和她发生一次次争吵，把他们的感情生活搅得一团糟。

三

那次争吵之后,林吉的态度非常反常。以前一吵架,不到两天他就会死皮赖脸地来哄碧琳开心,可这一次,他早出晚归,好像特意避开和碧琳见面的机会。

大学的时候,林吉半天没有见到碧琳就会打电话过来,如胶似漆的两人被大家称为前无古人后无来者的"模范夫妻"。一想到这个,碧琳就觉得有一根细密且锋利的线在自己的心头一下一下地拉扯着,生生地疼。

为了能够以最佳的状态去参加越剧团的选角会,她把健身房的工作辞了,每天待在家里练习。钩、挑、拨、甩、打,袖口间的白绸,时而像行云流水,时而像团团白絮,时而像波浪涟漪,时而像旋转的车轮。单板转盘袖、正侧重叠转盘袖、直冲展翅飞卷袖……那一套套袖法,加上碧琳清亮的唱词,将戏剧人物激动、悲愤、痛苦等复杂的思想情感和心理活动表现得淋漓尽致。

碧琳都觉得自己快要成魔了,可是那又如何?唱戏就是这样,不疯魔不成活。

出租房的门突然打开的时候,碧琳被吓了一跳,动作一下子停滞在半空中。

开门的是林吉,他看着如此打扮的碧琳脸色阴沉。

"你怎么在家里?"

"我要去参加越剧团的招新,我把工作辞了。"

"什么,你把工作辞了?"林吉愣了一下,松了松领带继续说道,"你在开玩笑吧?"

"没有,我是认真的。"碧琳说着点了点头,"我要练功,准备去参加越剧团的选角会。"

她一点头,就像导火索,一下子引燃了林吉胸中的怒火。

"你到底要执迷不悟到什么时候?"林吉走上前奋力扯下碧琳手中的水袖,"唱戏可以当饭吃吗?唱戏可以付房租吗?唱戏可以供你爸妈安享晚年吗?"

碧琳奋力地挣扎,紧紧地拽着戏服不肯松手。那件金丝细边的精美戏服,在两人的拉扯中,刺啦一声破了。

碧琳呆住了,回过神后她发了疯一样地尖叫道:"不唱戏就能有饭吃吗?像你一样?每天早出晚归,累死累活一个月两三千的工资,付了房租就没了一大半!毕业后你给我买过一件新衣服吗?你带我吃过一顿好的吗?这些你都做不到还和我提什么让父母安享晚年……"

"啪——"

林吉的巴掌重重地打在碧琳的脸上,一下子就隐匿了所有的声嚣。

"我们分手吧。"说完这句话,林吉冲进房间拿了个文件夹,怒气冲冲地摔门而出。

碧琳的脑子彻底蒙了,林吉的话就像重锤般敲打在她的胸腔,她好半天才回过神来。她瘫软在地,紧紧地抱住自己的身体。她撩起戏服,手臂上膝盖上一块块的乌青让人不忍直视。再加上红肿发烫的脸颊以及那些看不到的伤口和辛酸，碧琳的眼泪滚落了下来。

值得吗？为了生活而放弃自己曾执着追求的梦想。

值得吗？为了梦想而牺牲苦心经营了五年的感情。

这时，碧琳的电话响了起来，她以为会是林吉，可屏幕上显示的是自己的爸爸。

碧琳迅速地擦干眼泪，清了清嗓子才按下接听键。

"喂，爸爸。"

"哎，琳琳，你最近过得怎样啊？"爸爸沧桑但温暖的声音透过电波像一个柔软的枕头，猝不及防打在碧琳的心头，她的声音哽咽了起来。

"嗯，我很好呢。"

"最近天气冷了，你要好好照顾自己啊。什么时候寄一张最近的照片回家啊，你好久没回家了。"

碧琳听到电话那头妈妈在奋力压抑着自己的哭声，眼泪在脸上蜿蜒开来。

四

越剧团招新初选来的人比碧琳预想的多了好几倍，在学戏的十二年里，碧琳参加过许多场比赛，对于这样的场面早已司空见惯。这时候碧琳烦恼的是搭档的人选，初选的曲目她选择的是双人对唱，剧团给选择双人对唱的选手安排了一批团里的"老人"，碧琳不知道那些人的具体情况,所以一直犹豫不决。

这时有个高大的男生走向碧琳,主动向她发出了邀请。

"你放心,我不会让你失望的。"

那个男生身材挺拔,浓眉如剑,碧琳看着他,心里不知怎么平静了一点点。她冲着男生微微一笑,轻轻地颔首。

"——自古道,糟糠之妻不下堂,为什么,兰芝无辜遭夫休?你明知兰芝无过犯,为什么,你惧怕母亲不开口?婆媳恩义已断绝,夫妻情分也无有。你和我今宵离别后,我和你,此生永不再聚首。哪个要你来送别?谁人要你诉缘由?你自去,另攀名门淑女求,我兰芝,无福与你结鸾俦!"

那是剧中刘兰芝回娘家时遇到追上来向自己道歉的焦仲卿所唱的一段唱词,想到这几日怎么都联系不到林吉以及之前林吉对自己林林总总的好,碧琳觉得这段唱词字字走心句句戳心。

泪眼蒙眬中,碧琳感到面前的男生忽然变成了林吉,并且,之前林吉和她一起学戏对戏的场景又蹚过时光的长河回到了她眼前。

碧琳第一次唱戏唱到声嘶力竭,走下台后她还沉浸在剧情里哭得不能自已。

"我从来没有见到一个人像你这样唱戏唱得如此动情,碧琳,你一定爱戏剧爱到了骨子里。"

男生说着递过来纸巾,碧琳一边接过去一边朝着男生尴尬地笑了笑。

碧琳是在得知自己和李竹侬双双进入复赛后才离开剧院的,那个时候她也知道了帮自己搭戏的男生是团里的全能小生,名叫苏哲。

已经是晚上8点多了,出了剧院门李竹依还有别的事情先走一步。顺着李竹依远去的方向,碧琳看到一对对情侣携手并肩的背影在霓虹灯的照耀下铺展在地面上,纵然黑色的一片,却一派温馨幸福。

她拒绝了苏哲送她回家的好意,打算一个人慢慢地走回家。

"你一定爱戏剧爱到了骨子里。"

回家的路上碧琳突然间想到了苏哲说的这句话,她想,是什么时候喜欢上戏剧的呢?

那是小学快要毕业的时候,碧琳在过年的时候去奶奶家拜年。奶奶所在的村子刚好在唱戏,和小朋友们在戏院边捉迷藏的碧琳无意撞进了后台。在后台,当她看到那些华美的戏服、珠光闪烁的头套以及精致的边凤、葫芦针、锡杖插、后三条、蝴蝶花等头饰时,一下子就被勾了魂,后来她一个人在后台听完了整场戏。

当天晚上吃晚饭的时候,她无意哼唱了一段当天上演的越剧里的选段,把一桌子人搞得又惊又喜。就这样,小学毕业后,父母在征询了碧琳的意见后,就让她去学了戏。

碧琳记得那天演的正好是《孔雀东南飞》。

水袖倾城,时光轮转,怎么就突然变成了现在这个样子呢?

五

碧琳回到出租屋打开门的一瞬间呆住了，里面关于林吉的东西全部都不见了。她跑进卫生间里，连林吉用过的毛巾牙刷都不见了。

这一刻，碧琳的心和这间被洗劫一空的房子一样空落落的。她紧咬着嘴唇，眼泪还是忍不住顺着脸庞飞流而下。她颤抖着掏出手机打给林吉，电话那头"您好，您拨打的电话已关机"让她绝望地闭上了双眼。

碧琳打车去找李竹依。下了车走到李竹依出租屋门口的时候，她看到狭小的弄堂里停着一辆轿车，这时候一个男人从车里走出来，然后绅士地打开了副驾驶座的车门。因为光线昏暗，碧琳看不清男人的脸，但男人修长的身材有种似曾相识的感觉。当副驾驶座里的人出来的时候，碧琳愣住了。

是李竹依。

路灯下，李竹依鲜红色的长裙像一朵烂漫绽放的花朵，可碧琳一点都没有感到美好。因为下一秒，她就看到那个男人搂住李竹依的腰，然后亲昵地吻上了她。与此同时，碧琳也看清了这个男人。

他是越剧团掌握选手生死大权的面试官。

碧琳不由自主地叫了出来，李竹依听到声音回过头来，她脸上惊慌失措的表情在暗淡的灯光下像是一张揉皱的惨白的纸。

"碧琳，你听我说。"

碧琳转身拔腿就跑，她跑过喧闹的长街，跑过幽深的小弄，一路上夺眶而出的眼泪洒落在猎猎的风中，一双眼睛涩涩地疼。

"这个女的也太不要脸了吧，有点儿姿色就了不起啊。"

"要是我肯定不会这样子。"

碧琳的脑海里回想着之前李竹依看到女明星用各种手段上位时掷地有声的鄙视话语，可现在，怎么突然就变样了呢？

林吉走了，李竹依也以另一种方式离开了自己，这一刻碧琳感到从未有过的孤独。她觉得，自己就像一个迷失在荒漠里口干舌燥的旅行者，看不到绿洲，更没有人相伴左右彼此加油打气说要勇敢地坚持下去。

那晚碧琳不知道自己是怎么走完坐公交车要一个多小时的路程的，打开家门，除了凄冷之外她只觉得身心疲惫，可躺在床上怎么都睡不着。一闭上眼睛，眼前就会出现林吉的脸。这时候，要是有林吉在，那该多好啊。看着这一起住了一年多的简陋却温馨的小房子，呼吸着曾经一起呼吸过的空气，碧琳的心好像被一只手紧紧地拽住了，生生地疼。

六

在连续失眠了几个晚上之后，碧琳决定从这个满是回忆的房子里搬出去。也就是在这个时候，碧琳发现自己根本没有多少积蓄，口袋里的钱加上银行卡里的钱，满打满算也才一千块钱。

碧琳第一次感到重如大山般直面而来的压力，她也第一次在心里默默地认同了林吉说过的话：唱戏不能当饭吃。但是那又怎样？

在迈向成功的道路上必将经历一段颓唐难熬的黑暗岁月，所以咬咬牙坚持一下一定会看到光明的。碧琳在心里这样安慰自己。

正当她愁眉苦脸不知所措的时候，苏哲雪中送炭帮碧琳找到了一间性价比高的房子，还帮她垫付了三个月房租。碧琳感谢有这样一个人在自己最困难的时候毫不犹豫地伸出援助之手，这件事也让他们的关系更进了一步。

碧琳给苏哲讲述自己学戏曲十二年里的各种酸甜苦辣，给苏哲讲自己和林吉、李竹依的故事。每一次苏哲都耐心地倾听，并给出自己的意见。

苏哲经常请碧琳吃饭，碧琳在这个城市待了那么多年，要是没有苏哲，她根本就不知道这个城市有那么多美食。苏哲有空的时候还带碧琳到处去玩，那些本该是林吉带她做的事情苏哲都做了。

不知不觉地，碧琳开始拿苏哲和林吉做比较。每一次，她都惊讶地发现，林吉的音容笑貌在脑海里越来越淡，她心里的伤也越来越轻。与此同时，碧琳觉得苏哲就像一阵带着柳絮和花香的春风，他让她从冬眠中苏醒，他让她想要更加努力地备战比赛，他让她更加迫切地想要留在这个城市。

碧琳最薄弱的是走台步，于是每天她都把大把时间花在走台步上。花旦走台步注重慢步求稳，快步求碎。以前在艺校练习快步的时候，老师要求她们两手平端一杯满满的水，水不溢出水杯脚步不发出声音，直到练到身轻如燕健步如飞才算优秀。于是碧琳就照着这个方法练习，碧琳练这个到了走火入魔的地步，平时去吃饭去洗澡的时候,她也夸张地端着两杯水扭着屁股,苏哲有一次无意看到,不停地嘲笑说她像是一条搁浅在沙滩上的美女蛇。

决赛的时候,碧琳看到了很久没见的李竹依。这期间其实李竹依好几次找过碧琳,可碧琳都拒绝见她。碧琳也不是不难过,毕竟是那么多年的朋友,可李竹依那种寻求成功的方式就像在她们之间凿开了一条天堑鸿沟,她们再也无法靠近温暖彼此。

李竹依看到碧琳,正想走过来,碧琳连忙背过身去。

决赛的曲目,碧琳再一次选择了《孔雀东南飞》中的选段。

"——仲卿莫提违盟事,我和你,生死同心当共逝!我明知,你我再难重团聚,也明知,你今生不会再婚娶!因此我,无意贪生恋人世,允亲原图死相俟!半年来姗姗君来迟,只以为,生时难会,须坟前吊视!"

这是刘兰芝死前和焦仲卿的最后一次见面,得知焦仲卿是来和自己永远断绝关系后,得知焦仲卿还是深深爱着自己后,她肝肠寸断地吟下了这样一段绝望至极的唱词。碧琳想,就用这段唱词来真正地告别林吉吧。唱完这段唱词,就此相忘于江湖。

最后,碧琳凭借出色的功底和与苏哲默契的演出获得了加入越剧团的"门票",而李竹依也和她一样,得到了和越剧团签约三年的机会。

一知道结果,碧琳就打电话给爸爸妈妈。

"爸爸,我成功了。"电话一接通,碧琳就大声地说出了这么一句话。十二年了,自己终于成功了,终于能够有机会站到自己想要的舞台上了。

这十二年时间里，碧琳不知道吃了多少苦。特别是毕业后的这一年里，为了站上舞台，她曾经进了一个小剧团全国各地跑场子，小剧团去的都是一些交通闭塞经济落后的小镇小村，除了基本的演戏，那边的人民还经常要求他们唱不入流的歌跳不入流的舞，有一次碧琳去上厕所的时候还被人跟踪、偷窥。那之后，她就毅然决然地回到了读书时所在的城市。她知道，只有站上更大的舞台，她才能实现更大的价值。

这一路走得太艰难了，曾经有那么多人在前进的路途中拼搏煎熬，不断有人放弃而改投他路，也不断有人倒在路上挣扎不起，但也总会有人坚持到底，碧琳庆幸自己是坚持到底的那一个。

电话那头的爸爸比碧琳还高兴，当得知碧琳有机会参演剧团的年度大戏时，爸爸说到时候一定过来亲自看女儿的表演。

碧琳很高兴，她觉得自己没有对不起爸爸妈妈。爸爸妈妈为了自己学戏曲付出太多太多了，有一件事，碧琳记得特别清楚。当时爸爸陪着她来艺校考试，晕车的她在公交车上呕吐了，为了不让别人嫌弃，没有塑料袋的爸爸用手捧着她的呕吐物直到目的地。

就是这件事，让碧琳明白自己只能成功，不能失败。

七

为了庆贺碧琳成功，苏哲请她去了当地最好的西餐厅吃饭。

这家西餐厅碧琳曾经和林吉无数次经过，他们都说等以后赚了大钱一定要来吃一次。这个"以后"终于变成了现实，可是身边的人换了一个。

苏哲点了好多的东西，每一样都是碧琳喜欢的。餐厅里烛光摇曳音乐悠扬，柔和的灯光下，俊朗的苏哲看起来就像闪着光。吃到一半的时候，苏哲的电话响了，然后他匆忙跑出了餐厅。

等他回来的时候，碧琳看到苏哲的手里提着大包小包的购物袋。

"碧琳，这是我送给你的礼物，为了恭喜你加入我们剧团。祝你以后能成为越剧团的台柱。"

碧琳脸上惊喜的表情一览无遗。她迫不及待地打开来看，一双她心仪已久的高跟鞋，一套精致华美的戏服，她激动得张大了嘴巴。

"你……你怎么知道我喜欢这些？"

"因为我有一双善于发现生活的眼睛。"说这话的时候苏哲是笑着的，他上扬的嘴角有一丝颤抖，可被喜悦冲昏了头脑的碧琳没有发觉。

快吃完饭的时候，苏哲的电话又响了。挂了电话，苏哲对碧琳说，自己家里有点事情能不能先送她回去。碧琳心里有一点点失望，但还是笑着答应了。出门的时候她紧紧地拽着自己的包，包里面是碧琳花几百块钱买的一对银戒指。她想送给苏哲表达感谢，表达爱。

苏哲把碧琳送到家给了她一个拥抱就匆匆离开了,等碧琳回到家打开门才发现忘了把戒指送给苏哲,于是连忙追了出去。

苏哲走得很快,碧琳追到他的时候苏哲已经到了小区的门口。她正想要喊住苏哲的时候,一个女生从小区门卫室边走出来紧紧地抱住了苏哲。那个女生把头埋在苏哲的怀里,苏哲宠溺地笑着,并用手轻轻地拍着她的背。

"苏哲。"碧琳慢慢地走过去,轻轻地叫他。

苏哲听到声音转过头来,看到是碧琳,他正想说话,碧琳手中的购物袋就猝不及防地甩到了他的身上。还没等他回过神来,碧琳已经跑远了。

碧琳没有跑回家,她是往小区外跑的,她不知道要去哪里,她像一只无头苍蝇跌跌撞撞地穿梭在人流车流里,追在后头的苏哲背后直冒冷汗。

苏哲气喘吁吁地追了好几条街,他眼看着就要追到碧琳的时候,眼前的人突然就不见了。

八

碧琳醒来的时候躺在医院的病床上,她还隐隐约约地看到床边坐着李竹依、苏哲以及和苏哲拥抱的那个女生。苏哲告诉她,她摔进了道路塌陷后正在施工的大坑里,后脑勺破了一个口,摔成了中度脑震荡。另外,她左腿大腿骨粉碎性骨折,右脚大脚趾骨裂。

听到这些，碧琳只觉得眼前一片黑暗，大片大片的云朵，夹杂着雷鸣闪电，飞速朝她涌来。对于从事艺术行业特别是从事舞蹈戏曲行业的人来说，四肢健全是最基本的条件，可现在，她还有什么资格继续追求梦想呢？

"碧琳，你怎么样？"苏哲轻声地问她。

碧琳绝望地转过头去，她闭上眼睛，眼泪一下子顺着眼角流了下来："你还想说什么？你走吧，我什么都不想听。"

可苏哲还是继续说了下去。

"碧琳，其实我昨晚就想告诉你一切了，可是林吉不让我说。"听到林吉，碧琳疑惑地重新转过头来。

"这是我的女朋友，莎莎。其实要不是林吉和我是相识多年的好朋友以及他万般地恳求，我是不会冒着让莎莎不开心的危险来帮助你的。初赛的时候我主动来给你做搭档，我一次次请你吃饭一次次带你去玩，还有我给你租房子以及昨晚给你买鞋子买戏服，这些都是林吉让我做的。所有的花费也是林吉出的。"

苏哲还告诉碧琳，林吉毕业以来所承受的压力。林吉的爸妈不停地催促林吉回老家，林吉为了能和碧琳在一起，为了陪她追求梦想，不惜放弃了自己深爱的戏曲转做销售来补贴家用。他不想让碧琳难过就没有告诉她，可碧琳根本就不理解他，还一次次说他是退缩的胆小鬼。在父母想要和他断绝关系并且工作屡屡受挫的那段时间里，他很想要碧琳安慰他，可是碧琳不断和他发生争吵。

"碧琳，你真的不知道林吉有多苦多可怜。他和你一样热爱戏曲,他也是爱你的,可他真的没有办法!"

"他为什么不告诉我?他为什么不把这一切告诉我?"

"他是怕你难过,怕你担心。"

"他人呢?"

"走了。昨晚看到你成功了,他把礼物转交给我就坐飞机回家了。"

听到这里,碧琳早已经泣不成声。她拼命地摇着头,过了一会儿慢慢地支起身狠狠地敲打着那条绑着石膏的大腿:"为什么?为什么要这样?!"

苏哲拉着莎莎慢慢地退出房去,只留下李竹依一个人。李竹依走上前一边哽咽着安慰碧琳,一边想要抱着她。

碧琳一把推开了她,可李竹依没有放弃。

"对不起,碧琳。"李竹依再次伸开双手抱住了碧琳,"我也不知道之前为什么会这么做,可能是我太想成功了,我是真的害怕再次失败。你懂我吗?"

李竹依带着哭腔的声音让碧琳胸腔里的钝痛更加浓烈。

"那次被你撞见后我就和他断绝了关系,碧琳,你要相信我。"

不重要了,真的什么都不重要了。碧琳主动抱紧了李竹依,这个温暖的怀抱啊,让碧琳所有的伪装所有的坚强丢盔弃甲,她像个无助的小孩,在李竹依的怀抱里号啕大哭。

"竹依,为什么会这样?为什么会这样?"

她们只不过是想要寻求一个顺遂的舞台，为什么那么难？

九

几天后，碧琳的爸爸妈妈就坐飞机过来接走了碧琳，在碧琳的执意要求下，他们是坐火车离开的。

碧琳只是想好好地看一看这个城市，看着这个城市慢慢地在视线里倒退，碧琳那颗曾经执着追求梦想的火热的心慢慢坠落沉入谷底。

碧琳突然想到自己曾在钱理群先生的书里看到"沉潜十年"这个词。沉潜十年就是要认准一个目标，踏踏实实地钻进去，再努力钻出来，这样才会真正拥有生命的底蕴。可她呢，在戏曲这条路上走了十二年，拥有生命的底蕴或者说获得自己想要的东西了吗？

有人说，十年坚持做一件事情，那是非常可怕的。只要坚持十年去做一件事，不论资源怎样背景怎样，都会成就奇迹——只要这件事情不是太过离谱。

想要站在一个很大的舞台上唱戏给别人看从而实现自己的人生价值，这是一件离谱的事情吗？她这样问自己，还没找到答案，她的喉咙就紧缩了起来。

火车驶离这个城市的时候，碧琳想到了林吉，想到了李竹依。她把头靠在车窗上，任由泪水肆意地流。

两个月后，碧琳在电视里看到了李竹依。李竹依在那个越剧团的年度大戏里担任了第一女主角，她穿着华美夺目的戏服，戴着闪耀的配饰，肤如凝脂，巧笑倩兮。她一颦一笑勾人魂魄，一哭一唱令人伤感，碧琳看着看着，流下了回家之后的第一滴眼泪。

那场戏还没唱完，碧琳就关掉了电视。她坐在椅子上，想到了学艺时大家盛传的一段顺口溜——人家在恋爱，我们在练功；人家在上网，我们在"上鼎"；人家每天牵着自己的宠物做伴，我们每天拎着自己的刀枪做伴；人家的保鲜膜用来给食物隔离保鲜，我们的保鲜膜用来给脂肪隔离捂汗……人家参加旅游团，我们参加京剧院；人家把四肢过度柔软称为病态，我们把四肢正常硬度称为病态。

念着念着碧琳笑了，她想，还是有美好的回忆的。为什么不把这些美好的回忆拿出来呢？为什么要一直心心念念着那些难过的事情呢？

碧琳明白了，有些事情不一定只有获得成功才能圆满，有些事情或许只要努力过奋斗过灿烂过燃烧过就足够了。

碧琳把关于越剧的所有东西都收了起来，那曾是她的最爱，也是伤她最深的东西。她想，从今以后，她大概不会再触碰那些东西了，因为，人不能只回望过去，人一定要向前看往上走才能开辟出另一片属于自己的天空。

至于林吉，碧琳再也没有联系过他。但她始终感谢有这样一个人，陪伴自己走过了最美好的青春时光。

而且碧琳永远都会记得，自己曾经努力想要成为一只开屏的孔雀。

这，好像就足够了。

≈ 乌云背后
的幸福线

曾经的　　朝思暮想

如今的　　念念不忘

一

"我讨厌你们！"

赵泽南低垂着头，在心里一遍又一遍这样地默念着。

四周大部分人的视线都在赵泽南身上安营扎寨，他们有的低头私语，有的指指点点，有的捏着鼻子扇着手佯装出臭到不行的样子……偌大的阶梯教室变成了以赵泽南为圆心其余同学为半径的八卦圈。其实赵泽南早已习惯了这样的"注目"，他也知道自己在心里这样卑鄙地诅咒是改变不了别人对自己说三道四的事实的。并且，他根本不敢把这句话大声地朝着那些人说出来，因为，他怕自己一开口，会招致更多的嘲笑和羞辱。

上课铃响了，老师夹着书本一脸严肃地走进教室，所有的喧嚣顿时隐匿不见，有些刚才还左顾右盼的人甚至抬头挺胸坐得异常挺拔。赵泽南的左边右边都没有人，他像孤海中的灯塔，寂寥而落寞。

老师不仅外表严肃，教学方式还异常古板老套，他规定上课不准讲话不准睡觉，不准迟到早退，不准听到手机声，所以整个教室里只听到他一人激情澎湃的独角戏。十分钟后，伴随着一声重重的"报告"声，教室的门被嘭的一声推开了。顿时，所有人的视线都被吸引了过去，包括赵泽南。

　　推开门的是一个穿着精致小洋装的女生，头发黄且微卷，大大的眼睛上头扑闪的睫毛像冬日里摄人心魄的雪花。人群里发出了骚乱，大家在惊叹这个女生的外表时也暗暗在心里为她倒抽了一口冷气，因为这是军训后正式上课的第一天，也是第一堂公共必修课。大家都猜测着老师会怎样惩罚她。

　　"不好意思，我迟到了，如果你的课对迟到这个现象有惩罚，我甘愿接受。"女生喘着大气，白嫩的双颊上有微微的粉红。

　　听到这话老师阴沉的脸舒展了一点，他清了清嗓子说了句"下不为例"就向女生挥了挥手示意其赶紧坐下。毋庸置疑地，女生坐到了赵泽南的身边。女生坐下的时候，有一股淡淡的芳香窜入赵泽南的鼻子里。赵泽南的身体不由自主地僵硬了一下，他往右手边的空位上挪了挪，低下头看起了书本。

　　赵泽南这细微的举动还是被女生看在了眼里，它像一块小小的石头落进了女生的心海，荡漾开层层圈圈的涟漪。女生看着身边像刺猬一样防备着自己的赵泽南，好像看到了几年前的自己。思忖了一会儿后，她从包里抽出一张字条，写下一句话，轻轻地递了过去。

　　"你好，我是柯乐，能和你做朋友吗？"

赵泽南看到女生的字条后身体一震,他猛地抬起头像看异类一样看着身边对自己微微笑着的女生。是的,她就是异类,和那些对他指指点点的人相比,这样温柔漂亮主动说要和他做朋友的女生就是异类。

柯乐看到男生的眼睛很明亮很清澈,像她之前去西藏时看到的圣湖纳木错,让人有无法抗拒的亲近感,但柯乐同时看到了男生眼中流露出来的疑问、恐惧、自卑以及抗拒。

"今天是我生日,你可以来我的生日聚会吗?下课后我和你一起走。"

柯乐又推过去一张字条,但这一次赵泽南什么反应都没有。他一如既往地低着头,像是要把整个头埋进书本里。

二

下课铃响,老师一宣布下课柯乐正准备和赵泽南说话,赵泽南已经飞快地起身冲出了教室。他所经之处,像有人在人群中投下一枚鞭炮,发出阵阵的尖叫。为了避免和赵泽南碰到,大家纷纷让开一条道来。

"啊,他碰到我的衣服了,怎么办?这是我刚买的衣服,我是要扔了还是拿去干洗啊?"

"变态啊。跑这么快干吗?是要去抢钱还是赶着去投胎啊?!"

"乡巴佬,恶心死了!"

柯乐听到这些话，皱着眉头鄙夷地看了看这些人，追了出去。

赵泽南跑得很快，在出校门过马路的时候他全然没有想到，左手边会突然有一辆电瓶车像头疯牛般径直冲撞到自己身上。

被撞后，座驾上体态臃肿戴着"蛤蟆镜"的中年妇女翻动着薄薄的嘴唇，抱怨的话，责备的话，谩骂的话，噼里啪啦地从口中跌落，砸到水泥浇筑的地面上，又溅到赵泽南的脸上，催生出一圈圈尴尬而慌乱的红晕。

过路的人围聚上来，将赵泽南和那位妇女包裹进密不透风的人墙内。他们谁也没有走上前询问一下他是否受伤，他们以旁观者看热闹的姿态事不关己地站在一旁，赵泽南甚至还听到人群中有隐隐的嗤笑声。

那个妇女借着周围路人不闻不问的优势，越发嚣张跋扈。赵泽南的身体不由自主地颤抖了起来，他害怕地一步步往后退，直到撞到了身后的人才停住。那一刻，他恨不得和地鼠一样有遁地的本领，奋力刨地好隐藏自己。

"阿姨，你怎么可以这样说我？请你文明点好不好。

"阿姨，现在是绿灯，我在人行道上走路，我没有违反交通规则，相反是你违规了。

"叔叔阿姨，你们来评评理，说说这到底是谁的错！"

这些话，赵泽南很想说，但他没有说出口。他怕自己一张开嘴巴，这场轩然大波会更加声势浩大。正当他恐惧不已的时候，一个清亮的女声在耳畔响起："要不要这样欺负人？还有，你们这些看戏的,有没有公共道德?"

是柯乐,柯乐的脸上堆满了愤怒的表情,她这样说着的时候一边斜视周围的看客,一边用力拉住赵泽南的手臂:"你傻不傻?你是被撞晕了吗?你是哑巴吗?你为什么不开口替自己辩解?"柯乐看到了妇女闯红灯撞到赵泽南的全部过程,她实在忍受不了那个明明有错却咄咄逼人的妇女和身边这个明明没错却满脸犯罪感的赵泽南。

赵泽南没有说话,但看着柯乐面红耳赤地和那个妇女争执为自己讨公道,感觉心头袭来一波又一波暖流。他太久没有感受到这样的温暖了,这感觉就像冬日的暖阳,就像春天的和风,让人忍不住眯起眼,深深地呼吸。但是他很快就从这样的温暖中抽离了出来,他看到街边落地窗里的自己,偏大两个码的过时且老气的衣服,最老旧款式的旅游鞋,再加上凌乱的头发,根本和身边洋娃娃般的柯乐不是同一个世界的人。

他又一次默默地低下头去。

三

柯乐用真相、真理以及利落的嘴皮子赶走了那个妇女和周围的看客,那个妇女离开的时候还轻轻地对赵泽南说了"对不起",听到那三个字的时候,赵泽南感到浑身的血液都涌到了面颊上,"受宠若惊"这四个字在那一刻浮现在了他的脑海里。

"你还好吧？"柯乐转过头来，恢复了原先的笑容。

"没……没事。"赵泽南想到之前柯乐和那些人争辩的时候说话流利的样子，心底长出自卑的藤蔓，牢牢地缠住了他紧张的心，"谢……谢谢你！"

赵泽南说话胆怯的样子在柯乐看来"萌爆"了，并且看到赵泽南这个样子，柯乐再次有似曾相识的熟悉感，于是，她再一次对赵泽南发出了让他参加自己生日聚会的邀请。

"你不能拒绝我，因为我刚才帮助了你，你就当是对我的感谢吧！"还在赵泽南犹豫不决的时候，柯乐率先开了口，她一边说一边拉起赵泽南的手跑了起来。

赵泽南被柯乐带进了一家餐厅的包厢内，与其说是"带"，不如说是"拽"。赵泽南在饭后回到寝室睡觉的时候，发现自己的手臂还是通红的，他是真的没有想到，一个女生有这么大的力气。

"同类，大家看着办！"一进暖气十足的包厢，柯乐脱下外套对着围坐在餐桌上的人说道。听到这话，赵泽南心里一惊，他不由自主地绷直了脊背，紧接着他微微抬起头，用余光缓缓地扫射了一遍身边的人。

"哎，他身上是不是有什么味道？好难闻！"有个女生捂着鼻子说道，接着，身边的人也附和起来。

"哼，哪有什么味道，你们别乱说好不好，你们才臭呢！"放好衣服的柯乐坐到赵泽南身边笑着揶揄道。

"哈哈哈，柯乐，你凭什么说我们臭啊，你有证据吗？"女生的话音刚落下，此起彼伏的偷笑声响了起来，柯乐见势立马用筷子敲了敲桌子，佯装生气的样子。

"嘿，哥们儿，你叫什么名字？"有个男生突然探过身子凑到赵泽南耳边说道，他突如其来的举动吓了赵泽南一跳，顿时包厢里笑得乱作一团。

"我……我叫……我叫赵……"赵泽南狠狠地蹬了一下脚，最后好不容易从嘴里蹦出"赵泽南"三个字。这时，就像一根蜡烛的微光照亮了整个房间一样，整个包厢的罅隙里都被响亮的笑声填满。这笑声在赵泽南看来，却像一枚枚针，扎在他的心上。

"我讨厌你们！"赵泽南的心里又默默地说出了这句话。

"赵泽南，你说话是不是从小就这个样子啊？还是后来变成这个样子的呢？"那个男生继续问道。

四

是什么时候变成现在这个样子的呢？

为什么会变成现在这个样子呢？

这一切赵泽南都想不起来了。他记得小学时候的他开朗活泼，经常被老师"钦点"主持班队活动；他能说会道，每天最喜欢的事情就是给同学讲故事讲笑话。他记得初中的时候还在校演讲比赛中得过冠军；连续主持了三年元旦晚会；语文课上老师让同学朗读课文,他都会第一个高高地举起手暗示老师说"我可以";他的毛笔字和国画好几次得过市里的金奖……但是,这所有的美好,都是停驻在年少时光的琥珀,能够回望,却再也不能回去。

有一件事情赵泽南记得很清楚,那是在高一的时候,赵泽南从城里的高中转到了小镇上的高中。在全新的环境里,谁都不知道赵泽南曾经的辉煌,他不认识任何人,大家也都有自己固定的玩伴,赵泽南一直都是一个人。

那件事发生在高一刚开学没多久,语文课上老师布置了课文背诵的作业,规定每个同学放学后去小组长那里背诵完才能回家。傍晚赵泽南去小组长那里背书的时候,骤然发现太久没有讲话,自己怎么也张不开口,那些背得滚瓜烂熟的课文像一团干稻草硬生生地卡在喉咙里,让他紧张恐惧到心跳加速面红耳赤,以至于最后在几分钟内还没有把一句话给说完。

"哎,你到底会不会背啊?!"小组长的语气和神情都显示出了不耐烦。赵泽南拼命地点了点头。

"那你怎么回事啊?你是不是结巴啊?!"

"我……我不……我不是!"赵泽南摆动着双手为自己辩解,他这样惊慌失措的举动惹得小组长大笑了起来。

"哈,原来你真的是大舌头啊,哈哈哈,笑死我了!"

第二天,"赵泽南是结巴"这个消息就传遍了整个班级。几天后,整个年级差不多一半的人都知道了这个消息。此后,赵泽南就越发沉默,最后索性变成了一个"哑巴"。其实,在高中开学的时候他就已经很久没有讲话了。初中毕业的时候，发生了一件对他来说重要的事情。那件事让他抗拒这个世界抗拒陌生人，更抗拒与这个世界沟通。慢慢地，他感到自己好像退化成了猿类，失去了语言交流的能力。

对，就是从那个时候起变成现在这个样子的。赵泽南在心里默默地说。其实有些事情不是不记得，而是不想记得。那些事情就像结痂却迟迟不肯脱落愈合的伤口，每回想一次都会再一次撕裂伤口，鲜血直流。

"哎，你怎么了？你可千万不要把他们的话放在心上。"柯乐打断了赵泽南的思绪，"你相信我，他们是好人，他们和别人不一样，你真的要相信我。"

赵泽南慢慢地抬起头来，看到的是一张张望向自己的和善的微笑着的脸。

五

那些人好像真的像柯乐说的和别人不一样，饭桌上，他们不会只顾着自己谈天说笑，很多时候，他们和柯乐一起问赵泽南很多问题，最开始的时候赵泽南很紧张，好半天都不能说出一句话来。但他们没有像最开始那样笑作一团，他们都和柯乐一样，微笑着看着他，然后慢慢地等着，偶尔还捎上一句"不要急，慢慢说"。

夜里，回到寝室的赵泽南再次遭到了室友的排挤，但这次他没有像往常那样自怨自艾，因为他的心被浓厚的温暖填满了，这一天，他感受到了自高一以来就缺席的尊重。他想，一个人有了尊严有了自尊，就应该无所畏惧了吧。

此后的日子，柯乐和她的那帮朋友经常来找赵泽南玩，很多时候和他们交流的时候，赵泽南说话还是结结巴巴的，他们偶尔也会取笑他模仿他，但赵泽南知道他们是善意的，因此每一次遇到这种情况他都是笑着的。他们还经常带赵泽南去外面吃饭，经常送他礼物，更让他感动的是，每个周末他们都会去福利院或者敬老院参加公益活动。柯乐和赵泽南那帮朋友就像一个个释放光芒的太阳，温暖了赵泽南阴冷的心境，也照亮了赵泽南黑暗的前行之路。

那久违的友谊和尊重让赵泽南封闭的心门一点点地对外打开。赵泽南非常感谢他们，他很想要做点什么感谢他们，但一直都不知道做什么好。有一天晚上躺在床上，他灵机一动，然后跳下了床。

宣纸、毛笔、画笔、砚台、颜料、调色盘，赵泽南把东西一样样地从床底拿出来铺到了床上，轻轻打开了迷你小台灯。一切准备工作就绪后，他铺开宣纸，挥动起毛笔来。写完一幅字后，他笑了。茫茫的月光照在他的脸上，有种别样的俊美。他是真的太久没有写字画画了，自从初中毕业发生那件事情后就放弃了曾经最迷恋的爱好。当他提起笔准备再画一幅山水画送给柯乐他们的时候，一阵喊声打破了深夜的寂静。

"赵泽南，你大半夜不睡觉在干什么！你白天装神弄鬼也就算了，为什么晚上也不让人好过？！"随着某个室友的喊叫声，其余的室友也醒了,大家纷纷打开自己的台灯。整个世界突然亮了,而赵泽南的心里却熄了灯。明晃晃的灯光对着赵泽南,刺眼到让他睁不开眼来。

"大半夜写毛笔字,神经病啊!"

"在床上写毛笔字画画,不是有毛病是什么啊?!他这些东西藏在哪里的啊,我们怎么都没有发现?!"

"我看到这些东西他是从床下拿出来的,我们看看床下还有没有什么东西!"最先发现赵泽南写字画画的男生说着跳下床凑到赵泽南的床上,其余几个室友也顺势凑了上来。

"干……干什么?"赵泽南红着眼扑了上去,"你们有什么资格翻我的东西?"他拉住室友的手臂用力地把他往外拉。

"榔头,榔头!我的天,他的床下居然还有榔头!"室友举着铁质的榔头从床下钻出来,"赵泽南,你是不是随时想弄死我们?!"

六

第二天在辅导员办公室里,事情的焦点早已经从半夜写字画画转到了为什么要在床下放榔头上。面对辅导员和室友一次次的逼问,赵泽南挺直着脊背默不作声地站着,他低着头闭着眼,好像孑然一人站在荒原里,等待着日落和日出的行者。知道再这样僵持下去，到天黑也问不出个所以然来，辅导员调出赵泽南的资料，照着资料里监护人的电话打了过去，谁知道是个空号。

"赵泽南，你说话啊，你到底想怎样？你是哑了还是聋了？"辅导员终于发怒了。

"老师，他是又臭又怪的结巴！"有个调皮的室友歪着脑袋笑着说道。

空气里浮游着尴尬焦灼的气氛，当所有人都不知道该怎么办的时候，柯乐出现在了办公室里。辅导员一看到她就笑着站了起来。柯乐凑到辅导员耳边轻声说了几句话，辅导员一边听一边笑着点了点头。就这样，在一分钟不到的时间里，柯乐又一次将赵泽南从尴尬的火海里拯救了出来。

"你为什么要把榔头藏在床下啊？"

"你也不……也不相信我吗？"赵泽南听到柯乐的疑问，转过头去对上了她的眼睛。

"不是，我不是这个意思。我只是很好奇。"

"我也很……很好奇。你和辅导员说了什么？她怎么就这样放……放过了我呢？"赵泽南平复了一下心情，"我知道我的身上有异味，你第一次见到我的时候，为什么没有和其他人一样对避之不及，反而亲近我呢？还有，为什么每次当我处在危难之中的时候你总会出现？最开始的我和你毫无瓜葛，你为什么……为什么要帮助我呢？"

柯乐没有想到赵泽南会问这些，她抿了抿嘴唇，沉默了很久后才开口说话。柯乐告诉赵泽南，在第一眼看到他的时候，她就像面对着一面镜子看到了自己。曾经的她也自卑、敏感，被周围的人取笑，然后抗拒周围的人和事。她本以为自己会这样脆弱渺小地过完一生，谁知道在豆瓣上遇到了一群朋友。那群朋友也都是曾经受伤的人，是他们用自己的故事和真诚带她走出了自卑的世界，是他们把光明、希望和快乐捧到了她的面前。在她开始新生活的第一天时，她就下定决心要和那群朋友一起帮助那些和自己一样的人走出来。所以，看到赵泽南，她就下定决心要将他拉出深陷的泥潭。

"我没有嗅觉！"柯乐说到这里停了下来，赵泽南不可思议地转过头去，却看到柯乐是笑着的，"这可以解释你对我们第一次见面时候的疑问了吧。这就是我曾经被人取笑的原因，这就是我曾经自卑的原因。但是现在我一点都不自卑。每个人都是不完美的天使，我们与其因为自己的某些缺点自暴自弃，还不如乐观地找到身上其他的闪光点掩盖缺点。当你找到真正的自己，你会发现那些缺点早就不存在了！"

"你，我……"听了柯乐的故事，赵泽南不是没有感触的，相反地，他浑身的血液都在激情澎湃地翻滚着，看着现在的柯乐，他仿佛看到了未来的自己，未来乐观自信的自己。

"其实我之前根本不是现在这个样子的！"接着赵泽南把自己的故事也告诉给了柯乐，他高中之前的优异成绩让柯乐惊喜不已。她从来没有想到，面前的男生曾经是那么棒。

"可你为什么会变成现在这个样子呢？"

赵泽南原先昂扬的情绪又低沉了下去，柯乐看到了他这样的变化后继续说道："既然你之前获得过演讲比赛的冠军，我们学校最近不是也在举办演讲比赛吗？你快去参加。我想，你一定能通过这个熟悉而陌生的比赛，找回原来的自己！"

七

听了柯乐的提议后，赵泽南回去想了很久，他想着想着就看到了初中时自己在演讲台上气宇轩昂的样子，他是太想回到过去了，可是，残酷的现实让他恐惧、退缩而失落。他害怕自己到时候站在演讲台上会紧张得讲不出一句话，那真的太可怕了，比噩梦还可怕。但赵泽南的心里又想要看看自己到底还行不行。

赵泽南还在犹豫要不要参加演讲比赛的时候，柯乐忙着帮他报了名，听到这个消息的时候，赵泽南浑身都发抖了，但是，他想，上吧，上吧，给自己一个机会。他发现和柯乐他们在一起的这些天，自己也在一点点地发生着改变。

当赵泽南要参加演讲比赛的消息在班级里、系里传开的时候，所有人都在等着看他的笑话。为了给赵泽南加油，为了让赵泽南克服胆小克服对外界的抗拒感，一有空柯乐他们就拉着他去车站去步行街去餐厅里，并让他在那些场合大声地讲话、发表演讲甚至是唱歌。那段时间，所有人流多的地方都留下了赵泽南和柯乐他们的身影，而赵泽南也从最开始的害羞胆怯结结巴巴到最后变成了勇敢自信落落大方。

毋庸置疑地,初赛的时候,赵泽南优异的表现让所有人惊讶得下巴都快掉到了地上。演讲完走下台的时候,他长长地舒了一口气。三年多没有上过演讲台了,赵泽南发现原来自己还是可以的。

决赛的前几天,大家都为即将到来的日子兴奋而忐忑,在饭桌上商量着怎么样才能在决赛中一鸣惊人的时候,一个叫方块的男生对赵泽南的服装和发型提出了意见。

"阿南,你多久没有剪头发了啊?说实话,这些天我都没有看到你的全脸。还有,你多久没有换衣服了?我印象中你这二十多天都穿着这身衣服啊。"

赵泽南有一点尴尬:"快月末了,到时候我回家洗了澡自然就换衣服了!"

"什么?你的意思是,你每个月回一次家洗一次澡换一身衣服?"方块的话音刚落下大家就起哄起来,大家笑着说以后再也不和赵泽南坐一起了。大家都在笑着,只有赵泽南没有,他的脸阴沉了下来,像夏日雷雨前的天空,乌云密布。他低下头,索性埋头吃东西。

大家只顾着笑,没有注意到这一点,这会儿又有人提出要带赵泽南剪个头发买身衣服换然后去洗澡城泡个澡。

"对啊,赵泽南你看你都穿的什么衣服啊,20世纪80年代的还是90年代的啊?太土了吧。而且,一点都不合身。你看你的袖子长得都可以甩水袖了!你穿成这样去演讲形象分应该会很低啊!"

"好啊好啊,大家一起去泡澡吧!"有人附和道,"我听说那洗澡城里面还有包厢,里面澡堂里的水又干净又舒服。吃完饭就去,吃完饭就去,快点吃快点吃!"

"不!"赵泽南激动地站起来,他把筷子摔在桌子上,拿起桌上的衣服夹在腋下。他一连串的动作像一阵暴风雨席卷了大家的笑声。所有人都不知道发生了什么事情,大家呆住了,柯乐皱了皱眉头,追了出去。

"赵泽南,你怎么了?"柯乐追着赵泽南喊道,赵泽南听到后从快步走变成了小跑,柯乐见势也跑了起来,"赵泽南,你给我站住!你告诉我,发生什么事情了?大家帮你出谋划策,你这样突然翻脸算什么?!"

听到这话赵泽南停了下来:"我不需要你们为我出谋划策!我喜欢我的发型我的穿着,我不需要你们的意见!"赵泽南的语气冷冷的,让柯乐感到距离感在他们之间悄然滋生。

那一刻,柯乐还觉得可笑,她感到自己之前做的一切努力都是无用功:"你什么意思?你不需要我们的意见,那为什么你之前愿意接受我们的提议去参加演讲比赛?我觉得真可笑啊,真讽刺啊,你玩我们是不是?"柯乐咬紧了嘴唇,"我觉得大家给你出的主意都是有利于你的,我不知道你为什么要拒绝。你给我一个理由,给我一个不需要我们意见的理由。如果你的理由能够让我信服,我——不——我们就再也不会管你了!"柯乐的长发在夜风里肆意飘扬,她别过头望向一边的车水马龙,那洒脱而决绝的样子让赵泽南觉得愧疚、后怕且后悔。

但赵泽南还是没有说话,他只是直愣愣地盯着柯乐。

柯乐又开了口:"自始至终,我们大家对你都是真心的,我们都希望你能走出自己的世界开始新的生活。我们把自己所有的秘密都告诉你,而你呢,你把我们当朋友吗?之前我问你为什么把榔头藏在床下你不说,现在我问你不接受我们提议的理由你又不说,我真的不知道你在想些什么。"柯乐闭上眼睛深呼了一口气,然后下定了决心,"就这样吧,到此为止吧,我们帮不了你,祝你好运。"说着她迈开脚步大步往回走去。

"不,不要!"赵泽南大声叫喊的那一瞬间,一声闷雷在头顶炸响,须臾之间,倾盆大雨浇灌了整个城市。

八

"柯乐,不要走。我求你不要走,我怕!"

"爸爸,爸爸!爸爸你不要走,我想你,我想你!

"爸爸,你不要害怕,我来救你了,我来救你了!

"爸爸,爸爸……"

黄豆大的雨点狠狠地砸在两人的身上,柯乐感到自己的心上身体上都传来阵阵钝痛。她更没有想到的是,赵泽南抱紧身体在风雨中大声地呼喊哭叫,发疯了一样。柯乐愣住了,她从来没有看到过赵泽南这个样子,他张大嘴巴恸哭着,像是失去理智的恶魔,要把这场雨、这阵风、这个世界都吃进自己的嘴巴里。

柯乐慢慢地走过去，她还没走近赵泽南，赵泽南突然起身跑向她抓住她的肩膀乞求道："求求你，借我一把斧子——不——榔头，我要榔头。你借我一把榔头可以吗？我要去救我爸爸，我要去救我爸爸，我求你了，我求你了。"说着，赵泽南跪倒在柯乐的面前。

"赵泽南，你怎么了？你不要这样，你不要吓我！"柯乐连忙起身去扶赵泽南，她刚碰到赵泽南的手臂，赵泽南就晕倒在了地上。

几个小时后，赵泽南在病房里醒了过来，他看到床前柯乐他们一群人焦急且欲言又止的样子，转过头望向窗外。窗外还下着雨，噼噼啪啪的水声滴在屋檐上，也打在他的心头。他想到了过去几年的生活，他想到了和柯乐他们在一起的这些日子，随后，他有一点绝望且自嘲地冷笑了一声，在心里下定了将事情和盘托出的决心。

"我又发疯了吧？吓到你们了吗？对不起，我不是故意的，我真的不能控制我自己！"

柯乐连忙摇了摇头。

赵泽南望向天花板，又笑了笑。然后，他缓缓地讲起了自己的故事。

事情发生在赵泽南中考结束的那年夏天，刚结束考试的那一个月里天天下雨，两天一小雨，五天一暴雨，本想出去好好放松一下的赵泽南只能无聊地待在家里。变故就发生在某一个再平常不过的暴雨天，赵泽南的爸爸在下班开车回家时打电话给他说要接他去吃饭，正聊到一半时只听得爸爸一声尖叫挂断了电话。原来因为打电话分神再加上下雨天轮胎打滑，赵泽南爸爸的车子冲进了水流湍急的河流里。等到汽车被打捞起来的时候，一旁的赵泽南看到了在车子里因为窒息死去的爸爸。爸爸的神情很可怕，手上额头上满是血迹，他不敢再看下去，他想爸爸在死前一定拼命挣扎过，一定拼命想要逃出车的。要是当时有一把救生锤或者榔头就好了，这样，爸爸现在一定还陪在他身边，妈妈也是。

是的，妈妈也没了。在爸爸去世一个半月后，妈妈在一个深夜没有留下一句话就走了，他不知道妈妈为什么要离开，更不知道妈妈去了哪里。此后，他就回到了小镇住到了爷爷奶奶家，他恨妈妈，想念爸爸，他是真的为爸爸感到不值。他开始变得沉默寡言，他也愈加疯狂地想念爸爸，他甚至从爷爷奶奶家翻出爸爸小时候穿过的衣服，穿到自己身上。

"穿着爸爸的衣服，我觉得爸爸就和我在一起，他从来没有离开过我。"从回忆里出来的时候，赵泽南的视线已经模糊了。在若隐若现的视线里，他看到柯乐在哭，那些朋友也在哭。"从那年夏天到上大学这三年多的时间里，我说过的话不超过五十句。这三年里我也没有再买过一件衣服，我觉得穿着爸爸的衣服挺好的。爷爷奶奶年纪很大了，身体也不好，奶奶长年卧病在床，我不想让奶奶把精力浪费在为我洗衣服这样的小事情上，所以我减少洗澡的次数，冬天里一个月洗一次澡就是那个时候养成的习惯。

"对了，你们一定会问我为什么不自己洗衣服。因为我怕水，我怕雨。站在花洒下站在雨中我就会想到父亲和他临死前绝望的样子。所以，我为什么把榔头藏在床下你们现在也明白了吧。我还会带着它的，有一天我一定用得到。"

说累了，赵泽南闭上眼睛又睡了过去。他其实一点睡意都没有，此时此刻，他觉得心里异常舒坦。终于说出了尘封在心里三年多的故事，那轻松的感觉，就像卸下了千斤重担，就像终于给过去画上了休止符。

九

赵泽南出院那天，柯乐和朋友们捧着鲜花来给接他。走出医院的大门，冬日的暖阳不偏不倚地打在赵泽南的身上。在医院住院的这几天里，他想了很多很多，他看了看身边的这群朋友，只觉得周身上下都被一种叫作希望和温暖的东西包裹。

"你说，你和阿南去说。"

"不要，我才不去！你去，你去！"

上车的时候，大家跟在赵泽南的身后窃窃私语，赵泽南竖起耳朵偷偷听着，心里暗暗偷笑。在柯乐被众人推到了赵泽南面前的时候，赵泽南主动开了口。

"后天是演讲赛决赛了吧！"大家点点头，"那我剪吧，我换吧！"听到这话大家顿时伸长了脖子，随后大家相互对视表示疑惑。

"好啦，不要犯傻了，你们刚才说的我都听到了。澡我已经在医院洗了，不过不是淋浴，是擦了个身子。那，现在就去剪头发买衣服吧。"

赵泽南的话音还没落下,大家欢快地把他拱上了恰好到来的公交车。

当剪了头发换了一身特意为演讲赛买的西装的赵泽南从更衣室出来走向大家的时候,众人的下巴还有眼镜都差一点掉到了地上。这是他们第一次看到这样的赵泽南,有型的头发,剑眉,星眼,鼻子高挺。他颀长挺拔的身材将西装撑得刚刚好,站在众人面前,大家仿佛看到的不是赵泽南,而是另外一个人。

"比我还帅,有戏,明天肯定有戏!"一旁的方块忍不住说道。

第二天比赛现场,礼堂里人声鼎沸,座无虚席。第八个出场的赵泽南拿着稿子在后台不停地来回踱步,心跳加速得像是刚跑完一千米,他还是有一点担心自己到时候会在台上紧张得说不出话。

"赵泽南加油!把台下的人当作大白菜尽情朗诵吧!"在听到主持人报到赵泽南的名字后,柯乐他们异口同声地说了这么一句话,飞快地跑向前排。走到台口的时候,柯乐又折了回来,她把一张字条塞进赵泽南的西装口袋里,说:"现在不要看,比完赛再看。加油!"

赵泽南闭上眼睛,长长地舒了一口气。当他走到舞台正中央的时候,原先嘈杂的舞台顿时隐匿了声音,几秒过后,雷鸣般的掌声和欢呼声响彻整个礼堂。

配乐响起的时候,赵泽南的脑海里不是初三毕业那年夏天颓败的自己,而是之前勇敢自信的那个自己。他闭上眼睛,轻轻地蹬了一下脚，念出了第一句话。随后，掌声再一次响起，那掌声像潮水般一波接着一波涌向赵泽南的耳里。他睁开眼睛，立马就看到在台下举着广告牌大声呐喊欢呼的柯乐他们，他微微向他们点了点头，扬起了嘴角。

赵泽南觉得自己真的是太幸运了，他庆幸自己能在最颓唐黑暗的时光里遇见柯乐方块这帮甘愿无条件为自己付出的朋友。真正的朋友，是看穿你后还会和你在一起的人。他想，他们就是真正的朋友。他想，这辈子拥有这些朋友就足够了。

他还知道，无论结果如何，他都是最大的赢家。

冠军！赵泽南是冠军，当结果揭晓，主持人邀请校长上台为冠军颁奖的时候，全场第三次沸腾了。校长微笑着把冠军奖牌送到赵泽南的手里时，全场骤然寂静了下来。赵泽南还没反应过来的时候，他听到了从喇叭里扩大的柯乐的声音。

"校长，我亲爱的老爸，帮我们抱一抱赵泽南，告诉赵泽南我们都很爱他。"

原先还笑着的校长在台上顿时尴尬无比，他抱了抱赵泽南，飞快地下了台。赵泽南一下子就明白了之前柯乐迟到老师没有惩罚她，以及上次他成功从辅导员那里脱身的原因。看着台下手舞足蹈的柯乐，赵泽南又想到了上台前柯乐塞到自己口袋里的字条，等不及下台他就连忙掏了出来。

——赵泽南，这个周末我能带你去见另一个朋友吗？他穿白大褂的样子很帅气，最重要的是他在我最黑暗的时候用他的知识用他的耐心拯救了我，让我不再自卑不再害怕。我想把他介绍给你，我多希望有一天你能够安心地把榔头从床下撤出来，我多希望有一天能够和你牵着手在大雨中奔跑。

赵泽南把目光从字条上移开，抬起头，正好撞见了柯乐的眼睛，柯乐在笑，和他第一次见到她时一样温和无害善良地笑着。他真想立马就抱一抱她啊，要不是她，怎么会有现在的自己？他怎会对未来有越来越多的期待？

≈ 在日落的黄昏
最想你

曾经的　　朝思暮想

如今的　　念念不忘

一

遇见宵行，只因一个意外。

那天尹歌在上班的公交车上睡过了站，待她醒来车窗外已是她全然没有见过的陌生景象。车子刚好停靠在某个站台，分不清东南西北的尹歌仓皇下了车。下车后尹歌左顾右盼发现周围除了山还是山，看看公交站牌又不知道是哪里，她随即一把抓住刚好从身边走过的人问路。

那个人就是宵行。

"这里是动物园，喏，就在前方300米右拐。"一头雾水的宵行说着指了指前方，"哎，上班要迟到了，我先走啦。"

"哎哎哎……"尹歌的话还没说完，宵行就奔跑着一溜烟消失在了视线里。

尹歌看了看手表，距离上班时间还有5分钟，再怎么赶也是迟到，于是她索性请了假买了张票进入了动物园。

这是一个背靠大山占地 1500 多亩的动物园，除了常规的动物之外，大熊猫、丹顶鹤、东北虎、马来熊、白颈长尾雉等珍稀动物也在这里安家落户。不知道是不是工作日的关系，这天动物园里没有出现平日电视里报道的"看人海"的盛况。这两个月一直被工作压得喘不过气的尹歌难得有一次放松的机会，她举着手机边看边拍照，还轻轻地哼着歌曲。但没过多久，她就被慢慢升腾的低气压笼罩了。

看着一对对从对面走来或从后面与自己擦肩而过脸上满是幸福笑容的情侣，尹歌想到了她和顾云章的爱情。她不知道是不是真的和众人所说的一样，毕业就等于失恋。她和顾云章从大一开始风风雨雨走过四年，大四实习他们各自回了老家，有人说距离产生美，可尹歌发现她和顾云章两个城市之间 200 多公里的距离产生的是无休止的争吵。平日里他们通过电话、微信联系，因为忙碌，因为看不到彼此，因为不能在适当的时候给彼此一个拥抱，无端的猜疑、争吵像空气如影随形。

"尹歌，你也很累，我也很累，我不想每天都和你争吵。我想这段时间不要联系了，彼此冷静一下吧，再见。"昨晚她和顾云章又因为一些鸡毛蒜皮的小事引发了争吵，最后顾云章甩下了这么一句话。

挂断电话后，尹歌坐在床上哭个不停，直到凌晨才睡着，这也是睡眠不足的她在公交车上睡过站的原因。

"嘿，你怎么坐在这里一副愁眉苦脸的样子？"男生的话将尹歌拉回现实，她抬起头发现是早上问路的男生。男生有着一张棱角分明的脸，穿着黑色防水背带裤，他皱着眉头望着尹歌，胸口的工作牌上写着"动物饲养员：宵行"几个字。

尹歌愣了一下后露出略微尴尬的笑容来："哦，就是有点累了。"

敏感的宵行看到了尹歌眼里一闪而过的落寞："要去看看我养的犀牛吗？"他舒展开眉头笑着发出邀请，五月的阳光兜头而下，被金色光芒笼罩的宵行一脸的纯良无害。或许是宵行的邀请太过真挚，那一刻尹歌恍然觉得有一束光偷偷地照进了黑漆漆的心房。

宵行饲养的是一头来自非洲的珍贵白犀牛，它有一个和话剧《恋爱的犀牛》里那头犀牛一样的名字——图拉。图拉身高 1.9 米，长 3.8 米，有一对灵活而又幽默的"招风耳"，一副坚硬的犀牛角，以及两个硕大的鼻孔。它低着头靠鼻孔均匀地呼吸，面前的草料被吹得四散飞舞。它的眼角微微下垂，明明已经非常努力地睁大眼睛，却还是给人半闭着眼睛的慵懒感觉。

尹歌站在栅栏外看着宵行一会儿打扫卫生一会儿准备食物，宵行专注忘我的样子让尹歌看得愣了神。对于尹歌这个新认识的朋友，宵行热心得不像话，在忙活完图拉的事情后，宵行带着尹歌去看了动物园里的几个珍稀动物。一路上宵行除了给尹歌拍照片之外，还不时地讲笑话逗尹歌开心。尹歌也是真的很久没有那样开心了，开心得忘记了顾云章忘记了工作的压力，开心得整个人完完全全投入到当下的快活之中。

"我看你好像很喜欢动物，以后你可以经常来啊，这个动物园很大，我还有很多好玩的地方没带你去呢。"

分别的时候听到宵行这么对自己说，上一秒还开心得畅游云端的尹歌一下子就跌回现实里："动物园一张门票 260 元，经常来我可来不起，一年来一次都不能保证呢。"

"呃，好吧。"突然间宵行的眼睛亮了亮，然后他拉起尹歌的手来到了动物园后山的栅栏旁。扒开密密麻麻的杂草后，宵行得意扬扬地说："看，这是进入动物园的秘密通道，以后你想来的话可以爬山钻这个小洞进来。"

"好啊，一定。"看着宵行一脸的真诚，尹歌不假思索地回答。

二

回去后，尹歌又重新跌入了水深火热的生活中。有人说鱼和熊掌不可兼得，而尹歌的生活则是爱情和面包不能兼得——惨烈。和顾云章的冷战让尹歌郁郁寡欢，工作上时不时地犯错更让她倍受打击，那段时间里尹歌成天都在微信闺密群里"吐槽"抱怨，大家都说尹歌是负能量携带者，她们则是回收负能量的垃圾桶。

在一次"吐槽"的时候，尹歌无意间提到了那天在动物园里度过的美好时光,听到可以从后山走后门免费进入动物园,大家纷纷嚷着要尹歌带她们去。于是在周六的时候,尹歌带着以刘佳佳为首的闺密们,一起爬越动物园北面的小山从宵行告知的小洞潜入了园内。在动物园逛了一圈后,尹歌把她们带到了宵行所在的犀牛馆。犀牛馆的栅栏外围了很多人,大家费了好大的劲才挤到最前面。尹歌看到宵行依旧穿着那条防水的背带裤,他背着长长的水管,在往犀牛馆的泥塘里注水。

"哎,他这是在干吗呢?"

"他这是在给泥塘注水,让泥更稀软呢。犀牛的皮肤虽然很厚,但是褶皱之间还是有很多又嫩又薄的地方。它喜欢洗泥水浴,就是为了让泥巴沾在自己的身上,这样可以防止蚊虫叮咬和皮肤溃烂。"尹歌看着图拉,熟络地给大家讲述起从宵行口中听到的常识来。

"哎,这犀牛怎么一直躺在泥塘里一动不动啊?"刘佳佳望着图拉问尹歌。尹歌还没来得及回答,只听得人群中一阵尖叫,原来刘佳佳在说话的间隙把手中的矿泉水瓶砸向了犀牛。

"刘佳佳你干吗?"

"我只想听它叫!"

刘佳佳的话音刚落下,犀牛馆里就传来大声的质问:"谁丢的?谁丢的?"

尹歌转过头去,看到宵行抬着头一脸愤怒地望向自己这边。

"谁干的?到底是谁这么没有素质把瓶子砸下来的?"见没人

说话，宵行继续说道。如果说之前的宵行是一只温顺的兔子，那么此刻的宵行则是一只张着血盆大口的狮子。他的眼神像一架锐利的探测仪，向着栅栏外的游客来回扫射。

"没人承认是吧，那好，那我去看监控……"宵行刚说到一半，口袋里的手机就响了起来，他看了眼手机屏幕转而走进了工作间。一直沉默着忍受内心煎熬的刘佳佳看到这一幕，连忙拉着尹歌离开。

当天晚上尹歌躺在床上回想着白天宵行愤怒的样子，愧疚感像浪潮般漫上心头。第二天是周日，尹歌一大早就坐车去动物园给宵行赔罪。

见到宵行后，尹歌告诉他昨天向图拉丢矿泉水瓶的是自己的闺密，并认真地道了歉。听了尹歌的话，宵行无奈地叹了口气。

"你们真的不懂犀牛。你们以为向犀牛砸个矿泉水瓶它就会和狗一样叫了啊？犀牛平时很少叫，它只有在极其愤怒或发情的时候才会发出'嚯嚯嚯'的声响。"

"嚯嚯嚯，这是周杰伦耍双截棍的声音吗？"

尹歌的这个冷笑话把宵行逗乐了，看到宵行脸上的笑容，尹歌长出了一口气。

中午时分尹歌准备回家，宵行留她吃午饭。看到宵行从背包里掏出两个破旧的便当盒，尹歌的眼珠子差点掉到地上。

"那么大的动物园都没有食堂吗？"

"有啊。可自己带卫生啊,而且还省钱啊。"宵行说着狡黠地一笑,"再说了,我做的比食堂里的好吃多了。"

"来,你吃这份吧。我本来是给我同事带的,谁知道他今天临时有事没来上班。我一个人吃不完所以就留你,希望你不要介意。"

尹歌听了宵行的话有点不爽,但吃了一口后她的味蕾一下子就被食物的美味勾住了。她惊喜地望着宵行,简直不敢相信:"这个真的是你做的?怎么会这样好吃?!"

看到宵行点了点头,尹歌激动地说:"下次再做给我吃啊,要是热的会更好吃吧?"

因为吃太急没有顾忌太多,尹歌的嘴上沾了一粒饭。看到这一幕,宵行的嘴角再一次慢慢扬了起来。

三

那天在动物园尹歌和宵行约好了改天去宵行家做饭吃,但是迟迟没有成行。那之后尹歌的工作忙了起来,别说去宵行家吃饭,就是和宵行见个面也抽不出时间来。

尹歌再一次见到宵行还是因为刘佳佳。

接到刘佳佳电话的时候,尹歌刚开完会从会议室回到自己的座位上,按下接听键后听筒里传来刘佳佳的哭声,尹歌连忙问她怎么了。哭够了以后,刘佳佳告诉尹歌这天她刚好调休就想去动物园给宵行道个歉，谁知道在上山的时候因为下过雨路滑而摔了下去，现在躺在路边走不了路。

"尹歌，你可以打电话给宵行，让他来救我吗？"最后刘佳佳这样对尹歌说。挂了电话后，尹歌连忙打电话给宵行，把刘佳佳的情况告诉了他。

尹歌下班后赶到医院，见到了好久不见的宵行。宵行弓着腰坐在病房门口的长椅上低头玩着游戏，直到尹歌喊他，他才回过神来。尹歌和宵行打了个招呼后走进病房去看刘佳佳，幸好刘佳佳除了皮外伤只是摔断了一条腿，休养三个月就好了。

"宵行，今天真的谢谢你。"

听到尹歌的感谢，宵行从长椅上站起来舒展了一下身子："没事，举手之劳而已，幸好她没什么大问题。"宵行笑着说出这句话。一阵子不见，宵行比上一次看起来疲惫了一点。

"我先去上个厕所啊。"尹歌正想问宵行最近是不是很累，宵行再次开了口，说着他转身朝公共卫生间走去。

宵行的手机落在了长椅上，他离开没多久就有人打电话过来，第一次尹歌没有接，在电话再次打来的时候尹歌怕对方有什么急事，赶紧接起了电话。

"宵行，你怎么回事？今天不说一声就离园，犀牛馆你打扫了没？图拉你喂了没？你什么都不用解释了，今天算你旷工，这个月全勤奖也没有了。"

尹歌还没反应过来，对方就已经挂了电话。

"怎么了？"上厕所回来的宵行看到尹歌手里拿着自己的手机，问她道。

"刚才有个男的打电话给你，说你今天无故旷工，这个月全勤奖也没了……"

"哦。"宵行的反应比想象中平淡得多，但是他眼中一闪而过的落寞还是被尹歌捕捉到。

"宵行，对不起啊。"

"没事啦。"宵行挥了挥手，一副无所谓的样子，"但是，但是……"说着说着，宵行支支吾吾了起来。

"怎么了？"

宵行尴尬地看了看尹歌："以后能不能不要让你的朋友走小路进动物园了？我怕再发生刘佳佳这样的事情。那条路真的不好走，真的有点危险。"说着，宵行的头慢慢地低了下去，"还有，我怕这种事情次数多了动物园的领导会发现，我怕到时候我的工作也保不住。"

"对不起，宵行，以后真的不会发生这样的事情了。"宵行的话让尹歌越发愧疚。

"尹歌，如果以后你有朋友真心想来动物园，可以找我，我可以给她们内部的折扣，而我自己，也可以提成拿一点外快。"最后一句话，宵行说得很轻很轻。

四

尹歌答应宵行会带朋友去动物园，实际上她也确实是这么做的。

一个礼拜后，尹歌带着几个朋友一起去了动物园。出发之前，尹歌打电话给宵行，让他一小时后在动物园售票门口等他们，她听到电话那头的宵行语气中是止不住的喜悦。

来到动物园后，尹歌老远就看见站在售票厅门口的宵行。看到尹歌慢慢向自己走来，宵行跳起来挥舞着手喊："这里，这里！"阳光倾泻在宵行的身上，他脸上灿烂的笑容像一个柔软的拳头猝不及防地打在尹歌的胸口，尹歌的心在那一刻漏跳了一拍。

这一次尹歌带来了6个朋友，帮他们买好票后，宵行把尹歌拉到了一边："尹歌，真的非常谢谢你。"

"这有什么的啊，大家是朋友，举手之劳啊。"

"要不这样吧，晚上下班我请你吃饭吧，上次约了很久一直都没吃成。"

"好啊好啊。"尹歌连忙答应。

宵行下班后，尹歌跟着他回了家。坐了一个多小时公交车后，车子在城郊的一个小镇上停下。视线所及之处，是满眼的红色"拆"字，遍地的残垣碎石，让环境看起来肃杀而阴森。兜兜转转绕了好几个弄堂，才来到宵行的出租屋。他告诉尹歌，这是一个已经拆迁的小镇，镇上的本地人都已经搬离，只剩下和他一样的外来打工者。因为价格便宜他一直没有搬走，但他不知道什么时候自己的房子会被推倒。宵行说这话时一脸的风淡云轻，但尹歌觉得心里酸溜溜的。

宵行的家虽然简陋，但打理得井井有条。进门后，他就钻进了厨房。半小时不到，四菜一汤就放在了折叠桌上。见宵行坐下，肚子早已唱起空城计的尹歌拿起筷子就吃起来，虽然是简单的家常菜，尹歌却边吃边称赞："真的太好吃了，我应该让我爸妈找你拜师学艺。"

宵行听到这话连连摆手："哪有这么夸张，我也是自学的，多做做就好了。"

尹歌没有搭话，而是继续埋头吃饭。破旧的出租屋里灯光暗淡，尘埃浮游，看着尹歌，宵行瞬间发觉整个房子亮堂了起来。

吃完饭后，尹歌自告奋勇要帮忙洗碗，宵行一把夺过碗筷说："我来吧，女孩子洗碗伤手。"

宵行的话让备感温暖的尹歌愣在了那里，她不知道宵行是不是上天派给自己的天使，在最黑暗的这段日子里，带给自己快乐和温暖。

就在尹歌这样想着的时候，宵行又开了口："尹歌，我喜欢你，我们可不可以……"

尹歌没有想到宵行会说出这样的话，还没等宵行说完尹歌就马上打断了他："有点晚了，要不我先回去了。"

宵行觉得那感受糟糕透了。就像100米短跑比赛，刚听到发令枪响准备冲出去，就听到了有人抢跑的消息，那一刻积蓄的所有力量都在瞬间消失殆尽。愣了一秒后，宵行佯装自然地说："好啊。我送你去车站。"

去车站的路上，两人谁都没有说话。直到公交车到站尹歌上车时，宵行才轻轻地说了声"再见"。尹歌刚想回应，公交车门就"咔嚓"一声关闭了，她转过头去看到宵行依旧站在原地，望着公交车远去的方向，目光如炬。车上人不多，尹歌选了个座位坐下，那颗在听到宵行说喜欢自己时就蓬勃跳动的心在这一刻越发激烈。她太久没有这样的感觉了，她不知道，这是不是就是所谓的心动、所谓的喜欢。

尹歌的电话响了起来，来电人是顾云章，她不知道该不该接。犹豫了十几秒后，尹歌按下了接听键。顾云章熟悉的嗓音从电话那头传来："歌子，最近还好吗？"

"嗯。"尹歌不知道说什么，就轻轻地"嗯"了一声。

"这段时间我想了很多次，我觉得我们还是在同一个城市吧。如果你愿意就来我的城市，如果你不愿意我就去你的城市。或者我们回学校所在的城市也好，那里有我们的很多回忆……"顾云章一下子说了很多很多话，他讲他们过往的4年，他讲这段时间的工作生活，他为自己一次次的争吵而道歉。据说人与人之间相遇的概率是千万分之一。连相遇都如此困难，那么两个人从相遇到相知相爱是多么奇妙的一件事，这一切都是上天的安排。所以，经过深思熟虑后，顾云章不愿意放弃这来之不易的爱情。

在听顾云章讲着那些话的时候，尹歌的脑海里却浮现出宵行的脸来，然后她淡淡地对顾云章说："你让我好好考虑一下吧。"

五

那天之后，尹歌再没有和宵行联系，倒是顾云章每天发微信打电话过来，那频率就和大一那会儿两人刚热恋时一样。对于顾云章的热络，尹歌一天比一天觉得焦灼和厌烦，每每看到手机屏幕上显示出"顾云章"，她就没来由地觉得神经紧绷。有些东西就像是玻璃制品，一旦碎过就再也回不到原先的模样。尹歌觉得，她和顾云章的感情已在一次次的争吵中被消磨殆尽，她把最美好的 4 年都给了顾云章，这一次她想要为自己活。

是的，尹歌发现自己喜欢上了笑容灿烂的宵行。当尹歌把自己的这个想法告诉刘佳佳的时候，刘佳佳简直要炸了。

"尹歌，你脑子被驴踢了还是被门夹了？你就这样要放弃顾云章了？"

"你忘了顾云章为你做的那些事了吗？你'亲戚'来访时给你买热水袋送红糖水，你想吃老字号生煎时跑半个城市买给你，你生日时花掉一个月生活费给你买项链自己吃方便面……尹歌你真的是白眼狼啊！"

"佳佳，你不是我，你不懂我的感受，我真的觉得和顾云章走到尽头了。"

"所以你觉得你和宵行就有未来了？尹歌，你了解宵行吗？你除了知道宵行是犀牛饲养员之外还知道什么呢？万一他是个骗子，和你好接近你就是为了骗你钱呢？"

刘佳佳的话像一个鼓槌，一下一下重重地打在尹歌的心里，让尹歌一时间哑口无言。但是，刘佳佳的话并没有使尹歌退却。

几天后，尹歌叫上几个朋友一起去了动物园。一个多礼拜不见，尹歌看到宵行满脸倦容，深陷的眼窝、厚重的黑眼圈，整个人看起来苍老了好几岁。但是看到尹歌，宵行的脸上还是一脸的灿烂笑容，他热情地帮她们买票，然后告诉她们最佳的游玩路线。看着宵行一脸的真诚和耐心，尹歌想，这样的宵行怎么会是刘佳佳口中的那种人呢？

在动物园游玩的路线中，尹歌当然强烈推荐了宵行的犀牛馆。尹歌带着朋友来到犀牛馆的时候，看到蹲在犀牛旁边发呆一脸惆怅的宵行。

"嘿，宵行，你干吗呢？"尹歌摇着手大声地和宵行打招呼，"你怎么了？怎么一脸惆怅？"宵行走出栅栏来到身边后尹歌问道。

宵行望着图拉叹了一口气："我和图拉做伴快4年了，它每天要吃300斤草料、8斤胡萝卜、15斤精料，我知道它的一切生活习性。

可是最近图拉不知道怎么了,老是无精打采,兽医过来检查了好几次都没检查出什么问题来。犀牛的寿命大概是40岁,图拉现在已经36岁了,我不知道它还能……"说着宵行转过头来问尹歌,"你说,为什么我们总是要面对生老病死?要是这个世界上每个人都长生不老,那这个世界上应该就没有病痛的折磨和生死别离的悲痛了吧?"

尹歌第一次看到这样的宵行,没有笑容,深邃的眼眸里充溢着无尽的无奈和悲伤。尹歌情不自禁地伸出手拍了拍宵行的肩膀:"没事,无论发生什么,我都会陪在你身边的。"

尹歌在打电话和顾云章分手的那天晚上,接到了宵行的电话。

"尹歌,我可以请求你一件事情吗?"电话那头宵行的声音里带着一丝丝胆怯。

"可以啊,你说。"

没等宵行说完,尹歌就毫不犹豫地答应了,但是听完宵行的请求,尹歌的心却慢慢地沉了下去。宵行是问尹歌来借钱的,他告诉尹歌家里有困难,所以想问尹歌借3000块钱。

尹歌不知道该怎么回答宵行的请求,刚在实习期的她每个月只有800块钱工资,刚好够日常的生活开支。她原本在读大学的时候攒下了几千块私房钱,她没有告诉任何人的是,她之前两次带朋友去动物园让宵行买票拿提成都是她自己掏的钱,她把自己所有的私房钱都用在了买门票这件事上,所以现在的她是真的没有钱借给宵行。

这时候，尹歌想到了刘佳佳说的话——你除了知道宵行是犀牛饲养员之外还知道什么呢？万一他是个骗子，和你好接近你就是为了骗你钱呢？

是的，她对于宵行的认知除了犀牛饲养员和做饭好吃之外再无其他，刘佳佳一语成谶让尹歌的后背直冒冷汗。尹歌不敢再想下去，她告诉宵行自己暂时没有钱借给他后就仓皇挂断了电话。

挂断电话后，尹歌失眠了。宵行接近自己真的是因为钱吗？可自己怎么看都不是一个有钱人啊。尹歌这样想着的时候，脑海里还浮现出一个个宵行，微笑着的、善良的、厨艺好的、体贴的……有两个小人在尹歌的心里展开了激烈的争论，但最后，正义的那一方赢了。尹歌选择相信宵行，第二天一大早她向爸妈借了2000块钱，打不通宵行的电话，她直接就去了动物园。

来到动物园后，尹歌没有见到宵行，宵行的同事说昨天是他最后一天上班。听到这个消息尹歌心里一愣，随即她连忙前往宵行的出租屋，到达目的地后，她看到的是铲车正准备推倒宵行居住的出租屋的画面。整幢房子顷刻之间坍塌，在尘烟四起的瞬间，尹歌的心里有什么东西也和这座房子一样倾倒了。

她红着眼睛看着眼前的画面，不知道是被风沙迷了眼还是被宵行的欺骗伤透了心。她紧紧拽着口袋里的2000块钱，头也不回地离开了。

六

宵行的出现对于尹歌来说，就像是一场虚无的梦境。梦醒之后她告别顾云章，告别大学四年；她告别宵行，告别这前行路上横生的错爱。

这世上，有些事情不是你做不好，而是你没有用心去做。尹歌把所有的精力都花在工作上后，她之前遇到的困难一个个迎刃而解，她获得领导的认可顺利地转正，开始正式迈入社会的大门。

再次见到宵行，大概是在3个月以后。尹歌是在城市的百货大楼里看到宵行的，让她没有想到的是，宵行手里牵着的女生是好几个月没有和自己联系的刘佳佳。看着他们谈笑着向自己所在的方向越来越近，尹歌连忙拐进了旁边的店里。她躲在模特身后浑身颤抖，同时泪水止不住顺着脸颊飞速滑落。尹歌觉得，这是她这辈子遭受的最大的打击，来自她喜欢的男生和她最好的朋友。

但尹歌不知道的是，宵行根本不是她想的那种骗财之人，宵行努力地赚钱，让尹歌介绍朋友来动物园自己拿提成，都是为了老家身患重病的妈妈。宵行问尹歌借钱的那天，医院给妈妈下了病危通知书，在回老家的火车上走投无路的宵行向尹歌借钱，遭到拒绝后宵行打电话给了一直向自己示好的刘佳佳。那一刻的宵行就像一个濒临死亡的溺水之人，而刘佳佳就是那块将他拯救的浮木。刘佳佳把自己所有的积蓄打给宵行后还问亲友借了5000块钱，她甚至赶到宵行的城市和他一起照顾妈妈。虽然最后宵行的妈妈还是离开了人世，但是对于宵行而言，他感谢刘佳佳在黑暗中为自己点亮了一盏灯。所以，在刘佳佳再次向他表白时，他想到自己向尹歌表白时她转移话题的尴尬和问她借钱时她仓皇挂断电话的决绝，宵行终于点头答应。爱是什么？爱不求轰轰烈烈、海誓山盟，只求携手相伴平淡纯真。

尹歌不知道的是，从见到宵行的第一眼刘佳佳就喜欢上了他。那次刘佳佳在山上摔断腿宵行送她去医院后，她就对宵行展开了猛烈的攻势。刘佳佳在尹歌的面前对宵行有多少诋毁，就代表刘佳佳有多么喜欢宵行。

当然宵行也不会知道，尹歌曾为了让他拿提成用自己的积蓄请朋友去动物园。他也不会知道，尹歌在他借钱的第二天拿着向父母借的钱满世界找他。

在爱情里，最悲伤的事情不是争吵后分离，而是两个人明明彼此喜欢，却最终错过。

后来，尹歌一个人又去了一次动物园。图拉躺在泥塘里一动不动，双眼无神。新来的饲养员告诉她，图拉之所以这么无精打采，是因为已经进入耄耋之年。它每活一天，就离死亡更近一步。

日落时分，夕阳洒在图拉的身上，泛着金色的光芒，尹歌趴在栅栏外轻声地喊着"图拉，图拉"。尹歌记得宵行告诉过自己，犀牛在黄昏的时候视力最好。而此刻，在尹歌氤氲的视线里，她看到的是穿着防水背带裤的宵行抱着稻草忙碌不停的画面。画面慢慢停滞，宵行停下手中的工作抬起头，朝着她露出大大的微笑。

≈ **喜欢你是生长
在相片里的花**

曾经的　　朝思暮想

如今的　　念念不忘

一

　　林喜乐提着一袋脏衣服从澡堂出来的时候，正是一天中阳光最好的午后。斑驳的阳光透过层层叠叠的树叶，像是欢舞跳跃的精灵星星点点地落在她的身上。因为刚洗完澡，林喜乐全身的毛孔都舒展地唱起了《欢乐颂》，再加上这般美好的阳光，林喜乐觉得最美好的人生不过如此了。

　　其实，让林喜乐欢欣雀跃的最大原因，是她即将见到弹得一手好琴唱得一口好歌的吴正超。一想到这个，林喜乐就不由得闭上眼睛扬起头，对着兜头而下的阳光深呼吸了一下。与此同时，她微笑着甩了甩湿漉漉的头发。

　　这时候，只听得咔嚓一声。

　　"苏天伦，你干吗？"林喜乐不用想也知道来人是谁，说完她慢悠悠地睁开眼，望向面前穿着麻布衬衫，背着单反，一身文艺气息的男生,"你怎么知道我在这里?"

"我去你寝室找你了……"

"你又去我寝室,我又不是你的谁,你到底想怎样?"林喜乐的怒火蹿上了胸膛。

"不会不会,她们都以为你是我妹,宿管阿姨还说我们兄妹感情真好呢。"苏天伦的脸上露出狡黠的笑容,他一边说一边往后退。

"谁是你妹?谁是你妹?"林喜乐说着把手上装着脏衣服的袋子甩向苏天伦,"我命令你,今天之内不许再跟着我,不许再来找我!"

二

该怎样来形容喜欢一个人的心情呢?林喜乐在认识吴正超后不止一次问过自己这个问题,可是每一次都会得到不同的答案。

喜欢一个人,是半夜躲在被窝里的欣喜;喜欢一个人,是早晨醒来彼此问候的欢愉。这一次,在镜子面前换了无数套衣服的林喜乐明白,喜欢一个人,是满心欢喜的奔赴。

穿着粉色蓬蓬裙赶往和吴正超约定的地点时,林喜乐回想着和他认识这两个月来的点点滴滴。这年头,认识一个人不需要网上说的通过六个人的方式,QQ、微博、微信,切断了亲人朋友之间的亲密关系,拉近了陌生人之间的距离。

林喜乐是在一个失眠的深夜通过微信"查找附近的人"这个功

能认识了在咖啡厅唱歌的吴正超的。吴正超经常会给林喜乐发来他唱歌时的照片或自己录制的音频,这些东西像美丽却危险的罂粟花,让林喜乐沉溺其中,无法自拔。

室友不止一次地告诉林喜乐微信交友是不靠谱的,可林喜乐觉得吴正超是不一样的,他从没说过要和自己见面,更别说其他过分的要求了。这次的见面,要不是林喜乐提出来,她都不知道什么时候会和吴正超见面。

下了车,距离约定的地点还有几百米的路,经过一家水果店的时候林喜乐突然间想到吴正超说过最喜欢吃的水果是香蕉。林喜乐是不爱吃香蕉的,可是此刻她觉得面前黄灿灿的香蕉像一弯弯月亮,可爱极了。

林喜乐选中了一串颜色金黄闻起来有浓郁芬芳的香蕉。

"老板,这串香蕉的钱我来付吧。"准备付钱的时候,清浅且熟悉的声音在林喜乐的耳畔响起,她抬起头,撞见了一张陌生而熟悉的脸。是的,那张脸是在手机里看了无数次的属于吴正超的脸。

吴正超看着发愣的林喜乐扬起了嘴角,就那么一下子,林喜乐的脸就红了。

三

吴正超告诉林喜乐,他本想买点水果招待她,没想到会在这样的情境下遇到她:"哎,喜乐,你说这算不算缘分?"

吴正超的话像一阵飓风，在林喜乐的心里掀起了狂风巨浪，她站在原地，不知道该如何回答，吴正超见她没有说话，顺势拉起了她的手。那一刻，林喜乐的心漏跳了一拍。

吴正超带林喜乐去了自己唱歌的咖啡厅。咖啡厅的黄金时间还没到来，只有寥寥几人。吴正超给林喜乐点了一杯咖啡，然后走上台坐到了高脚椅上。随即，他低沉的嗓音飘扬在咖啡厅的每一个角落。林喜乐慢慢地抬起头来，这是她第一次这么近这么仔细地看吴正超，有型的飞机头，狭长的桃花眼，高挺的鼻子，白皙的皮肤，堆砌成一张俊朗的脸。皮衣，哈伦裤，豆豆鞋，彰显出帅气逼人的"潮范儿"。这个时候，低头唱歌的吴正超抬起头来对上了林喜乐的眼，吴正超笑了，他的眼睛弯弯的，清澈的眼眸像一罐浓郁的蜂蜜，把林喜乐的心都甜得融化了。

演出开始后，林喜乐就一个人坐在台下听吴正超唱歌。吴正超唱歌时都是闭着眼睛的，他那动情且认真的样子让林喜乐深深地沉浸在他的歌声里，以至于差一点忘记了回学校的时间。当她记起的时候，距离寝室关门只有半个小时了。

趁吴正超唱完一首歌的间隙，林喜乐来到舞台侧边："寝室要关门了，我要走了。"

"我、我一时走不开，你一个人可以回去吗？"吴正超露出了为难的神色。

"我可以的，我打车回去，你放心。"林喜乐坚定地点了点头，但随即她的语气又软了下来，"你还会再联系我吗？"

听到这话吴正超愣了一下，他的脸上浮现出一抹难以捉摸的笑容，但马上就咧开了嘴角："当然，当然会再联系你。我明天醒来就联系你。"

"好，那我下次再带香蕉来看你。"

走出咖啡厅的大门，一股冷风扑面而来，林喜乐忍不住打了一个哆嗦，但她的心里柳絮飞扬，温暖如春。

四

回到寝室林喜乐才意识到第二天是周末，她心里有一万个对于自己没有看完吴正超全场演出的怨恨。第二天，她没有等来吴正超的电话，却等来了一个让她怒火中烧的消息。是室友告诉她那个噩耗的，当她滚下床打开电脑在学校论坛上看到自己昨天从浴室走出来时的照片，以及下面类似于"好像落水的狮子狗在甩头啊"的评论时，她恨不得在第一时间来到苏天伦面前将他碎尸万段。

"苏天伦，10分钟后，寝室楼下等我！"林喜乐拨通了苏天伦的电话，给了他一个震耳欲聋的怒吼。她发现，在苏天伦面前，自己一丁点女人味都没有，更别说什么淑女风范了。

10分钟后，满腔愤怒的林喜乐和满脸谄笑的苏天伦狭路相逢了。

"你的相机呢？怎么没有带啊？今天不打算帮我拍几张吗？"

"哎，这不是怕被姑奶奶你拆卸了嘛！"苏天伦一边说一边憨憨地笑着，看着他那样子，林喜乐真想扇他几巴掌。

"苏天伦，你说我哪里招你惹你了？你为何一次次地让我难堪？你老实交代，为什么要把我的照片上传到论坛上？"说完这话，林喜乐在愤怒之余还感受到了一丝无奈。

6岁那年，林喜乐因为父母工作调动搬到了苏天伦所在的小区认识了他，没想到这一认识竟一路上同一所小学、初中、高中。这也就算了，更让林喜乐受不了的是，苏天伦的存在简直就是来"黑"自己的。小学的时候因为苏天伦戴上首批红领巾，林喜乐被爸妈臭骂了一顿；初中的时候成绩优异的苏天伦在一次次考试中让成绩中等的林喜乐抬不起头来；高中的时候苏天伦爱上了摄影并在市里各种摄影比赛里获奖，让只知道看言情小说的林喜乐在父母的唉声叹气中挫败不已。最重要的是，林喜乐没想到成绩比自己好一个档次的苏天伦会和自己上同一所大学，并且他时不时地来找自己，让那些想要追求自己的男生一个个地望而却步。而且，苏天伦经常给自己惹来各种各样的麻烦，这不，刚安宁了半个月又来了一个"丑照门"。

"我真不是故意的，我昨天有空去拍了学校的风景，然后在澡堂门口抓拍了你一张。谁知道晚上把风景照上传的时候把你的照片也上传了，当我发现并想要去删除的时候已经来不及了……"

"够了！"林喜乐打断了苏天伦的话，"我不想再听你解释了，老规矩，答应我三个条件，怎么样？"

苏天伦的脸瞬间变得白一阵红一阵："可以是可以，但是你不能再像上次一样让我男扮女装并拍照片上传到微博。"说到最后,苏天伦的声音轻得像蚊子叫。

林喜乐哈哈大笑了起来:"你不说我还忘了有这一出呢!这次的第一个条件——你必须在 12 小时内写 5000 字的道歉书发到论坛上!"

"这,怎么可以这么多⋯⋯"

"闭嘴!"林喜乐再次抢了苏天伦的白,"你不要和我讨价还价。第二个条件,你告诉我,你们男生通常喜欢什么礼物?"

"林喜乐,你完蛋了,你是不是谈恋爱了?"苏天伦旁若无人地大叫了起来,林喜乐看到他这样,连忙掏出口袋里的纸巾塞到了他的嘴里。林喜乐最受不了苏天伦的就是他的八卦,林喜乐看到很多小说,故事里成绩优异多才多艺英俊帅气的男生一般都是沉稳冷漠的,可不知道为什么,兼具了前面几个优点的苏天伦却很八卦很幼稚,还很"贱"。

没等苏天伦反应过来,林喜乐转身撇下了他。

五

林喜乐买了一串香蕉去了吴正超驻唱的咖啡厅,吴正超不在咖啡厅,她从老板那里拿到吴正超的地址,赶了过去。对于林喜乐的突然到访,吴正超显得非常意外,穿着背心短裤刚打开门的他看到林喜乐后立马关上了门,好久后才穿戴整齐地打开门来。

"你怎么会过来?"吴正超扬起嘴角,露出招牌式的邪魅笑容。

"周末无聊,然后想你了。"说这话的时候,林喜乐的声音很轻很轻,与此同时,她的心跳得飞快,好像差一点就要从喉咙蹦出来。"喏,这是给你买的香蕉。"

吴正超的脸上露出了尴尬的神色:"你忘了昨天我刚买了香蕉吗?你又买来我怎么吃得完?你把我当猴子了是不是?"

林喜乐傻傻地笑了笑,她转过身去观察起吴正超的出租屋来,几十平方米的二居室,带一厨一卫。老式的房子装修简单,但打理得整整齐齐,充满了家的温馨感。当视线停留在阳台上时,林喜乐的笑容僵在了脸上。

"你一个人住吗?"阳台上有粉红色的女性睡衣在随风摇摆。

"没有,还有一个女生,是我老乡,她做销售的,一早就上班去了。"林喜乐以为吴正超会撒谎,可是他一五一十地交代清楚。林喜乐的心在安然了一些的同时焦灼起来,因为她突然不知道该和吴正超说些什么,她在那一刻发现自己对吴正超的了解很少很少,她很害怕自己抛出的话题是吴正超不熟悉或者不喜欢的。

此时,林喜乐明白,喜欢一个人的感觉,是忐忑。

两人沉默了一会儿后,苏天伦率先开了口:"喜乐,你有钱吗?能不能借我一点钱?"

林喜乐听到这话心里一震,室友告诉过她,微信交来的朋友很多不是骗财就是骗色的,来了——该来的还是来了。但马上,她又打消了这个念头。这个世界上哪有那么多坏人?不会的,吴正超不会这样的。

"你要多少？借钱干吗呢？"林喜乐抬起头问他。

"你知道我是弹唱歌手，我的吉他已经用了好几年了，弦都换了好几次了，所以我想换一把好的吉他。我看中了一把吉他，很贵，我的存款只能付一半，所以……"

那天林喜乐很快就离开了吴正超的出租屋，在结束借钱这个话题后，她找了一个借口离开了。她飞快地跑下楼，也不知道自己为什么会如此迫不及待。

跌跌撞撞下楼的时候林喜乐撞到一个女生，女生手里拎着的菜散落一地。

"你长没长眼睛啊？大白天的见鬼了还是怎样？"女生不耐烦地大骂出口，林喜乐一边不停地说"对不起"一边帮女生捡起了地上的菜。女生买了什么菜林喜乐不记得，她只看到地上散落着几根香蕉，那一抹鲜艳的黄色刺痛了她的眼睛。

六

林喜乐神魂颠倒走出小区大门的时候看到了站在大门口的苏天伦，她问："你在这里干什么？"

"我跟着你过来的，我看你怒气冲冲地离开怕你想不开。我跟着你到这里，可你一眨眼就不见了踪影，我就一直等在门口。你干什么去了？"

听了苏天伦的话林喜乐叹了一口气，继续往前走。这是她第一次对于苏天伦的跟随没有斗嘴没有质问，她的脑子里有太多的疑问，她实在没有心情管苏天伦那些幼稚的行为。

晚上睡觉的时候，一上微信林喜乐就收到了吴正超的消息——"你今天那么急地离开是不是因为我向你借钱？事后想想我也觉得很不妥当，我们刚见了两次面，对彼此都没有深入的了解，我怎么能这样唐突地向你借钱呢？不好意思，就当我今天没有说过这话，希望你能谅解。喜乐你知道吗？我很想你，现在。"

看到这话，特别是最后一句话，所有的猜疑顷刻之间就灰飞烟灭荡然无存。林喜乐紧紧握着手机，在被窝里偷笑不停。她想，喜欢一个人的感觉，是相信。

第二天一大早，林喜乐取出了银行卡里打工攒下的1000块钱先给吴正超送了过去。吴正超拿到钱的时候，开心地在林喜乐的脸颊上留下了一个吻。回来后，林喜乐埋头扑在了学校论坛求职招聘那个板块里，找起了兼职。

此后，林喜乐开始了漫长的打工生涯。

林喜乐一下子找了三份兼职，除了常规的上课时间，她都在外面做各种兼职。每一天，她都处于神龙见首不见尾的状态。并且为了省钱，她搬了两箱方便面到寝室里。从前的她是最讨厌吃方便面的，她没有想到爱情的力量会这么强大，强大到可以让一个人接受她原本嗤之以鼻的东西。林喜乐没有把这些告诉室友和苏天伦，她想，喜欢一个人，应该默默地忍受，默默地付出。

七

因为林喜乐如此忙碌,苏天伦每次去找林喜乐都扑了空,问林喜乐的室友,大家也都不知道她去干什么了。苏天伦每天都打好几个电话给她,林喜乐偶尔会接电话,但她没有告诉苏天伦自己在哪里、在干什么。

苏天伦决定跟踪林喜乐,是在和林喜乐失去频繁联系的第 23 天。那天正好是林喜乐打工的最后一天,她已经给了吴正超好几次钱,取了今天的工资,就凑满半把吉他的钱了。满心欢喜的她全然没有注意到跟踪在身后的苏天伦。苏天伦看着她穿过好几条街拐了好几个弯最后来到一家土菜馆里。一进门,林喜乐就熟络地围上油腻的围裙拿起菜单为顾客点起菜来。

苏天伦没有看到过林喜乐这个样子,林喜乐的家庭虽说不上大富大贵,但至少超过小康水平,对于林喜乐的各种要求,家里也都是一一满足的,苏天伦不知道她为什么会来干这样辛苦的工作。

晚上 10 点的时候,林喜乐走出了土菜馆。大街上车水马龙霓虹闪烁,远处有朵朵璀璨的烟花在天际绽放,林喜乐仰着头开心得不得了,她的心里此刻也有一朵朵的花在次第开放。随后她拐进一家水果店买了一串香蕉,径直去了咖啡厅。

一进咖啡厅林喜乐就看到吴正超坐在吧台附近的卡座里和朋友谈笑风生,看到林喜乐进来,一群人一下子就停住了大声谈笑,有几个人指着林喜乐咬耳朵,一边偷笑一边说话。林喜乐看到这一幕感到不知所措,但看到吴正超向她招了招手后,她还是走了过去。

"你爱吃的香蕉。"林喜乐低着头不敢看吴正超。

"喜乐,这些天你给我买的香蕉都够我吃一年了。"吴正超有一点哭笑不得,"喜乐,我想你应该明白,香蕉不能当饭吃。我喜欢吃香蕉没错,但是香蕉不是我最想要的,你明白吗?"

"我知道、我知道。"林喜乐的泪水已经噙在了眼眶里,她一边说着一边快速地从包里拿出钱来,"看,这是我最近赚的钱,再加上之前给你的和你自己存的,应该可以去买你想要的吉他了。"

"喜乐!"原先脸上还挂着戏谑笑容的吴正超骤然愣住了,他拉住林喜乐的手,他的嘴巴在咖啡厅明明暗暗的灯光下一张一合,但到最后也没有说出一句话来。林喜乐原以为吴正超会说出什么动情的话来,可等了好久都没有等来。当一个女生走过来打断他们的沉寂时,林喜乐的希冀像涨潮后的海水,慢慢地退了下去,直至和大海汇成一体。

"阿超,你好了吗?我们这儿有几个方案,你过来看看哪几个好。"

"喜乐,我有点事情,你自己在旁边坐会儿好吗?我等会儿要上去唱歌,我会唱歌给你听,我也有话要对你说。"

林喜乐发现过来的女生是之前在吴正超小区楼梯里撞到的那个,再听到吴正超的话,她的心突然间有莫名的钝痛感。但她真的乖乖地听吴正超的话退到了一旁,在吧台旁边坐下。

这所有的一切都被苏天伦收进了眼里。苏天伦看了看孤零零坐在一旁的林喜乐，又转过去望向吴正超他们，当他重新把视线转移到林喜乐的时候，发现她已经被几个男人包围住了。苏天伦心里一惊，立马冲了过去。

八

醉酒的四个男人把林喜乐包围了起来，想要让她陪他们喝酒，苏天伦冲过去一把拉起林喜乐的手想要带她走，可是林喜乐刚站起来就被按回到椅子上。

"小子你是什么人？你没事找事是活腻了吧？"一个男人因为饮酒过度两只眼睛都红得可怕，好像眼睛里随时都会流出血来。

"想走，可以啊。"另一个男人站了出来，"我看你身子骨挺硬朗的，我平时爱锻炼，你和我来比比做俯卧撑，每个人50个，要是你比我做得快我就让你们走，否则让妹妹陪哥哥去对面酒吧喝会儿酒。"说着他色眯眯地看了看林喜乐，林喜乐吓得往后退了一步。

苏天伦二话不说就趴到地上做了起来。林喜乐很了解苏天伦，苏天伦有很强的运动细胞，她经常看到他在家做俯卧撑，50个俯卧撑对于他来说不在话下。不一会儿，在那个男人慢腾腾做到第30个的时候，苏天伦已经做完站了起来。

失败的男人眼里闪着混浊的光，他醉醺醺地朝苏天伦竖起了大拇指。他正打算放他们走，另一个男人又站了出来。他不知道从哪里拿来了一箱酒，然后噌噌地打开。

"哪能那么容易就走！喝了这些酒，你们……你们真的就可以走。"

林喜乐知道苏天伦的酒量，喝一口就脸红的他怎么可能一口气喝下那么多酒？她拉着苏天伦想要逃跑，那几个男人立马伸出手拦住了他们的去路。

"苏天伦，你不能喝！"

苏天伦看了看林喜乐，笑了笑，然后拿起一瓶酒送到了嘴边。这一刻林喜乐害怕了，她拉着苏天伦的衣角，身子不停地颤抖着，她想要向吴正超寻求帮助，可吴正超不知道去哪儿了，他们一帮人都不见了踪影。

喝到第五瓶的时候，林喜乐看到苏天伦喉结越来越慢地上下浮动，并且有越来越多的酒从他的嘴巴里溢出来。

"求你们了，他不能再喝了，不能再喝了。"林喜乐的这句话还没说完，苏天伦就倒在了地上。

九

横纹肌溶解症。

林喜乐是第一次听到这种病，医生告诉她说，剧烈运动会导致肌肉缺血缺氧，达到比较严重的程度后肌肉就会损伤，再加上苏天伦一口气喝了那么多酒，酒精加重了肌肉的损伤。

苏天伦经过一夜的休息一大早就醒来了，醒来后的他在林喜乐的面前又恢复了嬉皮笑脸的样子，昨夜在咖啡厅为林喜乐出头时的骁勇果决正义被他收了回去。

"哎,我浑身好酸痛啊,我这样子怎么给学姐拍照片啊?

"林喜乐,我如果就这样瘫痪了,你会照顾我一辈子吗?

"躺在床上好难受啊,我现在好想出去走走啊!"

苏天伦不停地嚷嚷,他越嚷嚷林喜乐越觉得心里愧疚不已。

"苏天伦,对不起。昨天真的很谢谢你,昨天要不是你,我真的不知道会发生什么事情。"林喜乐的眼前浮现出了吴正超的脸庞,昨天苏天伦倒下后,她打了无数个电话给吴正超,没有回复。

"喜乐,你之前不要命地打工,就为了给那个男人买一把吉他,你觉得值得吗?昨天你被那群男人围住的时候,他在哪里呢?"苏天伦的话打断了林喜乐的思绪,不由分说地给吴正超冠上了无情无义的标签。林喜乐不知道该怎么说,想了好久后,她才开口说话。

"他一定是有事去了。"说这话的时候,林喜乐心里一点底都没有,因为就在 10 分钟前她给吴正超打电话,对方已经关机了。

苏天伦长长地叹了一口气。

窗外是阴天,整个世界灰蒙蒙的一片,林喜乐的心也受了潮。

吴正超,你哪里去了呢?你一定有急事是不是?你一定来不及告诉我是不是?林喜乐在心里不停地给自己安慰。

十

吴正超电话关机了,他辞去了咖啡厅的工作,还退了租的房子,林喜乐彻底地和吴正超失去了联系。故事到了这里,林喜乐才有一点意识到,她有可能被骗了。她没有把这一切告诉苏天伦,她每天一下课就跑到医院里照顾苏天伦,佯装很快乐的样子。

苏天伦出院那天,林喜乐向学校请了假,还特意去花店买了一束花。买完花正准备迈出门,花店的电视里传出了熟悉的声音。林喜乐迫不及待地转过头去,她看到屏幕上,吴正超抱着吉他闭着眼睛嘴角上扬地唱着歌,他那帅气的迷死人的样子一下子就把林喜乐的眼泪逼了出来。吴正超参加的是南城炙手可热的一档选秀节目,林喜乐丢下花,径直去了火车站。

第二天中午,林喜乐到达了南城,这期间苏天伦打来了好多电话她都没有接。此时此刻,她只想找到吴正超,找到自己的答案。林喜乐问了好多人,转了好几趟车才到达那个节目的选手集训营。吴正超因为表现突出,直接晋级地区十强,他和一些种子选手进入了选手集训营进行封闭式培训,所以林喜乐没有见到吴正超。但幸好当晚是10进8的录制时间,林喜乐费了好大劲才弄到了进场的门票。

"唱歌是我的梦想,更是我的生命。我希望你们可以一直陪我走下去。"

吴正超上场一开口,台下的粉丝就尖叫鼓掌,林喜乐没有想到才几天的时间,吴正超就获得了如此高的人气。林喜乐也跟着大家一起喊吴正超的名字,她一边喊一边流泪,周围的人都以为她是疯狂至极的粉丝,可谁都不知道,林喜乐只想让吴正超看到她,然后和她见个面,给她一个答案。

吴正超毋庸置疑地进入了8强,比赛结束后,8强选手被拉去做新闻采访,林喜乐和一些粉丝一起在电视台门口等待采访结束。可是直到凌晨大家还没有等到8强选手们。人群里传出了主办方已经从秘密通道送走了选手的消息,大家骂骂咧咧地离开,最后只剩下林喜乐一个人。

深夜的冷风像一把匕首刺破林喜乐单薄的衣裳,昏暗的路灯下,瘦小的林喜乐的肩膀不停地抖动着,她面前的水泥地,早已被泪水湿了一大块。

十一

这是林喜乐第一次爱一个人,她真的不知道爱一个人会那么那么痛,她觉得自己的心缺了一个大口子,不停地有冷风灌进来。当爱上一个人的时候,就要做好受伤的准备。原来,这句话一点都不假。林喜乐决定离开电视台去找一个宾馆住下的时候,让她更加绝望的事情发生了,她发现自己的钱包不见了。

林喜乐不能自已地号啕大哭起来,她蹲下身子,紧紧抱住自己,希望能给自己力量和勇气。就在这几分钟时间里,林喜乐做了一个重要的决定。她想,就这样吧,不找吴正超了,不要什么答案了。谁没在爱情里绊脚受伤?就当是为青春埋单吧。

林喜乐又冷又饿,她好想回到学校好好睡一觉,这样想着的时候,她想到了苏天伦,想到苏天伦惹自己生气,想到苏天伦逗自己开心，想到苏天伦为自己挺身而出受了伤。苏天伦，要是这个时候你在身边，那该有多好。想着想着，林喜乐又哭了。然后她拿出手机，拨通了苏天伦的电话。

第二天一大早，林喜乐在火车站出口等来了苏天伦。一晚上的时间，林喜乐在火车站附近逗留了一夜，一分钱没有的她，渴了就喝公共厕所水龙头里的水，饿了还是喝公共厕所里的水。在看到苏天伦背了一个大包到来的时候，林喜乐立马把包抢了过来，拉开了拉链。

林喜乐以为包里会是苏天伦给自己准备的食物，可她猜错了，包里面是一沓沓照片，每一张照片的主人公都是林喜乐，这些照片都是苏天伦趁林喜乐不注意偷拍的，林喜乐不知道苏天伦已经拍了这么多张照片了。每一张照片后面都有一行字，每张照片后面的字都一样，看到那行字的瞬间，林喜乐的鼻子就酸了。

——我喜欢你，林喜乐。

林喜乐的眼泪啪嗒地滴在照片上，她没有想到苏天伦除了会惹自己生气逗自己笑之外，还会有把自己弄哭的本事。看到林喜乐哭了，原先在一旁不知所措的苏天伦着急了："你怎么了？你饿了吗？你饿了我带你去吃啊，你尽管吃，我带够了钱，被偷了我还有卡。我把银行卡塞在鞋底里了，偷不走。"

听到这话，林喜乐又笑了。

"苏天伦，你还记得之前我还有一个条件吗？"

苏天伦皱了皱眉头，但马上就恍然大悟地点了点头。

"我的第三个条件是你要帮我拍一辈子的照片,你可以答应吗?"林喜乐的话还没说完,"咔嚓"声就在她耳畔响起。

≈ **我和劳拉**

曾经的　　朝思暮想

如今的　　念念不忘

一

景睿紧捂着额头，满脸是血，一锁好自行车，他就飞快地按下按钮蹦进了电梯。打开家门看到一片漆黑后，他眼眸里的希冀之光骤然间暗淡了下去。他慢吞吞地关门、换鞋，然后走到电视柜边拉开抽屉，拿出医药箱，坐到了地上。

镜子里，额头破开的小口子像一张一合的嘴巴。这是景睿第一次给自己处理伤口，他笨拙地用棉球擦去血迹、消毒，然后贴上一个创可贴。这个过程中，因为没有掌握好力道，景睿好几次痛到龇牙咧嘴。

看着镜子里满脸失落的自己，想到劳拉之前在自己面前信誓旦旦的承诺，景睿的泪腺不由得温热起来。这个时候，电话猝不及防地响起，将景睿刚刚抽枝的难过又摁倒在心里。

"景睿，我是桃子。我在你家小区门口，你可以下来吗？"

景睿起身拉开窗帘。漫天飞舞的大雪中，撑着一把红伞的桃子在白茫茫的世界里像苍茫森林里一朵孤独的红蘑菇。景睿连忙跑了出去。

这天是景睿的生日，桃子是来送生日蛋糕的。在从桃子口里得知，作为班长的她，在景睿转校来的第一天帮老师整理资料不小心看到景睿的生日就记在心里时，景睿的心里漫过一波又一波的暖流。

"谢谢你，你冷吗？"景睿看到桃子的鼻子冻得通红，不由得想笑。桃子鼻尖上细碎的雪花，让景睿一时间把桃子的鼻子想象成刚从冰箱里取出来沾着冰花的草莓，"去我家坐一会儿吧，我家没人。"

"劳拉不在吗？"

听到桃子的这话，景睿刚刚扬起的嘴角一瞬间又弯了下去。

"你额头怎么了？"看景睿没有说话，桃子继续说道。

"放学回家的时候骑车太快，在雪地里滑倒，磕在车把上破了一个小口子。"

"你之前和我说过劳拉承诺给你过生日，你骑这么快是因为赶着回家过生日吗？"

桃子最后一个字落地的时候，景睿刚从桃子那儿接过来的蛋糕"嘭"的一声掉在地上散了架。景睿的脸色难看极了，他看着桃子，只觉得有一股股怒气从胸腔里噌噌地上蹿到天灵盖上。

"关你什么事！"说完，景睿转身头也不回地离开。

回到家，景睿拿出了藏在床头柜下面在南城时和爷爷奶奶的合照。之所以要把照片藏起来，是因为劳拉有一次看到后气得差一点就把照片撕了。景睿知道劳拉恨死了和南城有关的一切，这里面，也毋庸置疑地包括他。所以，她才会这样轻而易举地忘记他的生日吧。

这是景睿和爷爷奶奶唯一的一张合照，是在动物园花了10块钱拍的。他依稀记得那个时候爷爷奶奶在听到拍一张照片要10块钱时惊讶的表情。一想到那表情，景睿的心里就会发酸。那个时候，自己和爷爷奶奶过的是多么节俭的生活啊。景睿想，为什么有些艰苦卓绝的日子纵然时过境迁还历历在目，而有些明明衣食无忧的日子却度日如年看不到希望呢？

这一刻，景睿前所未有地想要回到南城，回到爷爷奶奶的身边。

可是，他知道，自己再也回不去了。

二

景睿是被劳拉叫醒的。

睡眼惺忪中，景睿看不到劳拉的表情，他只听见劳拉尖厉的嗓音像电钻一样钻进他的耳朵，震得他的耳膜阵阵发疼。

"景睿，我记得我告诉你不要再让我看到这张照片，你当我的话是耳边风吗？

"你睡在地上是怎么回事？你生病了我可没有时间陪你去医院。

"还有，你头上的伤怎么回事？你和人打架了是不是？"

视线慢慢清晰起来，景睿瞥见墙上的挂钟，指针刚刚指向9点。他转过头来，看到一身正装一头干练短发抹着红唇的劳拉站在他面前。这是景睿来到劳拉身边的第32天，这段日子里虽然劳拉也冲他发过火，但景睿从来没有见过劳拉这个样子。劳拉怒气冲冲地瞪着他，那样子好像刚从牢笼里逃出来的饥饿猛兽，露出獠牙张着血盆大口要把他吞进肚子里去。

"路上滑倒了。"景睿低声地说。

"你都几岁的人了，还会滑倒，你这是在怀疑我的智商吗？"劳拉哼笑了一声，"上梁不正下梁歪，你果然和某人一样只会骗人。活该磕破头，下次，可不要把命都给丢了！"

"不许你这样说他！"景睿噌的一声从地上坐起来，他咬着牙看着劳拉，"既然你不相信我，何必还要问我？"说完景睿走进房间，啪的一声关上了房门。

第二天，景睿起床的时候，劳拉已经走了。饭桌上是每天固定不变的100块钱伙食费，景睿看着那张红色的人民币，愣愣地，回忆又翻江倒海而来。

景睿又想到那张唯一的在动物园拍的合照。

那是 13 岁那年的暑假,景睿期末考试得了双百,学校奖励了 100 块钱,那会儿镇上刚好新开了动物园,景睿就想带爷爷奶奶去动物园看看。去镇上三人来回的车费要 18 块钱,3 个人的门票要 75 块钱,这样加起来就快 100 块了。那时候 100 块钱可是他们 3 个人一个礼拜的伙食费,爷爷奶奶死活都不肯去。最后,景睿还是用一场大哭说动爷爷奶奶的。

他想,要是那个时候每天都有 100 块钱那该多好啊。这样,就不用每天吃青菜土豆了;这样,他就可以买喜欢看的课外书了;这样,爷爷奶奶就不用一年四季穿着打了好几遍补丁的衣服了。

和爷爷奶奶在一起的美好回忆,像电影般在景睿的脑海里播放了一遍,那些艰苦的日子在岁月的沉淀下,越发显露出温暖而朴素的质感,就像奶奶戴着老花镜织的蹩脚的毛线裤,再冷的冬天都会让人感到遍体的温暖。可劳拉除了钱,她还会给什么呢?

景睿很鄙视每天的 100 块钱,但他还是上前拿走了它。

三

劳拉给景睿买了很多新衣服,她告诉景睿不要再穿那些过时又破旧的衣服了,可景睿还是对那些旧衣服情有独钟。为了不惹劳拉生气,景睿会在出门时穿上劳拉买的衣服,然后在路边的公共厕所里再换上旧衣服。那些旧衣服在景睿看来已经不是衣服那么简单了,那些衣服里有情感有回忆,它们是景睿回望过去的最好凭证。

这天景睿穿了件黄色的T恤,T恤的正中间有一个大大的五角星。这是景睿最喜欢的,也是从南城带过来的最新的一件衣服。

走到教室门口的时候,他看到坐在座位上的桃子,想到昨天桃子来给自己送蛋糕时自己的态度,景睿恨不得扇自己一巴掌。真的,真的是恨不得扇自己一巴掌。因为,在这个新学校里,景睿除了桃子,没有其他朋友了。

因为他的穿着,因为他对新环境不习惯而造成的沉默寡言,硬生生地在他和其他人之间划开了一道泾渭分明的分割线。那些在城市的蜜罐里泡大的人啊,是怎么都无法了解景睿以及他过去的生活的,所以他们经常嘲笑他捉弄他。只有桃子一个人从他转校的第一天起就对他露出和善的笑脸,并一如既往地用一个个微小的行动,让景睿感到自己并不孤单。那一个个行动,就像一簇簇火苗,凝聚起巨大的火光,给景睿光明,给景睿温暖。

"嘿,景睿,麻烦你过来一下,我们有件事情请教你。"景睿正想走向桃子的时候,坐在教室后排的苏哲和另一个男生叫住了他。苏哲之前从来没有这样客气地说过话,这让景睿有点受宠若惊,于是他看了眼桃子就走向苏哲。

哈哈哈!

景睿刚走近他们,苏哲和那个男生突然间火山喷发般爆发出响彻整个教室的大笑。

"苏哲,什么 converse 啊,明明是地摊货好不好?你以为画了一个星星就是 converse 了啊。再说,他这样的人,怎么穿得起名牌啊!"

"去去去,不就一个星期的早饭,哥们儿我认输!"

景睿知道自己被戏弄了,他扭头想走,谁知苏哲的手却拉住了他的 T 恤。

"景睿不要走,让我好好看看你的衣服。"苏哲说着转过头望向另一个男生,"我们再打个赌,你说这地摊货是 15 块的还是 25 块的?"

"哎,苏哲,你们还有完没完,衣服什么牌子重要吗?只要自己穿着舒服就好,早自修快开始了,老师也快来了,你们准备一下吧。"桃子实在看不下去了。

"桃子,你怎么老对景睿那么关心,你不会喜欢上这个土包子了吧?"

桃子没想到苏哲会用"喜欢"这种事情将自己一军,她的脸一下子就红了。景睿隐忍着愤怒的情绪,这一刻,他恨不得马上离开这是非的旋涡中心。他冷漠地转过身,想要抬手拍开苏哲拉着自己的手,苏哲见势,更用力地把他的衣服往自己的方向拉。

哧——

景睿的衣服被扯破了。那清脆的响声像一剂催化剂,让他内心的怒火冲膛而出,电光石火,景睿握紧的拳头重重地砸在苏哲的脸上。

四

办公室里,仰着头、鼻青脸肿、咬牙切齿的苏哲和拽着衣服耷拉着脑袋的景睿形成了鲜明的对比。劳拉接到班主任的电话,急匆匆赶来看到这样的场景时,不由分说将一个巴掌甩到了景睿的脸上。

空气骤然间凝结成冰,所有人都被这突如其来的一幕吓坏了,包括苏哲。景睿的耳里像有一台小型风扇在嗡嗡地转动,他痛极了,他的眼泪都被扇了出来。好久后他才回过神来,然后慢慢地抬起头。

班主任赶忙出来打圆场,在桃子将事情的来龙去脉讲了一遍后,劳拉的火气更大了。

"景睿,你为什么还要穿着这些旧衣服?我给你买的那些新衣服呢?"

景睿仇视地看着劳拉,没有说话。

"我在和你说话,你有没有听到?我问你,我给你买的衣服呢?"

景睿依旧没有说话。

"景睿,我是你妈,我和你说话你到底有没有听到?我再问你一次,我给你买的那些衣服呢?"她走到景睿的面前按着他的肩膀问道。

景睿用力甩开劳拉的手,然后从牙齿缝里挤出五个让劳拉心灰意冷的字:"我没有妈妈!"

心灰意冷的劳拉发了疯一样,疯狂地撕扯着景睿的衣服:"你没有妈妈,那我是谁?每天给你钱花给你房子住让你衣食无忧的人是谁?是谁?"

看着劳拉的样子,听着劳拉的话,景睿木头人一样任劳拉撕扯着身上的衣服。与此同时,豆大的眼泪止不住地从眼眶里涌出来,模糊了他的视线。他想,他们是不会明白这些衣服对他的意义的,尤其是这件画着星星的衣服。

这件衣服是景睿和爷爷奶奶在春天的时候去野外挖野菜,用卖了野菜的钱买来的。其实景睿很多衣服都是通过这样的方式买来的,他对这件衣服记得特别清楚,是因为买到这件衣服的当晚,爷爷就因为疲劳过度等原因引起中风突然离开了人世。

有人说,人死后就会变成一颗星星,在天上看着地上的人。景睿想,爷爷应该变成了这件衣服上的那颗星星了吧,他一定会感受着景睿的体温,感受着景睿的心跳,然后和景睿永不分离地走下去。可现在……

于是,景睿的泪水怎么也止不住了。爷爷离开的时候他没有哭,奶奶离开的时候他也没有哭,这下,他好像要把所有的眼泪都流干流尽,来换取以后独自成长的坚强,以及孤独长大的欢乐。

五

要是奶奶没有死，大概景睿一直都不会知道这个世界上还有劳拉存在。

小时候，当别的人有爸爸妈妈接送上学，而自己只有爷爷奶奶陪伴的时候，景睿就问过他们为什么他没有爸爸妈妈。爷爷奶奶不像有文化的人那样懂得用善意的谎言来保护景睿幼小的心灵，没有读过书的他们直截了当地告诉景睿，在景睿一岁那年快要过年的时候，爸爸骗妈妈说去采购年货，实则去聚众赌博，谁知那个赌窝恰好被人举报了。在警察的追捕下，不会游泳的爸爸为了逃避牢狱之灾跳进了冰冷刺骨的河里，再也没有上来。景睿的妈妈又气又难过，最后在正月初一那天用自杀的方式离开了这个世界。

就这样，景睿从小就知道自己没有爸爸妈妈，他和爷爷奶奶相依为命，他相信，没有爸爸妈妈的自己也可以和别的小孩一样幸福快乐。谁知，在一切都慢慢好起来的时候，爷爷突然中风离世。面对突如其来的噩耗，奶奶也倒下了。景睿没有哭，因为他知道从此刻开始他要代替爷爷替奶奶遮风挡雨。可是，一个月后奶奶因为思念过度、难过至极也离景睿而去。还没来得及悲伤，大伯就告诉景睿他有个在北京的妈妈，然后把他送上飞机，送到了劳拉的身边。

那天的事情之后，景睿再没有和劳拉说过一句话。其实，平日里两人相见的时间也很少。劳拉是一家外贸公司的总经理，早出晚归总是很忙，每天早上景睿还没起床她就已经出门了，每天晚上她应酬回来的时候景睿已经睡觉了。

而桃子则和景睿在一起的时间越来越多了。景睿越来越感受到桃子对自己的真心，同时他也开始对桃子袒露心扉，讲述自己在南城时的事情。在南城和爷爷奶奶在一起的时候，景睿每一天都是开心的，而在来到劳拉身边的一个多月里，景睿除了桃子之外，几乎都是一个人。劳拉一天都没有陪过他，她答应帮他过生日，也食言了。劳拉只是一味地要求他忘掉南城忘掉过去的一切，所以他不喜欢劳拉，一点都不喜欢。

那件事情之后还有一个转变，那就是苏哲他们再也没有找过景睿麻烦，苏哲甚至破天荒邀请景睿和桃子一起去他的生日聚会。景睿最开始是抗拒的，但想到苏哲最近的改变以及自己迫切想要融入新环境的心情，景睿答应了。

聚会完，景睿回到家打开家门的时候惊呆了。他看到劳拉满脸通红地躺在地上喃喃自语，她手里握着一个破裂的红酒杯，手臂旁的地上还有点点血迹。景睿提着一口气跑上去查看，发现地上的血迹是因为破裂的玻璃杯划破了手指时，才如释重负地松了一口气。

景睿这个时候才后知后觉地发现刚才自己是紧张且担心的，明明很讨厌劳拉，为什么会这样呢？

这个时候，景睿听到了劳拉喃喃自语：

"景睿，对不起，妈妈对不起你，我也不想这样抛下你。

"那天我不该打你,对不起。"

"景睿,我真的不想看到和南城有关的一切,你明白吗?"

"我爱你,你知道吗?"

劳拉的话变成了一双双无形的手,伸进景睿的胸膛里,狠狠地揉搓着他的心,让他疼到不能呼吸。景睿把劳拉从地上抱了起来,劳拉的手下意识地环住景睿的脖子,她满是酒味的气息吐在景睿的脸上,她在景睿的耳畔含混不清地说:"我想你,这么多年来我一直都很想你,你知道吗?"

那一刻,景睿的眼泪流了下来。他没有想到,平日里强势的劳拉那么瘦,那么轻,还那么温柔。

六

第二天景睿起床打开房门的时候,破天荒地发现劳拉还没去上班,他正想退回去换上劳拉买的衣服,被劳拉叫住了。

"昨天我喝醉了吧?谢谢你照顾我。来,快点来吃饭。"

穿着家居服把头发放下来的劳拉看起来年轻了许多、和善了许多,此时此刻,劳拉的声音清浅温柔,好听极了,但景睿一时之间不能适应她的转变。他的脑海里不由自主地浮现出那天在学校里她大吼大叫的样子。

"我和同学约好了一起吃早饭,然后一起去学校。"

"真的？你不要骗我。"

景睿点了点头，他是真的没有骗劳拉，这些天他都是和桃子一起吃早饭，然后一起去上学的。

"是女同学吗？你不会恋爱了吧？"

"没有。"

"你确定，不许骗我。"劳拉的语气里充满戏谑，但景睿一点都开心不起来。他有什么好欺骗劳拉的呢？再说，她不是从来都不关心他吗？现在她未免关心过度了吧。

"上梁不正下梁歪，你果然和某人一样只会骗人！"

劳拉曾经说过的这句话见缝插针地钻入景睿的脑海里，景睿更加不开心了。

"骗骗骗，难道你就这么不相信我吗？是不是你的眼里只有欺骗？是不是在你眼里我和爸爸一样只会骗你？"景睿停顿了一会儿继续说道，"那么多年过去了，你是不是还在恨着爸爸？他都走了那么久了，你有必要这样锱铢必较抓着他的过错一直不放吗？况且，我是景睿，你不要把对他的仇恨发泄在我的身上。"

景睿每一句每一字都掷地有声，劳拉的笑容慢慢隐退下去，她的脸瞬间变得苍白不已。她的身体不受控制地颤抖着，像是狂风中摇摇欲坠的树苗。她还没来得及说话，景睿就摔门而去。

景睿没有看到，在房门重重关上的那一刻，劳拉瘫坐在椅子上。

明明不想这样的，可怎么就变成这个样子了呢？劳拉垂着头这样问自己。

七

那天晚上，景睿回家看到了劳拉在桌上留下的字条，劳拉去外地出差了，要几天后才能回来。他看着空荡荡的毫无生气的房子叹了口气，转身进了房间。

做完作业后，景睿打电话给了桃子。他发现自己越来越相信桃子依赖桃子了，他把越来越多的事情告诉桃子，关于南城的，关于自己和劳拉的，而桃子也不知道为什么总能一语中的看穿景睿的真实想法，然后给他中肯的意见。

这天景睿把前一天劳拉醉酒，以及白天他和劳拉争吵的事情告诉了桃子。

"你妈是爱你的，她可能不知道用什么方式来爱你吧。"听完景睿的话，桃子立马给出了这样的结论。在最近这段时间里，桃子很多次都说到这句话，他有时候觉得桃子的话有一点道理，但一想到劳拉对自己发火的样子，就又立马否定自己的想法。

这一天，听了桃子的这句话，景睿又陷入了沉思。他想到劳拉醉酒时说过的那些话，决定等劳拉回来好好和她沟通一下。

景睿想象过很多个劳拉回来后自己和她好好沟通的场景，可是他万万没有想到再见到劳拉会是在派出所里。

那天是周末,桃子约了景睿一起去新华书店买书,路过菜场的时候,景睿看到有个男人和一位卖菜的老人在争执。看到那个老人花白的头发和佝偻的脊背,景睿想到了奶奶,他猛然发现自己已经很久没有想到爷爷奶奶了。

景睿走进去听清楚了大概情况,男人称自己给老人的是一张五十块钞票,而老人却称自己拿到的是一张十块的。两人在不停地争执,围观的人形成了一堵人墙,景睿看着那个老人,觉得心里发酸,他在想要不要拿出钱来给男人解决问题。他还在犹豫的时候,气急败坏的男人用力推老人,毫无防备的老人四脚朝天摔倒在地。

景睿见此情景,立马飞奔过去。

劳拉接到派出所电话的时候刚从飞机上下来,听到是民警让她领孩子,心一下子提到了嗓子眼。

景睿和民警分坐在办公椅的两边,景睿的右手边是鼻青脸肿头发上还有蛋清和菜根的男人。劳拉冲进派出所看到这一幕的时候,无名的怒火瞬间燃烧。

她那12厘米高跟的鞋踩踏在大理石地面上发出啪啪的声响,疾步走到景睿面前后,伸手就是一巴掌。她雷厉风行的作风像乌云遮蔽了派出所内的光亮。

"景睿,你是江山易改本性难移啊,上次打了同学,这次胆子大了还打大人了是吧?"劳拉说着用手指戳了戳景睿的头,"你也不看看你自己的样子,你这样骨瘦如柴,就不怕被人一巴掌拍死啊!"

"我……"

景睿刚开口,劳拉就抢了他的白。

"我之前告诉你不要打架你有没有记住?你是不是真的不把我的话放在心里?"劳拉说着越来越气,她再伸出手,重重地拍了一下景睿的头。

上厕所回来的桃子看到这一幕连忙跑上前去。一旁的民警也实在看不下去了。

"有你这么当妈的吗?不分青红皂白就乱打乱骂,什么情况?"民警快步走到景睿面前,隔开景睿和劳拉,"你为什么要打孩子?你知道什么情况吗?我从没看到你这么当妈的!"

劳拉听到这话愣了愣,她皱着眉头望向景睿,又望向桃子。这时候,劳拉才知道事情的真相。

原来,男人打了那个老人后,景睿立马跑上前去扶起了老人。与此同时,围观的人纷纷站出来为老人伸张正义,景睿在几个人的帮助下送老人去了医院,用自己的钱垫付了老人的医药费。景睿之所以会来派出所,是和其他几个目击证人一起来做笔录的。做完笔录后警察不放心景睿和桃子,就联系了劳拉。

"这……这……"劳拉的脸绯红,她的脸上写满了愧疚和抱歉,"景睿,对不起,妈妈不知道……"劳拉不知所措地拉住景睿的手臂。

当劳拉的手触碰到景睿时,景睿没来由地颤抖了一下,下一秒,他狠狠地甩开劳拉的手臂。

"我不需要你的道歉。"一直没有说话的景睿声音异常哽咽。他感觉到自己的心破了一个大大的洞,好不容易对劳拉产生的好感瞬间消失殆尽,一阵阵冰冷刺骨的大风呼啸着吹进这个大洞里。景睿感觉有一把刺刀在狠狠地往自己的胸腔刺。

说完这话,景睿拔腿就走。

"景睿,你等等我。"

桃子在身后叫他,他却像没有听到。他的脚步越来越快,他恨不得下一秒就离开这个有劳拉的城市,永远都不要回来。

八

劳拉带着桃子回到家里,没有发现景睿的身影,两人立马分头去寻找,晚上华灯初上的时候,还是没有任何关于景睿的消息。

这个时候,景睿已经坐在了前往南城的火车上。头靠在车窗上,外面影影绰绰的树木飞快地往后倒退,这就像景睿对劳拉的恨,被狠狠地甩在了身后。火车呜呜地鸣着笛,在离南城越来越近的时候,景睿对南城以及爷爷奶奶的想念也越来越强烈。

景睿是在第二天清晨到达南城的。下火车的时候,看着两个多月不见熟悉而陌生的南城,景睿的眼眶一下子就湿润了。都说男儿有泪不轻弹,可是景睿再也忍不住了,他一边流着泪一边在火车站边手舞足蹈大喊大叫。南城,我回来了。爷爷奶奶,你们想我吗?

两个月不见,曾住了十多年的老房子角角落落里都结满了蜘蛛网,景睿推门进去的时候,一股腐朽的潮味扑鼻而来。他坐在以前吃饭的椅子上,坐在以前睡觉的床上,过往的情景一幕幕地从脑海里跳出来。

一天多没有吃饭的景睿肚子唱起了空城计。

"奶奶,我饿了。"

没有人应答,景睿继续撒娇地说道:"奶奶,饭做好了没有啊?"

依旧没有人应答,发现事情不对劲的景睿回过神来,看着空荡荡的房子,景睿恍然大悟。然后,他的心里有阵阵的钝痛以及失落。

不知道为什么,这个时候他想到了劳拉,想到了劳拉每天给他100块钱,想到了劳拉曾经给他做过的那一顿他没有吃的早餐。

景睿走出老房子后,一个小孩叼着一根大大的棉花糖飞快地从他身边跑过,他还没反应过来,又看到一个女人拿着扫把从他身边跑过。

"苏天伦,你居然敢偷钱去买棉花糖。看我抓到你不打死你!"那个女人气喘吁吁地大喊着。

还没跑出一百米，苏天伦就被他妈妈抓住了。扫把柄打响屁股，哇的一声响彻云霄。景睿看到这一幕忍不住笑了起来。他的视线继续在那对母子身上驻留，那个女人看到小孩哭得天崩地裂，从最开始的怒火万丈大吼大叫变成了温柔的安慰和宠溺。

女人的这一改变，顿时击中了景睿的内心。

这场景，是景睿从小到大从来都没有感受过的。小时候景睿无数次想要爸爸妈妈，那时他想，即使爸爸妈妈每天打他骂他，他也会高兴得睡不着觉。

这时候，景睿又想起了劳拉。

她记得劳拉在学校里狠狠地打过他一巴掌，他记得劳拉喝醉酒的时候在他耳畔温柔地说过"我想你"，他记得劳拉在派出所得知事情的真相后向他道歉时愧疚的神情……一个个劳拉，在景睿的脑子里翻滚浮动。

这不是你曾经梦寐以求的事情吗？为什么你会讨厌？为什么你会憎恨？为什么你会厌倦？为什么你要逃离？

是失去了太久不再渴望吗？不是的，不是的。景睿马上就否定了这一点。此时此刻，他有好多的话想对桃子倾诉，他打开一直关机的手机，一打开，嘀嘀嘀嘀的声响不绝如耳。有劳拉发来的短信，有桃子发来的短信，还有很多未接电话的提示。

电话在景睿的手里响了起来，是桃子。

"景睿，是你吗？你在哪里？你怎么不和我们说一声就离开了呢？！你知道你妈有多着急吗？"

"她着急和我有什么关系？她只会打我骂我，她着急我做什么？"

"景睿，你错了，你什么都不懂。我妈妈和劳拉阿姨是好朋友，得知你要过来，阿姨花了好多精力才把你弄到我所在的学校，还麻烦我多多帮助你照顾你。景睿，劳拉阿姨其实不是不爱你，而是她从来没有做过母亲，不知道该用什么方式来爱你。"

通过桃子，景睿知道，生日那天的那个蛋糕其实是劳拉买的，她有重要的会议实在走不开，所以让桃子代送。他还知道劳拉每天无论多忙都要和桃子通电话，询问他每天在学校里的学习生活，还嘱咐桃子不要把这些事情告诉景睿。桃子还说，每一次劳拉打完景睿都会很难过很自责。她一次次在电话里哭着问桃子自己该怎么做才好，她甚至上网查询各种和孩子的相处方式……

"喂，景睿，是你吗？妈妈错了，妈妈对不起你，你快回来好不好？妈妈真的错了。"电话里突然传来了劳拉的声音。劳拉在哭，她带着哭腔的声音在得知真相的景睿看来像一把重锤，敲打在他的心上。

"我在南城。"

"你不要动，你待在南城不要动，我马上坐飞机过来，你等我，一定要等我。"

"不用了，我马上就回来。"

你不要来找我，让我去找你吧。这一次，让我没有悲伤没有抗拒，心甘情愿地来找你，让我们重新开始，让我们爱着彼此，让我们珍惜这难得的重聚，去弥补错失的时光。劳拉，我不知道我什么时候会叫你一声妈妈，但是我想，这一天，终究会到来。

≈ 那个迟来的
　　夏天的盛放

曾 经 的　　朝 思 暮 想

如 今 的　　念 念 不 忘

一

在这之前，沈泽齐真的跟中途转学过来的崔夏天没有什么交集。

仔细想想，沈泽齐对崔夏天仅有的印象大概就是她的沉默寡言和那张扑克脸。除了转学过来的第一天在讲台上做了个简短到只有名字和来自哪个城市的自我介绍外，在平日的学习生活里她沉默得像是一个哑巴。平时，大家只有在上课她被点名回答问题的时候才能听到她的声音。另外，班里发生什么事情大家或惊讶或大笑或愤怒的时候，她总是面无表情地在座位上正襟危坐，大有一副不食人间烟火的"高冷"样。

还有，她从不用出早操和上体育课，这个仿佛只为她一人专设的特权让那些来了"亲戚"请个假被老师骂一顿的女生羡慕且嫉妒不已。

所以，崔夏天没有朋友，她像是自己世界里孤傲的女王，独来独往。

这天早读课上，作为班长的沈泽齐在讲台上领读，当他领读完一段抬头视察纪律的时候，一眼就瞥到了撑着头微闭着眼睛的崔夏天。

"崔夏天，你怎么不读……"

话没说完，沈泽齐看到崔夏天慢慢地站起来往教室外走去，她走得极其缓慢，一边走还一边扶着身边的桌椅。

"哎，崔夏天，你干吗去？"沈泽齐想要喊住她，可她像什么都没听到般径直往门外走。

教室里顿时掀起轩然大波，沈泽齐一边让纪律委员管理纪律一边追了出去。

早读课时间的走廊空无一人，崔夏天靠在楼梯的扶杆上大口喘着气，她紧皱着眉头，额前的刘海儿早已被额头上细密渗出的汗水濡湿。

"你怎么了？"看到这一幕，沈泽齐忍不住担心地问道。

崔夏天低着头往衣服的内侧口袋里掏着什么，几秒后，一台手机递到了沈泽齐的面前。

学校里明确规定不能带手机，可她……

"麻烦你，帮我打……打电话给我妈，让她……让她马上来学校接我。"崔夏天的这句话把沈泽齐想说的话堵了回去。短短的一句话，崔夏天说得上气不接下气，她整张脸苍白如纸，没有一丁点血色。

二

那天崔夏天妈妈赶来的时候,立马给她请了半个月假。一时之间,出现关于崔夏天的各种谣言。

有人说崔夏天有先天性心脏病,有人说崔夏天的妈妈和学校领导有非一般的关系,有人说崔夏天是单亲家庭的小孩……各种各样的谣言,比电视剧里"狗血"的桥段还精彩。大家纷纷向沈泽齐问起那天早上出了教室后发生的事情,沈泽齐都笑着保持沉默。

比现实更可怕的是人言,比匕首更尖利的是人言,所以很多时候,沉默不一定是多坏的事情。

沈泽齐没想到会在南城登山摄影节看到崔夏天。南城登山摄影节是为南城的著名旅游景点南山而专门设计的文化盛事,每年都会有上千幅登山摄影作品展出。为了增加人气,主办方通常会请来热门作品的作者来到现场给大家讲述照片背后的故事。因为有事晚来,沈泽齐一走进摄影展的场馆就看到人山人海的火爆场面。

有一幅作品前围了里三层外三层,在人群的最后面他看到了穿着鹅黄色长款羽绒服、把自己裹得严严实实的崔夏天。

崔夏天手插着口袋踮着脚费劲地透过人群的罅隙看清几米外的摄影作品,她的身体摇摇晃晃的,就像湖边随风飘动的芦苇。

崔夏天想到几个礼拜前的事情,走上前从背后拍了拍崔夏天的肩膀:"嘿,崔夏天。"

没有一点防备的崔夏天猛地转过身来,她一脸惊讶地看着沈泽齐，胸口起伏不定。

"你的身体好点了吗？"见崔夏天一直没有说话，有一点尴尬的沈泽齐再一次开了口。

"嗯，好点了。上次谢谢你。"不知道是被吓坏了还是出于紧张，崔夏天的声音里带着轻微的颤抖。她把头缩在羽绒服的领口里，像个鼹鼠般看着沈泽齐。那双大眼睛在夜幕中像盛满了碎钻，明亮得让沈泽齐不由得多看了一眼。

"你也喜欢摄影吗？"沈泽齐在回过神后望着四周的人群问道，"你最喜欢哪幅摄影作品呢？"

"我……"说了一个字崔夏天就卡壳了，"我没特别喜欢的，我就是在家闲着无聊，随便来看看呢。"

但很快沈泽齐就知道了崔夏天来登山摄影节的目的。

崔夏天重新回到学校上课的那天中午，趁着大家吃饭的时间喊住了沈泽齐。

"沈泽齐，你有及晨的联系方式吗？"

在听到"及晨"两个字，沈泽齐愣了一下。

"你和及晨是好朋友吧？那天在登山摄影节，我看到你和及晨在一起说说笑笑的，你们关系一定很好吧？你可以给我他的联系方式吗？"沈泽齐还没反应过来的时候，崔夏天就连忙说道，她那急切的样子，好像生怕下一秒沈泽齐就会消失不见一样。

听完崔夏天的话，沈泽齐突然想到那天在摄影节结束人流散去后，他发现崔夏天踮脚张望的是及晨的作品，所有的一切都昭然若揭。

沈泽齐的心里有一点莫名的抗拒:"我有。可是及晨已经有女朋友了。"

"没关系没关系,我只是想和他做个朋友,我很喜欢他的摄影作品,我只是想认识他而已。"崔夏天说着情不自禁地拽住沈泽齐的手,她看着沈泽齐,明亮的眼里闪动着如炬的希望。

人的动作可以骗人,人的表情可以骗人,人的语言可以骗人,但人的眼睛是骗不了人的。沈泽齐看着拽着自己的崔夏天,一下子就从她的眼里把她的心思看得一干二净。

他叹了一口气:"过几天及晨会来学校找我,到时候我介绍你们认识吧。"

"谢谢,谢谢你,沈泽齐。"说这话的时候,崔夏天的嘴角是上扬的。虽然是微微的一笑,但沈泽齐还是大吃一惊,因为这是他第一次看到崔夏天笑。

沈泽齐没有注意到的是,自己的眼睛在看到崔夏天笑的那一刻也瞬间弯了下来。

三

及晨来找沈泽齐的时候,吸引了班级里所有人的目光,穿着黑色风衣、戴着墨镜的及晨倚在门框上邪魅地笑着,他的胸前挂着一台大大的单反,看起来酷毙了!

刚好是晚自习时间,随时都有值日老师来检查,沈泽齐见势连忙走了出去,遵守承诺的他还叫上了崔夏天。

在把崔夏天作为自己的好朋友介绍给及晨的时候，沈泽齐再一次见到崔夏天的笑。

"你好，我是崔夏天。因为我出生在夏天，所以我爸妈给我取了个'夏天'的名字。"崔夏天说着向及晨伸出手去，她咧着嘴露出洁白的牙齿，就像高露洁牙膏广告里的那个海狸先生，那样可爱。

"及晨，我们见过好几次了，但是你一定不记得我。"没等及晨说话，崔夏天再一次说道。

及晨连忙摘下墨镜认真地看了看崔夏天："好像是有那么一点熟悉。"

及晨这一次来找沈泽齐，是告诉他有文化公司喜欢他的摄影作品，想要签了他，然后为他出一本个人摄影集。

"你一定会成功的！"没等及晨说完，崔夏天就抢着说道，说这话的时候她的脸红红的。

及晨被她可爱的样子逗乐了，连忙感谢她的支持。谁知这一感谢一发不可收拾，接下来，崔夏天当着沈泽齐的面，旁若无人地向及晨表达自己的崇拜之心。她告诉及晨自己在很早的时候就看过他的摄影作品，她手机的屏保也是他拍的照片……最后，这一次的见面变成了崔夏天和及晨的叙旧大会，沈泽齐看着他们聊天、交换微信号手机号，心里骤生莫名的烦躁。

介绍及晨和崔夏天认识后，沈泽齐觉得自己和崔夏天的关系有了飞一般的进展。

崔夏天还是那个不苟言笑吝啬讲话的崔夏天，但没人的时候或者放学的时候她都会拉着沈泽齐，问他关于及晨的各种信息。崔夏天讲话的声音很轻，那气若游丝的嗓音像一把小提琴在沈泽齐的心里轻轻地拉着。有时候问多了沈泽齐觉得烦，崔夏天就会拿出事先准备好的零食一边说着好话一边塞到他手里。

崔夏天说好话的时候总爱凑到沈泽齐的耳边，每一次那温热的气息都会让沈泽齐情不自禁地红了脸颊。

四

沈泽齐接到及晨的电话是在平安夜的前几天，一按下接听键，电话那头的及晨就噼里啪啦地"吐槽"起来：

"你上次介绍的那个女同学是神经病吧？！能不能让她不要有事没事给我发微信打我电话，这已经严重影响到我正常的学习生活了！有次我女朋友看到那微信，差点和我闹分手你知道不知道？还有，你是不是把我出卖了啊？为什么我的爱好什么的她都知道？反正过去的都过去了，你一定要转告她，让她以后再也不要打扰我……"

挂了电话后，沈泽齐的心里不是滋味，他打电话给崔夏天，一直都是嘟嘟的忙音。

第二天到学校走进教室的时候，沈泽齐瞥向崔夏天的座位，崔夏天依旧摆着一张扑克脸，好像每个人都欠了她500万块钱的样子。让沈泽齐忧心忡忡的是，崔夏天的双眼红肿得厉害，明显昨晚大哭过一场。

崔夏天每天都自己带饭来学校，从不在每天中午下课后随着"饿狼大军"跑着去食堂买饭。这天沈泽齐吃到一半，突然想到昨晚及晨的电话和早上看到的崔夏天如水分饱满的水蜜桃般红肿的眼睛，连忙放下筷子赶回教室。

沈泽齐刚走到教室门口，就听到里面传来极力压抑的哭声。他好奇地望进去，看到崔夏天看着手机，一边哭一边一口口地咬着自己的手臂。

这样的画面让沈泽齐震惊不已，他不知道自己是该推门进去还是该掉头离开。这时候，他的身后传来了尖叫声。

"啊，是疯子，崔夏天是疯子！"

沈泽齐还没反应过来，身后的女生就推门进去向崔夏天围拢。沈泽齐心里一惊，连忙跟上前去。

崔夏天看到来人连忙放开咬着手臂的嘴巴，大家看到她的手臂上，是密密麻麻的牙齿印，有的牙齿印已经变青变紫。

在大家的尖叫声中，崔夏天连忙拉下自己的衣服，她的脸上满是泪痕，她的眼里则是猝不及防的震惊、慌乱和害怕。

"原来她不是有心脏病，她是有精神病啊！"

"太可怕了！她会伤害人吗？"

"闭嘴，都给我闭嘴！"沈泽齐大喊着扒开人群来到崔夏天面前，"怎么了？发生什么事情了？"

崔夏天一把推开沈泽齐，扶着桌子站起来，她紧皱着眉头往外冲，大家见势连忙尖叫着给她让出一条路来。

嘭！

还没走出教室，崔夏天就应声倒在了地上。

"痛，痛，救我，救救我！"躺在地上的崔夏天蜷缩着身体，不停地颤抖着。她高高举起双手，像溺水之人渴求抓到一块可以拯救自己的浮木。

五

沉睡中的崔夏天安静恬淡得像一朵在夜间悄然开放的昙花。她薄薄的嘴唇，高高的鼻子，像小刷子般的睫毛以及那紧皱的眉头，让一旁的沈泽齐看得恍惚而又心疼。

他情不自禁地慢慢伸出手，想要抚平她紧皱的额头，谁知道手刚触及崔夏天的脸颊，她就醒了。沈泽齐连忙把手缩了回来，胸腔里巨大的跃动让他止不住地想大声喘气。

"手机呢？我的手机呢？"

沈泽齐心里一惊。在崔夏天倒下的那一刻，她的手机也随之摔在了地上。沈泽齐捡起手机的时候，看到手机里有及晨发来的短信，只有一个字——滚。

沈泽齐拿出手机，递给崔夏天。

"短信呢？我明明看到有一条及晨发来的短信的。"崔夏天望着沈泽齐，眉头锁得更紧了。

"我……我不知道！"

"沈泽齐，是不是你把短信删除了？"

是的，沈泽齐在看到短信内容的一瞬间就愤怒地把短信删除了。他不知道和自己一起长大向来都彬彬有礼的及晨怎么会说出那个字，但他可以确信的是，在看到短信的那一刻，自己是震惊的，是错愕的，是愤怒的。

"你怎么不说话？你为什么不说话？"崔夏天激动起来，说着她就要撑着从床上坐起来。

"崔夏天，你不要这样。"沈泽齐连忙阻止了她的行动，"你不要激动，你千万不要激动，你冷静一下，你快平复一下心情。"

崔夏天的动作一下子僵在了那里，好几秒后她微微仰起头，望着沈泽齐说："你知道了？"

沈泽齐看着紧咬着嘴唇声音里带着哭腔的崔夏天，点了点头。

是的，他知道了。把崔夏天送到急救室后他就从医生和崔夏天的妈妈口中知道了一切，一年前因为高烧引起血管破裂出血，让他们知道了一直隐藏在崔夏天身体里的叫"脑血管畸形"的病，这个病让崔夏天不能跑不能跳不能大笑不能哭泣，否则就会引起脑部出血，随时都有生命危险。所以她的沉默寡言她的不苟言笑都是因为这个病。

如果说青春是一张色彩斑斓的画，那么属于崔夏天的这幅画在这场病到来后一定是黑白的。

"怎么了？同情我？"

沈泽齐连忙摇了摇头。

"那你可以告诉我及晨在短信里说了什么了吗？"

"夏天,你不要再想这些了,现在你应该做的事情是好好休息。医生说这次你出血太严重,过阵子要做开颅手术,之前医生提过很多次你都不同意,这一次真的逃不过了。"

"不,我不想做这个手术,你快告诉我及晨在短信里到底说了什么!"

"你妈妈回家给你拿换洗的衣服去了,等会儿她就会回来。"

"他到底说了些什么?你告诉我啊!"

一个枕头飞速地砸向沈泽齐,沈泽齐看到崔夏天噙着眼泪,浑身颤抖着。

"你不要这样,我告诉你,我告诉你。"沈泽齐说着把枕头塞到崔夏天的头下,"及晨说……及晨说让你不要再联系他了。"

整个世界骤然隐匿了声音,沈泽齐心如擂鼓般等着崔夏天的反应。

"哦,我知道了。"不知道过了多久后,崔夏天这样说道。崔夏天如此平静的反应大大出乎沈泽齐的预料,他诧异地看着崔夏天重新躺下去盖上被子,久久都没有回过神来。

六

"小沈,夏天不见了,你知道她去哪里了吗?"

崔夏天住院的第三天,放学后正准备去医院给她补习功课的沈泽齐接到了崔夏天妈妈的电话。拥挤的人群像开闸的洪水般往校门外涌,沈泽齐站在原地握着手机一动不动,仿佛时间停滞了一般。

他的脑海里翻转着这几天给崔夏天补习功课时的情形，好像没有任何的异常。

最后，他想到了及晨。

沈泽齐挂了电话二话不说就往及晨的学校赶，在及晨班级所在教学楼的一楼，他看到了让他在很久以后想起来都会黯然神伤的一幕。

"及晨，可以吗？"崔夏天一定来得很急，因为没换病号服的她只是在外面套了一件大衣，甚至她脚上的鞋子还是在医院穿的拖鞋。崔夏天脖子上挂着的单反相机悠悠地晃着，她的左手拽着及晨大衣的后摆，短短的一句话却说得异常胆怯。

"不可以，我做不到，我没有空，我请你离开好吗？"

"我求你了，及晨，就一次可以吗？"见及晨要走，崔夏天的另外一只手也拽住了他的衣服。她明亮的眼睛里充溢着祈求和哀怜，像极了一只被主人丢弃的流浪狗。

在不平等的爱情里面，先主动的一方总是百分百的输家。漫漫的爱情之路，卑微属于她，渺小属于她，眼泪属于她，好像无论怎么努力，总有越不过的天堑鸿沟。

看到这一幕，沈泽齐感到自己的心被一只巨大的手紧紧地拽住了。

"你是聋子吗？你没听到我的话吗？"及晨转过去，不耐烦地瞪着崔夏天，"你不觉得你这样缠着我很讨厌吗？我受够了你要死不活的扑克脸，请你马上滚出我的视线，永远不要再出现！"

及晨俊朗且棱角分明的脸蛋在此刻变得狰狞不已,沈泽齐的手不由自主紧握成了拳头。

"我要上晚自习了,再见!"在沈泽齐犹豫着要不要冲出去的时候,及晨一把拉过被拽着的衣角,没有防备的崔夏天一下子摔倒在地。

嘭的一声,相机摔到地上发出沉闷的声响。

"哎……及晨……"沈泽齐冲出去的时候及晨已经一路小跑消失在视线中,沈泽齐连忙转身去看倒在地上的崔夏天。

"你是来看我笑话的吗?"崔夏天是笑着的,但眼泪不停地从眼眶里涌出来。

"没有,没有。"沈泽齐不知道要说什么,只是腾出手来帮崔夏天擦去眼泪。

崔夏天仰着头,眼泪不断地流着,不一会儿她就眉头紧皱,嘴角轻轻地颤抖着。

"疼!"说着崔夏天一把抓过沈泽齐的手臂咬了下去。

七

你有过梦想吗?

你有过信仰吗?

醒来后崔夏天这样问沈泽齐。

这个问题对于 17 岁的沈泽齐来说太过深奥和遥远,在崔夏天一动不动的注视下,从来没有想过这些的沈泽齐慢慢地低下头去。

看到沈泽齐这个样子，崔夏天呵呵笑了几声，把尘封的记忆再一次拉扯了出来。

一年半前，崔夏天是太过耀眼的存在。成绩拔尖、容貌可人、体育优良、待人和善，在学校里是德智体美劳全面发展的优等生，更让很多女生羡慕不已的是，崔夏天有惊人的摄影天赋。小学的时候，崔夏天随便拍了一张照片投给报社就被选中刊登了，后来她就疯狂地爱上了摄影，从小学到高中，大大小小的摄影比赛她获奖无数。在南城登山摄影节兴起后，她还经常跟着摄影圈里的朋友一起去爬山拍照。可是，突如其来的高烧和不停的呕吐让她和家人发现她身患脑血管畸形。于是辗转于一个又一个医院，被告知不能哭不能笑不能激动不能奔跑。后来，所有她原先引以为傲的才能，像做了一个美梦统统被收了回去。为了不让别人知道自己的病，崔夏天没有和大家解释太多，她慢慢地从被人簇拥的校园达人，变成了沉默寡言被人排挤的孤僻的人，最后迫于无奈，只能转学开启新的生活。

这是一个太过现实太过浮华的世界，太多的人才被埋没，太多的梦想被摧毁，太多的希望被揉碎。而崔夏天，被这突如其来的疾病硬生生地从光明世界拽进了黑暗小巷。

"沈泽齐，你可以理解那种感受吗？那种从天上摔到地下的挫败感！"

"我理解，我当然理解……"

沈泽齐还没说完，崔夏天就抢了他的白："不，你不会理解的！

这个世界上没有感同身受这回事!"

"你知道吗?太痛了,这个病太痛了!"崔夏天的声音哽咽起来,她一边说着一边撩起衣袖来,她的两条手臂上是密密麻麻的青中带紫、紫中带黑的牙印,"白天的时候痛,痛得听不进老师讲课的内容。晚上的时候痛,痛得根本就睡不着觉。为了不让别人知道,为了不让爸妈担心,我只能通过这个方法来抑制疼痛。"

崔夏天,你不要难过了。

崔夏天,你为什么不早点把这些说出来呢?这根本不是什么丢人的事情啊。

崔夏天,以后的日子让我来陪着你吧。

沈泽齐有太多太多的话想说,但是他不知道该从何说起。

崔夏天蜷缩着身体,眼里泪光闪烁。那一刻,沈泽齐好想伸出双手,给她一个宽阔的温暖的怀抱。

沈泽齐的手慢慢地舒展开来,他的心跳得飞快,这时候他听到崔夏天说:"你就不想问问及晨的事情吗?"

沈泽齐的手骤然停在了那里。

"第一次见到及晨,是我第一次和摄影圈里的朋友去南山采风的时候。及晨背着两个镜头跑在最前面,初升的太阳缓缓地从山那头升起来,金色的阳光照耀在他的身上,整个人都金光闪闪的。后来,他奔来跑去给别人指导如何拍照,我第一次觉得世界上居然有这么美好的人。那以后我就时刻关注着他,只要他参加的活动我都参加,但是每一次我都站得远远的,不敢上去主动和他说话。得病后我一旦痛到不行的时候，除了咬自己之外，我还会看看他的作品，我觉得他就是我生命里的光和希望。我一直不肯做开颅手术，是因为我害怕被剃光头发。我已经失去太多东西了，我不能再失去我的头发，我不想顶着一个光头出现在及晨的面前，我做不到！"

听到这话，沈泽齐的手慢慢地放回到原先的位置上。在送崔夏天来医院的路上，他看了崔夏天的相机，相机里除了及晨的作品之外，都是崔夏天偷拍及晨的照片。及晨的正面、及晨的侧脸、笑着的及晨、沉思的及晨……每一张及晨的照片，都是崔夏天藏在心里的秘密。

"可是，这个世界从来都是不对等的。我喜欢他，而他却……"

说到一半，一直噙在崔夏天眼里的泪水终于落了下来。

八

崔夏天的妈妈到医院后，沈泽齐立马去找了及晨。

看到远远向自己跑来的沈泽齐，及晨笑着伸出双臂想要给他一个大大的拥抱，谁知道沈泽齐却一拳头打在他的脸上。

"你干吗？"倒在地上的及晨一脸震惊地看着沈泽齐。

"你还问我干吗？"说这话的时候，沈泽齐又一拳落下来，及晨一个转身，躲了过去。

"沈泽齐，你发疯了是不是？"他双手撑地从地上站起来，莫名其妙地看着像杀红了眼的沈泽齐。

"你还记得崔夏天吗？你为什么对她这么残忍？"

"残忍？"

"对，我看到你发给她的'滚'字，我也看到那天在教学楼下她苦苦哀求你，你却把她推倒在地，你为什么要这样？"

听到这里，及晨"嗬"了一声："你就为了这个打我？你有问过她对我做了些什么事情吗？她每小时发一条短信给我，她凌晨两三点打电话给我，她动不动就来学校找我，我和她说话，她却总是一副要死不活没有表情的样子。她是真的严重影响到我正常的生活了，你明白吗？好几次我女朋友看到她发来的短信，都对我翻脸了你知道吗？沈泽齐，你了解过这些吗？"

"我……"沈泽齐的气势明显弱了很多，"这些都是有原因的，崔夏天得了脑血管畸形，她之所以没有表情是因为这个病不允许她哭和笑。她半夜打电话给你一定是那病折磨得她睡不着，所以她就来找你。还有，她给你发短信，是因为她喜欢你、喜欢你的作品，你知道吗？"

听到这里，及晨的脸色一下子就变了，但很快他就恢复了平静："如果真是你说的那样，那我表示抱歉。我感谢她对我以及对我摄影作品的喜爱，但是她的喜爱已经给我造成了负担和压力，所以你能帮我转告她，让她不要再来找我了吗？"

"你不要这样，这样她会伤心，会让她病情加重……"

"沈泽齐，你什么事情都为她考虑，那你考虑过我的感受吗？"及晨奋力打断了沈泽齐的话，他说着走向沈泽齐，"泽齐，你这么在乎崔夏天，你是喜欢她吧？"

"我……我……"

少年的心事就这样被直截了当地点破,沈泽齐涨红着脸,说话结结巴巴起来。

九

告别及晨后沈泽齐没有去医院,而是径直回了家。被戳穿心事的他不知道该怎么面对崔夏天,更重要的是,他不知道该如何把及晨的真实想法转达给她。

及晨是她的信仰和梦想,她一定会伤心难过的。

第二天是周一,一整天的时间,沈泽齐每每想到这些,便忧心忡忡。晚上放学后去医院给崔夏天补习功课的时候,他在病房门口踟蹰了很久才敲门进去。

推开门的一瞬间,他看到绑着长辫子的崔夏天正穿着裙子坐在病床上恬淡地笑着,一旁崔夏天的爸爸妈妈拿着单反不停地给崔夏天拍着照。

看到这一幕,沈泽齐一头的雾水,看到沈泽齐,崔夏天连忙支走了爸妈。

"你这是在干吗呢?"

"我决定动手术了,在手术之前我想用照片定格住现在长发及腰的我。"

"真的?"沈泽齐听到后满脸的喜悦。

崔夏天点了点头:"昨天及晨给我发短信了,所有的一切都说得很明白。爱可以带来温暖，爱可以带来幸福，爱同样可以带来烦恼和折磨，我想我做错了。"

"就这样放弃了吗？不会后悔吗？"

"为什么要后悔？很多事情只要去尝试了去努力了，那就没什么好后悔的，即使最后的结果是失败。而真正应该后悔的，是你明知道你想做这件事而没有去做。所以，我真的没有什么好后悔的。"崔夏天望着沈泽齐，再一次露出恬淡的笑容来。崔夏天嘴角上扬，眼角弯弯，可沈泽齐还是在她明亮的眼睛里看到了闪闪的泪光。

"这一次手术，不知道我能不能醒过来……"

"不，你一定会醒过来的。"沈泽齐连忙伸手捂住了崔夏天的嘴。

你一定会醒过来的，因为我会一直陪在你的身边。

你一定会醒过来的，因为我还有很多的话没有和你说。

你一定会醒过来的，因为你不能让我还没有努力还没有尝试就失败啊。

沈泽齐看着崔夏天，心里这样默默地许愿道。

崔夏天的手术很成功，可是她没有立即醒来。

第一天没有醒来，第二天没有醒来，第三天没有醒来……

每天晚上放学后，沈泽齐都会来病房看望崔夏天，他坐在崔夏天的病床前，给她念课文，给她唱歌，给她讲学校里发生的有趣的事情，看着心电图里崔夏天的心跳，唱着唱着讲着讲着沈泽齐就会情不自禁地哽咽起来。

他第一次发现，等待是一件如此折磨人的事情。

幸好，在第六天的时候，崔夏天醒来了。沈泽齐正坐在病床前唱儿歌，崔夏天皱着眉头瞥了他一眼，然后轻轻地说了一句："难听死了。"

那一刻，沈泽齐兴奋地跳起来，下一秒他就连忙跑出门去喊医生。

崔夏天恢复得很快，一个月后就出了院。为了安全起见，医生在出院的时候建议崔夏天要保持情绪稳定，短时间内不能做剧烈运动。

"沈泽齐，你能带我去爬一下南山吗？"

"崔夏天，你疯了吧，你刚手术完，你没听医生说不能做剧烈运动吗？"

"哎，我都没激动，你激动什么？"崔夏天说着打了一下沈泽齐，"大不了，我坐在轮椅上你推着我上去嘛。"

周末，坐在轮椅上被沈泽齐推着的崔夏天在南山脚下看到了及晨和他的女朋友。他们穿着情侣运动装，格外养眼。

看到这一幕，沈泽齐连忙俯下身来："听及晨说你一直想和他爬一下南山，前两天我求了他好久他才肯过来。谁知道他带了他女朋友……"

看着沈泽齐一脸紧张的样子，崔夏天笑了："你干吗？这么紧张干吗？"

"崔夏天，恭喜你出院，现在我们来爬山吧。"这时候及晨笑着朝他们走来,"对了,我忘了介绍,这是我的女朋友佳佳。"

沈泽齐把手搭在崔夏天的肩上示意她要冷静,谁知道崔夏天耸耸肩伸出手,一把拍下了他的手。

崔夏天笑着看着面前的及晨,骤然涌入脑海的是自己在昏迷时迷迷糊糊听到的沈泽齐的声音。

"沈泽齐,你真以为我坐着轮椅你推得动我啊?我们坐旁边的索道上去吧,我爬了很多次山,一次都没坐过索道呢。"说着崔夏天就摇着轮椅往索道的入口处走。

在转身的一刹那,崔夏天长长舒了一口气。从南山开始,从南山结束,崔夏天想,一切终于结束了吧,这个故事终于落幕了吧。

"沈泽齐,谢谢你一直陪在我身边啊。"在沈泽齐没留意的时候,崔夏天这样轻轻地说道。

≈ **你是世界上唯一的光**

曾经的　　朝思暮想

如今的　　念念不忘

一

　　苏天伦走进健身房的时候一眼就望见了在角落里埋头跑步的叶明明。晚上8点多的健身房人声鼎沸,叶明明没有穿鲜艳的运动服,更没有婀娜曼妙的身材,苏天伦之所以一眼就看到她,是因为叶明明实在太胖了。穿一身白色运动服的叶明明,咬着牙齿涨红着脸艰难地迈着步伐,就像一朵巨大的云朵缓缓地飘荡在跑步机上。

　　看着满头大汗的叶明明,苏天伦第一次明白什么叫作"汗如雨下"。有一股莫名的力量牵引着苏天伦走向叶明明,走近后看到跑步机上的显示器,他的眉头微微皱了起来。

　　"你好,跑步机跑步的最低速度是7,你这才5。"

　　叶明明好像没有听到苏天伦的话,依旧目视前方,喘着大气迈着步子。

　　苏天伦见势又重复了一遍,叶明明这才转过头来。

"什么？你说什么？"叶明明看着苏天伦，眼里带着疑惑和怯懦。一串串汗水从头顶顺着脸颊流下，叶明明的整张脸通红通红的。

苏天伦无奈地叹了一口气："我说，最低的跑步速度是7。"说着苏天伦指了指跑步机的屏幕。

听到苏天伦的话，叶明明连忙转过头去，一下子就把速度提到了9。她低着头奋力地跑着步，只觉得自己的脸比之前更加烫。

苏天伦看了一会儿准备去更衣室换衣服，刚转身，铺天盖地的黑影就从侧边笼罩过来。下一秒，一个重物砸到了他的身上。

是叶明明。这是一直以来都抗拒运动的叶明明第一次来健身房，已经疲惫到不行的她，因为突然提高速度导致大脑缺氧，于是就……反应过来后，苏天伦连忙伸出手想要撑住叶明明，叶明明重如沉铁，苏天伦还没来得及抓住她就被狠狠撞倒在地。接着，叶明明重重地压在了他的身上。

在大叫了一声后，苏天伦眼冒金星："喂，你到底是有多重？我快喘不过气来了。"他说着想要推开叶明明，可叶明明像粘在他身上般纹丝不动。

周围的人看到这一幕连忙围过来帮忙，有个别的人看到这一幕情不自禁地偷笑起来。

5个身强力壮的男人抓住因为缺氧而昏昏沉沉的叶明明，正当他们数着"1、2、3"想把她从苏天伦的身上拉起来的时候,哇的一声，叶明明吐了。不偏不倚地，那些呕吐物就落在了苏天伦的身上以及脸上。

呕吐物散发出来的馊臭味让周围的人纷纷捂着鼻子倒退了好几步，而最大的"受难者"苏天伦在经历了一秒的断片儿后，也哇的一声呕吐起来。

叶明明这时候稍稍恢复了清醒，面色苍白的她看到苏天伦被自己吐了一身后，眼里满是歉意和慌乱："你……你还好吗……"

叶明明的话还没说完，苏天伦就撑着起身捂着嘴巴飞快地跑向卫生间，像一支离弦的箭般消失在众人的视线里。

二

第二天叶明明一走进教室，骤然而至的笑声就像海啸般朝她涌去。

叶明明的脚步在停滞了一秒后继续往里走，走到教室最后面垃圾桶旁的角落后，叶明明才停住脚步。坐下后，她连忙掏出书本把头埋了进去。

"你不知道那画面有多搞笑，那个男生被她压在身下，怎么都动不了。"

"被这么一压，那男的有重伤吗？"

"不知道啊。重点是，她还吐了那个男的一身。"

"啊，那多脏啊，那要几遍澡才洗得干净啊！"

听到这些话，叶明明把头埋得更低了。但是，她的心里像风平浪静的湖面般毫无涟漪。这些年,因为胖,叶明明遭受过太多的冷嘲热讽,她的心境早已从原先的伤心难过变成了如今的云淡风清,她的耳朵和心也早已对那些人那些话产生了坚不可摧的抗体。

因为胖,她在学校里一直都是独来独往。她一个人吃饭出操上厕所,除了上课回答老师的提问外她很少说话,在学校95%的时间里,她都是低着头的。她像一座孤独的岛屿,沉默地坐落在浪花喧腾的无边大海上。

但是,叶明明还是和千千万万的普通女孩子一样,想要在自己最美好的年纪被认可被喜欢,有好朋友陪伴在自己的身边,分享青春里的小秘密。

叶明明看着书本,脑海里倏然闪过昨晚苏天伦捂着嘴巴飞奔着离开的背影,愧疚和不安一下子就浮上心头。

这天傍晚放学后,叶明明去了健身房。除了继续锻炼,她还希望能见到苏天伦和他说一声抱歉。见证了昨天那场事件的人看到站在前台的叶明明,纷纷露出笑容来,叶明明见势只得躲到角落里等苏天伦。

等了快一个小时后,穿着运动背心、背着双肩包的苏天伦出现在了叶明明的面前。苏天伦没有看到站在角落的叶明明,他和前台工作人员打了声招呼就向更衣室走去。

"哎,等一等……"叶明明这个时候才发觉自己都不知道对方的名字。与此同时,内心升腾而起的羞怯让叶明明一下子就倒退了好几步。他会怪我吗?他会笑我胖吗?他不会已经忘了我吧……想到这些,叶明明转身就想走。

"是你叫我吗?"背后及时传来的男声拽住了叶明明的脚步,接着,苏天伦几步小跑来到了叶明明的面前,"你找我有事吗?"

看着对面朝气逼人的苏天伦,叶明明的脸火辣辣的:"你……你叫什么?"

听到这话苏天伦笑了:"我叫苏天伦,天伦之乐的天伦。"说着,苏天伦说了声"你好",向叶明明伸出手去。

苏天伦的热情让在学校里一直都遭受冷嘲热讽孤立排挤的叶明明受宠若惊,她犹豫了几秒握住了苏天伦的手。

"我叫叶明明。昨天……昨天的事情对不起。"叶明明低着头,身体轻微地颤抖。她这副像犯了错的小孩般可怜兮兮的模样让苏天伦觉得微微心疼,苏天伦伸出手轻轻地拍了拍叶明明的肩膀,说了声"没事"。

三

接下来的几天,苏天伦都会在健身房看到叶明明。

叶明明很努力,她会先跑一小时跑步机,跑完步后她就钻进瑜伽房练瑜伽,练了瑜伽后她还会照着别人练一下器械。跑步很简单,练瑜伽有专门的老师,可器械没有那么简单。没有什么健身经验的叶明明不知道该怎么使用器械,她看别人怎么做她就跟着怎么做,她看人在使用什么器械她就使用什么器械。

观察了叶明明两天后,苏天伦实在忍不住了。他放下手中的哑铃,走向叶明明。

"不同的器械针对不同的身体部位,姿势的规范程度和锻炼方法的正确与否都会影响锻炼的效果。你姿势和方法不正确,再怎么练都没用,弄不好还会受伤。"

听到这话,叶明明的动作一下子就停在半空中。苏天伦认真的样子让叶明明有一种"东施效颦"的窘迫感。

"我……我……"叶明明说着就低下头去。

"以后我教你吧,你有什么问题可以尽管问我。"

"真的吗?"听到苏天伦这么说,叶明明不敢相信地抬起头,她望着苏天伦,眼睛里满是期待。

"对了,你是这里的健身教练?你带我健身要钱吗?"没等苏天伦回答,叶明明继续问道。

听到叶明明这么说,苏天伦笑了:"我是这里的健身教练,可带你我不收钱,满意了吗?"

苏天伦的主动和热心让在学校里习惯了被忽视被排挤的叶明明感受到莫名的惊喜和温暖,那一刻,叶明明有种"泪奔"的感觉。

从这天起,苏天伦就正式成为了叶明明的健身教练。叶明明每天5点下课,每天晚上7点的时候她会准时出现在健身房里。苏天伦给叶明明测了身体情况，并细心为她制定了一套瘦身方案。叶明明没有辜负苏天伦的期望，她很能吃苦，苏天伦教的内容她很认真地学，安排的运动量她都保质保量地完成。

"你为什么要来健身呢？"有一天训练完后，看着瘫在地上满头大汗气喘如牛的叶明明，苏天伦这样问道。

"那你为什么要这样帮我呢？"叶明明没有回答苏天伦，而是这样反问道。

苏天伦愣了一秒，认真地说："你一定不知道我曾经比你还要胖，看到你我就像看到之前的自己，所以我想要帮帮你。"

"谢谢你。"叶明明不知道面前身材健硕的苏天伦也曾和自己一样。

"哎，我猜到了。你来健身是不是喜欢上了某个男生啊？"苏天伦脑子一转，笑着问叶明明。

每个人来健身都有理由，在健身房的这些日子，苏天伦看到过太多为了爱情来健身的男男女女。他们有的想让自己瘦一点，有的想让自己健壮一点，他们拼了命地出汗甩肉减脂肪，都是为了变成更好的自己，赢得对方的喜欢或让对方更爱自己。

叶明明没有说话，她看着苏天伦无奈地笑了笑，低下头去。

"没事嘛！喜欢就喜欢，喜欢一个人没有什么见不得人的！"苏天伦笑着拍了拍叶明明的肩膀。

"没有，不是这样的。"叶明明埋下头轻轻地说。

四

在健身快一个月的时候，叶明明突然觉得自己瘦了。教室在4楼，上楼梯的时候她发现没有以前那样喘了，之前那些贴在身上的衣服也挣脱了肥肉的紧绷。

叶明明的同学也纷纷发现了这个现象。叶明明在课间的时候听到有人说期待叶明明瘦下来的样子，也有人打赌叶明明会不会坚持下去。叶明明竖着耳朵偷偷听着这些，心里波澜不惊。在被疏远的这么多年里，她早已习惯并享受一个人的世界。她深知无法掌控别人的嘴巴，唯有做自己爱自己才是王道。

叶明明在心里对苏天伦充满了无尽的感激。她知道一节私教课有多贵，她知道为了教自己，当健身教练的苏天伦肯定耽误了很多时间浪费了很多钱。

"到今天，我健身满30天了。"这天锻炼结束后，叶明明看着苏天伦说。这一个月的时间，相比于瘦了，叶明明觉得最大的收获是认识了苏天伦这个朋友，是苏天伦主动向自己伸出友谊的手，让她觉得不是所有人都因为自己的肥胖而戴着有色眼镜在看她。苏天伦的真诚、善良、温柔、认真，拉开了她面前蒙住这个世界的灰色薄幕。原来，这个世界并不像自己觉得的那么冷漠和灰暗。

"来来来，我们去称一下体重，看看瘦了多少。"

"不要，我才不要。"一听到称体重，已经和苏天伦熟络的叶明明又紧张起来。这些年来，"称体重"是她最害怕听到的三个字。

她想到了 20 多天前苏天伦带自己做体测时称重机上快突破 200 的数字，心里直发怵。

"怕什么，辛苦了一个月，流了这么多汗，吃了这么多苦，你就不想看看自己的成果吗？"苏天伦说着把叶明明从地上拉起来，"而且你这个样子对得起我吗？作为一个健身教练，我总要看看自己的教学有没有成效啊。你再这样，就付我私教费。"

苏天伦就这样边讲道理边威胁着把叶明明推到了称重机上。

整整瘦了 15 斤。看到称重机上的数字，叶明明张大嘴巴的同时有点想哭的感觉。

"苏天伦，谢谢你。"叶明明转过头来认真地对苏天伦说，细密的汗珠从叶明明的头顶顺着额头流下来，她红彤彤的脸就像沾着露珠的水蜜桃。

苏天伦看着，有那么一瞬间的失神："你别客气，快去洗澡吧，等汗凉了就要感冒了，有什么话我们等会儿再说。"

苏天伦关切的话和他富有磁性的嗓音像一个柔软的枕头打在叶明明的心上，一个月来，苏天伦指导自己健身时认真温柔的画面在脑海里飞速闪过。这一刻，即便叶明明对苏天伦露出灿烂的笑容，她的眼泪也怎么都止不住。

"你怎么了？怎么哭了？"看到叶明明哭，苏天伦一下子就急了，他不知道自己哪里说错了话。

接着叶明明抽泣着告诉苏天伦自己发胖以来所遭受的冷嘲热讽，这些年来，从来没有人像苏天伦，如此温柔亲切地善待过她。

"所以，这就是你要减肥的理由吗？"

叶明明点了点头又摇了摇头："这只是一部分原因，还有一部分……"

"还有一部分原因，就是因为你喜欢上了一个男生，所以你想变成更好的自己，然后瘦瘦美美地站在他的面前？"没等叶明明说话，苏天伦就抢了她的白。

叶明明听到这话神情黯然的同时有些许的悲伤倏然闪过，但她马上就恢复了平常："哦，对了，刚才我对你说的那些你可以替我保守秘密吗？健身房里很少有人认得我，我不想他们也这样看我。"原先的话说到一半，叶明明突然间想到了这个。说到最后，叶明明的声音越来越轻。

这世上每个人都有自己的软肋，都有别人一碰就痛的伤疤。苏天伦听到叶明明这样说，坚定地点了点头。

"好了，时间不早了，你快去洗澡吧。革命尚未成功，同志仍须努力，叶明明，明天见啊。"

"苏天伦，我……"苏天伦摆了摆手正准备回更衣室，叶明明喊住了他。

"怎么啦？"

"我……明天……"

叶明明支支吾吾的样子让苏天伦一头雾水："明天你怎么了？"

"没事，没什么。苏天伦，这一个月谢谢你。"最后，叶明明这样说道。

五

第二天，苏天伦没有准时在健身房看到叶明明。他以为叶明明有事情耽搁了，可等到健身房关门还是没有看到叶明明的身影。

第三天，叶明明还是没有出现。这时候，苏天伦才发现自己没有叶明明的联系方式。他来到前台向工作人员查询叶明明的地址，他发现叶明明来健身使用的是健身房周年庆搞活动免费发放的体验月卡，所以没有留下电话号码。

在没有去健身的这两天，叶明明的心里一直都忐忑不已。她不知道苏天伦有没有找自己，她更不知道对于自己的不告而别苏天伦有没有生气。除此之外，更多充盈在叶明明心里的是对苏天伦的喜欢。

不，叶明明也不知道对苏天伦的这种感情是不是喜欢，这两天一个个的苏天伦时不时地蹦进她的脑子里，她发现，自己有一点想苏天伦了。

"叶明明，有人找。"

星期一的中午，教室前方突然传来的叫声把叶明明拉回现实中，谁会来找自己呢？叶明明疑惑着抬起头望向前方，门边围聚了好多一脸好奇的同学，看不到来人是谁。

坐在最后面角落里的叶明明起身慢慢地走出教室，看到来人后，叶明明瞬间呆在了那里。

"叶明明。"穿着校服的苏天伦小跑着来到叶明明的面前。午后的阳光照射在苏天伦的身上，一脸灿烂笑容的苏天伦逆光而行，像一个天使。

他不是说他是健身房的教练吗？为什么现在他穿着学校的校服站在她的面前？她从来都没见过他，他怎么会是自己学校的学生呢？叶明明认识到自己平日里都是低着头走路连班级里的同学都认不全后，一下子觉得羞愧不已。她原以为苏天伦和自己八竿子打不到一起，所以就把自己在学校里发生的事情说给他听，可谁知道……这一刻，叶明明觉得那天和苏天伦推心置腹说的那些话，都化成了一个个无形的巴掌扇在自己的脸上。

"你不是说你是健身教练吗？所以，你都是骗我的吗？"叶明明的声音里带着些许哽咽，她感觉到被自己信任的人欺骗比被同学冷落排挤难受得多。还没等苏天伦开口，叶明明就转身回到教室，嘭的一声关上了门。

回到座位后，叶明明低下头，眼泪一下子就掉下来了，这个时候她确定，心里对于苏天伦的那份感情是喜欢。被自己喜欢的人欺骗的感受差极了，重要的是，叶明明不想让苏天伦看到自己在学校里的样子。她希望苏天伦看到的自己，是健身房里那个积极向上想要变得越来越好的自己。

六

叶明明不知道该怎么面对苏天伦。

叶明明去健身房健身用的是别人送的体验月卡，月卡到期了叶明明没再去健身房，所以她和苏天伦也就没有机会见面。可在学校里，苏天伦时不时来找她，每一次叶明明都躲在教室里不出去。

苏天伦来找叶明明的时候都会在叶明明的班里掀起轩然大波。苏天伦太帅了，纵然穿着千篇一律的校服，他一来到叶明明的班级，原本叽叽喳喳的女生一下子就会安静下来，然后冒着星星眼一脸花痴地看着他。苏天伦走后，叶明明都会遭到女生们的言语讨伐。

"苏天伦真是瞎了眼了，怎么会看上叶明明？"

"这不就是男版的一朵鲜花插在牛粪上吗？"

"那胖子是怎么回事，人家三番五次来找她，她死活不出去，真是丑人多作怪。"

每每听着这些，叶明明的头都会越埋越低。她没有因为那些女生的话而难过，她难过的是，这样的她怎么配得上那样的苏天伦？！这就是她一直都不敢见他的原因。幸好，几天后就放暑假了。但是一想到放暑假后就再也见不到苏天伦，叶明明的心里又有淡淡的不舍。

暑假的第二天，叶明明收到了甬城电视台的电话。一个月前，她偷偷报名了甬城电视台《我是减肥王》真人秀节目，电视台来通知她去录制节目。挂了电话后叶明明就去了医院。一个月前，叶明明的妈妈突发脑出血晕倒在地，虽然及时送到了医院，但左脚还是失去了知觉。很多脑出血患者不是变成植物人就是彻底离开人世，所以叶明明的妈妈是不幸中的万幸。这一个月的时间里，叶明明每天放学后去医院陪妈妈复健，然后再去健身房健身。看着叶明明一天天瘦下来，妈妈很开心。在得知叶明明通过了《我是减肥王》节目的初选后，妈妈表示全力支持。现在她左腿的情况越来越好，重点是她可以自己照顾自己，所以她让叶明明毫无负担地去甬城。

走出病房，叶明明的心情异常好。在医院门口的时候，她听到背后有人在叫她。转过头去，她看到了向自己跑来的苏天伦。

"叶明明，你不许跑。"苏天伦一边跑一边大喊着，周围的人看到这一幕，纷纷投来疑惑的眼神。

"叶明明，你为什么躲着我？"来到叶明明身边，苏天伦这样问。

"没什么，你找我有事吗？"叶明明平静地说着，心里却波涛汹涌。

"我知道你之前来健身房健身用的是免费送的月卡，现在我给你办了一张终身会员卡，这样你每天都能去了。"

叶明明把苏天伦递过来的健身卡推了回去："你明明是学生，为什么骗我说是健身房的教练？"

"所以这些天你躲着我就是因为这个，你觉得我骗了你？"苏天伦有一种如释重负的感觉，"我是和你同一个学校的学生，但我也确实是这个健身房的教练。这个健身房是我爸开的，我在里面健身了好几年，最近健身房教练不够，我爸看我不错就让我顶上。所以，我没有骗你。"

听到苏天伦这么说，叶明明一时不知道该说些什么，"你在健身房第一眼看到我的时候就知道我和你是同一个学校的吧？"

苏天伦点了点头。

"那你为什么不早告诉我？在我和你说了我在学校的经历后，你为什么要来我班级找我？你是不是想来看看我是怎么被欺负的？"

"没有没有。"苏天伦连忙摆了摆手，"我来找你一是想让你继续去健身房，二是想让别人知道，你不是一个人，你也是有朋友的。"

苏天伦的话一下子击中叶明明的内心，她看着面前一脸认真的苏天伦，鼻子阵阵发酸。这时候，她又想到了那些女同学说的话："可是你知道不知道，你这样每天来找我，对我造成了很大的困扰？"

叶明明的话在苏天伦炽热的心头覆上了一层灰："对不起，是不是你喜欢的人在你班里，我来找你，你怕他误会？那要不你把他电话给我，我和他说？"

"你……"

苏天伦没有注意到叶明明神色的变化，这一刻苏天伦是失落的，更是悲伤的。他万万没有想到，自己给叶明明带来的是困扰，这是他最不想做也不愿做的事情。

"叶明明，有个问题我记得问过你很多次，你一次都没有回答我。"说到这里，苏天伦停顿了一会儿，"你减肥的另一个原因真的是为了自己喜欢的男生吗？"

听到苏天伦再一次问起这个问题，叶明明愣住了。看到叶明明脸上犹豫不决的表情，苏天伦的心慢慢地沉了下去。就在苏天伦以为叶明明不会回答而想要说些别的来缓解气氛的时候，他听到叶明明说："是的。"

在叶明明微弱的声音中，苏天伦顿时觉得有人拉灭了整个世界的灯。

七

在医院门口和苏天伦见面后的第三天，叶明明就坐车去甬城了。在大巴上，叶明明想到了那天苏天伦听到自己说"是的"后瞬间黯淡下来的神色和独自离开的孤独背影，其实她想要喊住苏天伦告诉他这些天对他的想念，可张开嘴发现一个音节都发不出来。一想到这里，叶明明的心就紧紧地揪成了一团。

而苏天伦那天回家时，想到这一个多月以来和叶明明在一起的点点滴滴，又折返回医院。他觉得作为一个男生，自己应该勇敢一点。可是叶明明早已不见了踪影。苏天伦在那一刻明白，有时候，一个转身就是一次错过。

叶明明参加的《我是减肥王》要进行为期两个月的封闭式训练和节目拍摄，两个月后减重最多的选手将会获得50万元梦想基金。在训练营里，叶明明见到了其他11位和自己一样"吨位"很大的胖子。开始被人说胖后，叶明明就没有照过镜子，看到那11位选手，叶明明更加坚定了自己要瘦下去的决心。

节目组制订了严苛的减肥计划，每天吃得很少很少，运动量却很大很大。第一天，有个选手晕倒在了健身房。第二天，一个选手选择了退赛……每一天，训练营里都能听到选手因为太饿的号叫声和因为训练太苦的哭泣声。这是一个能量守恒的世界，叶明明觉得，之前几年吃下的东西在训练营里需要用泪水汗水来偿还。

在肚子唱着空城计的时候，在身体酸痛到走路都困难的时候，在全身无力到5公斤的哑铃都举不起的时候……叶明明有太多太多次想要放弃，但是一想到苏天伦，一想到在医院里复健的妈妈，她就紧紧咬住了牙关。

一个礼拜后，第一期节目盛大开播。参加《我是减肥王》的事情叶明明除了妈妈谁都没有告诉，同学在电视上看到叶明明后震惊不已，一下子学校的贴吧、论坛就沸腾了。鲜少看电视的苏天伦在班级QQ群里看到叶明明的电视节目截图后，立马打开了电视。

电视里刚好放到叶明明的画面，节目组的人在问到叶明明为什么要来参加这个节目时，她抬起头望向天空，思考了几秒后重新把视线转向了摄像机。

苏天伦看到这个时候叶明明眼泛泪光："因为肥胖，我遭受过太多冷嘲热讽，但是真正让我鼓起勇气来参加这个节目的是两个人。第一个人，是我的妈妈。一个月前的某一天晚上，我妈妈洗完澡出来突发脑出血晕倒在地，我想要背起她去医院，可我发现我居然胖得连弯下腰都做不到。我活了快20年，从来没有这么绝望和无力过，那时候我就想，我一定要瘦下来。另外一个人，是个男生。"

听到这里，苏天伦拿起遥控器想要关掉电视，却听到叶明明这样说："这个男生是我在健身房里认识的。如果要我用一种东西来形容他，那一定是光。并且，他是我世界里唯一的光。我那么胖，他从来没有戴着有色眼镜看我，看到我不会用跑步机，他主动上来帮忙。后来，作为健身教练的他免费指导我，帮助我健身。他就像是光，照亮了我的心，照亮了我本觉黑暗的未来。所以，我想要瘦下来，我想要变成更好的自己站在这么好的他面前。这样，我才配得上他。现在，我妈妈应该就在电视机前看着这个节目，而那个男生，我不知道会不会听到这些话。我想说，无论训练营减肥的过程多么艰苦我都会坚持下去。两个月后，等我回来的时候，一定会是一个不一样的叶明明。"

听着电视里叶明明说的这些话，苏天伦热泪盈眶。而他原先那颗失落的心，此刻被厚实的喜悦和温暖所包裹。

八

——你减肥的另一个原因真的是为了自己喜欢的男生吗?

——是的。

原来,她早已告诉他答案。

≈ **骗子**

曾经的　　朝思暮想

如今的　　念念不忘

一

桃子找到柯成的时候，柯成正捧着爆米花坐在学校破旧的电影院里面。他抱着最大桶的爆米花看着屏幕上一头黄毛的男主角，身体因为大笑而摇动得像是暴风雨中颤巍巍的树枝。

桃子记得《泰囧》刚上映的时候自己和柯成一起看过一遍，一个礼拜前他和室友又去看了一遍，并且好像前几天他在电脑上还看过一遍盗版的。今晚本来桃子和柯成约好了一起去市区逛街，谁知桃子在约定的地方左等右等不见柯成的人影，没想到他居然窝在这里看不知道看了几遍的电影，还笑得跟第一次看一样。桃子的怒火一下子从胸腔蹿到了天灵盖上，她走上前，一下子把毫无防备的柯成从电影院拉到了门口。事后，桃子怎么也想不到当时的自己怎么会有如此大的力气。

"你还记得我们约好了要去逛街的吗？"

"啊？不好意思，我真的忘记了。对不起，对不起。"

柯成一边说着一边露出讨好的笑容，双手合十抵在下巴上装出满是歉意的样子，可桃子一点也看不出柯成有一丝丝的抱歉及愧疚。这不知道是第几次发生这样的事情了。

"柯成，我们在一起两个月了，你的心里到底有没有我？"

听到这话柯成愣了一下，他不忍直视桃子，随即别过脸望向远处。就这么一个动作，像一场铺天盖地的风雪覆盖住了桃子的心。

"柯成，我知道你的心里还是没有忘记她。所以，我们还是散了吧。"

——我知道你的心里还是没有忘记她。

柯成的脑海里翻滚着桃子说的这句话，他看着桃子远去的身影慢慢地变成一个圆点，不由自主地抬起手放到左胸口。

叶优优啊叶优优，为什么你赖在这里还不走？

柯成转过身，看到了电影院门口《泰囧》海报里憨笑着露出一嘴白牙的男主角，隐忍的眼泪一下子涌出了眼眶。

哭什么哭，还是不是爷们儿？！下一秒，柯成马上变了一张脸。接着，他利落地掏出手机按下一串号码放到耳边。

"老地方，走起！"刚接通，对方还没讲话，柯成就大声地说道。

二

"又吹了？"

柯成尴尬地笑了笑，点了点头。

"你小子，这都第九次还是第十次了啊，还说你不花心！"乐可杰拿起筷子猛敲了一下柯成的头。

"干吗干吗？！才第八次好不好？"柯成拿起筷子回击，"是人家女的甩了我，又不是我甩了她们！"

这是柯成进入大学后的第八次恋爱。正如他说的那样，每一次都是女生甩了他，而每一次分手的原因都和文章开头如出一辙。几乎每一个女朋友和他分手的时候都问过类似于桃子问的那个问题，柯成每一次都不知该怎么回答。他是真的不知道怎么回答，他真的想不到，年少时的爱会那么浓烈，浓烈到时间都稀释不了。并且，那爱啊，在岁月里风干发酵，酿成了上好的葡萄酒，让人沉醉让人迷恋，更让人时时怀念。

"你想什么呢？我问你，你说桃子千辛万苦追了你那么多年，现在怎么这么容易就放弃了？你小子是不是做了特别过分特别对不起她的事情啊？"

"别胡说好不好？我可是正人君子，我怎么会做对不起桃子的事情呢？"柯成听了乐可杰的话，尴尬地把酒杯推到他面前。

其实，如果非要在这八次感情里选择一个最对不起的人，柯成想那一定就是桃子了。那个时候还是高一，那个时候柯成还是瘦小的路人甲，那个时候柯成也还没有和叶优优在一起，可桃子偷偷地给柯成塞过好几封信。爱情里没有先来后到，只有谁最对眼。后来柯成选择了跟和桃子形影不离的叶优优在一起后，桃子就再也没有给柯成写过信。柯成以为桃子对自己的爱会就此消散，谁知在他和叶优优分手的一个礼拜后，桃子又给他写起信来，柯成拒绝了一次又一次，可桃子非但没有退缩，还一路跟着他报了同一所大学，看他在大学风生水起地谈了7次恋爱还没有放弃。一想到这个，柯成心里就堵得慌。

"柯成，这个周末原先说好的球赛我可要放你鸽子了。我女朋友要来看我了……"

乐可杰的话还没说完，柯成正准备去夹菜的筷子就停在了半空中，但马上他露出了笑容："哎哟，真幸福，什么时候带她给哥们儿看看？"

"还早呢，才两个月呢！等稳定了再带给你看。"

后面乐可杰说了什么话，柯成都没有听清楚，他的脑子里回忆一阵阵地袭来，乱成一团，他直接拿着酒瓶往嘴里灌酒。

三

第二天柯成以喝醉酒起不来为由没有去上课，第三天他还是没有去上课，一日三餐都是室友帮忙带到寝室里来的。第四天是星期六，柯成本想继续睡，谁知道一大早桃子就打来一个个电话，他没有接直接关了机。可是没想到，刚放下手机，耳边就传来了桃子的喊声。柯成没办法，只能随便套了件衣服走下楼去。

"怎么了？有什么急事？"柯成睡眼惺忪，下巴上青青的胡楂儿调皮地从皮肤里探出头来，加上那一对浓重的黑眼圈，看上去让人觉得沧桑而颓废。

"你怎么了？怎么几天不见就变成了这个样子？"

"桃子，我们……我们已经分手了。"

"我知道。我没有别的事情，我只是想来找你帮个忙。"桃子没有想到柯成会说出这样的话，说完最后一个字，几天来强忍的眼泪猝不及防流了下来，"叶优优要来看我，我之前和她说过我和你在一起了，她说要我带上你，顺便她也介绍她的男朋友给我们。所以，你能不能假扮我的男朋友？"

"你！"柯成的手情不自禁地甩了上来，到了空中，又重重地落下甩到裤腿边上，"桃子，你为什么要告诉她我和你在一起了？你这是在向她炫耀向她示威吗？"柯成说着摇了摇头，气得浑身无力，"不行，绝对不行。我不答应！"

"你能不能帮帮我？算我求你了，我不想让她看不起我。"这一刻，她终于明白，在不对等的爱情里，谁先主动，谁就是弱势的那一方，卑微可怜委曲求全，是尾随于她的标签。

"桃子，你知道你在做些什么吗？"

桃子像个犯了错的小孩，面对柯成一言不发，粉红色的脸颊上，眼泪还在流着。她的心痛得厉害，她低着头，像是在等待着柯成宣判。

"让我考虑一下吧。"看着这样的桃子，柯成的心里其实一点也不好受。要不是因为叶优优，他根本不会这样和她说话。叶优优是他的软肋，提不得碰不得。柯成沉默了好久后甩下这么一句话，头也不回地走上楼去。他转身的一刹那，桃子无助地蹲下身来，哭得不能自已。

四

柯成最后答应了桃子。

当年，叶优优是突然间向柯成提出分手的。分手后，和柯成在同一个班级的叶优优删除了他所有的联系方式，并拒绝参加一切和柯成有关的活动，学生工作也都拒绝参加。在教室和路上遇到的时候，叶优优都阴沉着脸把柯成当成空气视而不见。对于叶优优这样的举动，柯成非常难过和无助，他很多次想去找叶优优问清楚分手的原因，但一看到她冷淡的表情和漠视的眼神，他就退缩了。这些年柯成长高变帅，变成越来越好的自己，但是和叶优优的无疾而终是他心里一直没有拔除的尖刺。

这一次，或许该把所有的一切都说明白了。

柯成拉着桃子的手等在约定的地方，看到叶优优笑盈盈地挽着身边的男生走向自己的时候，柯成心里一虚，然后飞快地放开了桃子的手。桃子转过头，只见柯成的眼睛定定地望着前方，眼神里藏匿着复杂的情绪。

叶优优身边的男生看到叶优优的好姐妹是桃子，以及桃子身边的柯成后吓了一跳。那个男生率先开了口："哎，桃子，怎么是你们？"说着他又转过头看向叶优优，"你啊，都不告诉我你的好姐妹是桃子。你还有多少事情没有告诉我？今天可得如实招来。"

惊喜不已的乐可杰打开了话匣子，当起了介绍人："这个是桃子，旁边的是桃子的男朋友叫柯成。"说着他揽住叶优优的腰笑着说，"这个是我女朋友，加加。哦，对了，她本名叫叶优优。"

"我记起来了，叶优优，高中时作业成绩都是'＋'，所以大家叫她加加。"柯成不由自主地冒出这么一句话。

"你们认识？"乐可杰看了看柯成，又看了看叶优优。

叶优优点了点头，微笑着扬起了嘴角："嗯，高中的时候是一个班的同学。"

那"同学"两字，仿佛骤然变成了一把匕首，从叶优优的嘴里蹿出来，重重地扎在柯成的心上。

全场没有讲话的桃子终于看不下去了，她挽住柯成的手臂说："你们不饿吗？我们先进去，吃饭的时候慢慢聊吧。"

吃饭的时候，乐可杰不停地说着话，一个人撑起了全场，而柯成、桃子和叶优优心照不宣般很少讲话。柯成的斜对面是叶优优，他时不时地斜眼去看她，叶优优只顾着自己吃菜，偶尔冷冷地瞥柯成一眼。

饭吃到一半的时候，叶优优说要去上个厕所。叶优优走出去没多久，柯成借口说忘记给家里打电话，也起身走了出去。

桃子看到这一幕，冷冷地笑了。

五

"骗子。"

叶优优走出卫生间正想回到餐桌,就被这两个字绊住了脚,"骗子"曾是她和柯成在一起时专属于柯成的称呼,为什么叫这个名字,原因只有他们两个人知道。叶优优在这熟悉而陌生的声音里站定,转过身去,一眼就撞上了满脸阴郁的柯成。餐厅里锃亮的光透过玻璃折射在他的背上,让他整个人都闪着耀眼的光。叶优优上上下下将柯成扫了一遍,这是叶优优和柯成分开后第一次这么认真地看柯成。颀长的身形,俊朗的脸蛋,面前的男生在岁月的洪流中一下子变成了自己不认识的模样。

"骗子,你说过要骗我一辈子的,可你为什么不给我机会解释……"

"你和乐可杰怎么认识的?"还没等柯成说完叶优优就抢了白,她怕柯成再说下去,自己会受不了。

"因为你!"

叶优优听了心里一惊。

真的是为了叶优优柯成才认识乐可杰的。在大学里第一次看到来看望乐可杰的叶优优时,柯成就下定了决心要认识乐可杰。只有认识了乐可杰,他才有机会听到更多关于叶优优的信息。柯成还在苦思冥想怎么认识乐可杰的时候,两人在院篮球赛上相遇了。赛场上,柯成故意盯防乐可杰,把乐可杰搞得怒火万丈,两人也就此拉开了友谊的序幕。谁知道熟了之后,柯成发现乐可杰还和自己、叶优优是同一个高中的。借着高中校友这一层关系,两人一下子就成为了无话不谈的兄弟。这所有的一切,乐可杰都不知道。

"柯成,我们已经结束了。"说着叶优优就要走,柯成一把拉住她的手臂将她拽到怀里。

"结束了,这都是你说的,我根本就没有说过这两个字。"

叶优优全然没有想到柯成会做出这样的举动,柯成身上的气息萦绕在她的鼻尖,柯成拽得她生疼,她想要挣脱,柯成把她拽得更紧了。

"优优,你怎么了?"这个时候,桃子的声音在背后响起。柯成手一松,叶优优狠狠地踹了他一脚趁机逃脱,拉着桃子飞奔着离开。

柯成回到餐桌的时候把叶优优的手机放到了桌上:"加加,刚才我从卫生间出来,看到你洗手的时候把手机放在洗漱台忘记拿了。"

"柯成,谢谢你。"乐可杰说着把手机放到叶优优包里,"以后小心点,知道不?"

叶优优把手机放进包里的时候,复杂地看了柯成一眼。

六

当天晚上,叶优优就收到了柯成的短信。发件人是陌生的号码,但一看短信的内容,就知道那是柯成。

"骗子,你是真的喜欢乐可杰吗?"

"骗子,我想你。"

"骗子,我已经看了好多遍《泰囧》了,你呢?"

叶优优想要把手机关了,可一条又一条接连不断的短信让叶优优忍不住读下去。那感觉，就像在阅读一本爱不释手的小说；那感觉，更像在漆黑孤寂的荒原里，追着前方渺茫的微光不停地奔跑。叶优优太久没有这样的感受了，看着柯成发来的短信，回忆像海浪般席卷而来。

骗子。最开始和柯成在一起的时候，叶优优真的是一个骗子。那个时候刚上高一，柯成根本不像现在这样高高大大的。第一节班队课上，自我介绍后班主任闲来无事给大家放他最喜欢的电影《天下无贼》，当男主角出场的时候，大家一下子就把头转向了柯成。对，那个时候的柯成就和那部电影的男主角差不多，矮矮的，憨憨的，每天只知道嘿嘿地傻笑。而那个时候的叶优优早已经蜕化成美少女的样子，这样的柯成怎么都不会入她的眼，但是，她在第二个星期的第一天勇敢地对柯成表白了。这一切，都因为周末和同学打的一个赌，要是叶优优能和柯成交往一个月，那么叶优优就可以得到她心仪的项链和裙子。

叶优优没有想到柯成那么好追，她更没有想到土里土气的柯成其实有那么多的闪光点。他在马路上看到每一个乞丐都会给他们零花钱，他对于同学借笔记问题目从来不拒绝，他身材瘦小却踢得一脚好球……对于叶优优，柯成对她关心呵护到了无微不至的地步，在一个个微小却充满温暖的细节里，叶优优慢慢地把自己真正的心也交了出去。一个月结束的时候，当她把初衷告诉柯成，并告诉他自己已经真正喜欢上他，问他要不要继续的时候，柯成没有像她想象中那样发怒。直到现在，叶优优还清晰地记得当时的情形。

柯成听了叶优优讲的那些话，一下子就愣在了那里，好久以后他才回过神来，然后自嘲地笑了笑。

"我想你怎么会喜欢我呢！"柯成抿了抿嘴，"叶优优你这个大骗子，既然你这样说，那你能不能继续骗下去，骗我一辈子？"说完，柯成泪光闪闪了，叶优优不知道柯成是不是因为难过委屈。但她深切地知晓，那一刻她的心里，装的是满满的喜悦，以及想要和柯成继续下去的坚定不移。

从回忆中抽离出来的时候，叶优优发现手机屏幕上，早已是湿漉漉的一片。

"柯成，你不要逼我，让我好好地想一想。"想了好久后，叶优优打下这么一行字，按下了发送键。

七

那次见面后，借酒消愁的主角从柯成变成了乐可杰。乐可杰三天两头地找柯成喝酒，他告诉柯成这段时间叶优优对他的冷淡。他告诉柯成他去叶优优的学校找叶优优，叶优优却故意躲着他；他告诉柯成他对叶优优无以复加的想念……而这些天，他和叶优优又恢复了联系，一切好像朝着越来越好的趋势发展。柯成看着面前一杯杯喝酒的乐可杰，想到之前借酒消愁的自己，心里有愧疚也有苦涩。在爱情里，谁都是自私的。更何况是在追逐爱情的这条道路上，什么独木桥什么阳关道，只要能通往幸福通往未来，有再多的荆棘有再多的对手，都要自私地勇猛地杀出一条血路，头破血流地走完。

而桃子再没有单独来找过柯成，每一次柯成见到桃子都是在乐可杰的诉苦酒桌上。那次四人见面后，乐可杰每次有活动都会叫上桃子。桃子见到柯成，全然和之前不是一个样子。她看柯成的眼神里有留恋有深情，但更多的是失落绝望，甚至是淡淡的恨。在一厢情愿的感情世界里，哪有不能在一起就衷心祝福的可笑童话？爱的对立面就是恨。卑微的那一方，一定会不爱就恨，因爱生恨。

当乐可杰第七次把柯成、桃子叫出来诉苦的时候，他一见面就说："我和加加可能快结束了，不知道为什么，一切那么突然。我真不知道发生了什么，你们可以帮帮我吗？"

柯成听了，不由自主地低下头去。

"柯成，好久没有踢球了，这个礼拜我们去踢场球吧。"

"可杰，不好意思，这个礼拜我要回家，要不下个礼拜吧。"

乐可杰听了叹了一口气。

"这个周末，我陪你吧。"桃子打开一瓶酒递给乐可杰，又看了看柯成，轻声说道。

八

星期五一下课，柯成就坐上了前往沈阳的动车。柯成骗了乐可杰，他根本没有回家，他是要去沈阳见叶优优。一下车看到等在出口处的叶优优时，柯成飞奔了过去。

柯成和叶优优好像回到了之前在一起的日子。他们一起去吃情侣套餐，一起去游乐园，一起去滑雪。这期间柯成不止一次要牵叶优优的手，每一次叶优优都甩开了。叶优优也不知道为什么会这样，但她总觉得有那么一种感觉，有些很美好的东西，一下子就变了味，找不到原先熟悉温暖的感觉了。

星期六的晚上，柯成和叶优优一起去看了《泰囧》。

柯成从来没有看同一部电影那么多次，《泰囧》里的台词他熟得都能倒背如流了，可这一次柯成还是聚精会神地盯着银幕看得捧腹大笑。因为有叶优优在身边，一切都是崭新的，一切都是幸福的。

"电梯里有两个傻瓜。"

"我妈妈是棒棒冰！"

"俺叫宝宝，俺是卖葱油饼的。"

看完电影出来，柯成一个劲地说着电影里搞笑的台词逗叶优优笑，走到门口的时候，叶优优的笑声戛然而止。柯成还没有回过神来，熟悉的声音就在耳畔响起。

"叶优优，你到底喜欢的是我还是柯成？"

是乐可杰。柯成转过头去，还看到了乐可杰身后畏畏缩缩的桃子。

乐可杰的这个问题在重新和柯成见到的时候叶优优就问过自己，之后她也问过自己好多遍，可每一次都无法给自己一个明确的答案。爱情这东西，有时候简单得很，有时候又复杂得让人头疼。叶优优正想着的时候，嘭的一声在耳边炸响。

转过头去的时候,柯成已经倒在了地上,他咧着嘴一副吃痛的样子。而对面的乐可杰,正准备袭上第二拳。

　　"停下,停下,为什么要动手?"叶优优大喊着冲到乐可杰的面前。

　　"为什么?你问我为什么?"说着他把一张照片甩到叶优优的手上。照片里,是餐厅卫生间门口柯成把叶优优拽到怀里的画面。

　　"为什么这一切我都不知道?包括你们曾经在一起,包括柯成为了你而接近我,为什么?为什么只有我一个人蒙在鼓里?桃子,你过来,告诉我这些是不是真的!"大家从来没有见过这样的乐可杰,他红着眼发了疯似的用力把桃子拽到自己的胸前,"你说,事实是不是我说的那样?你说,是不是?"

　　桃子缩着脖子一句话都说不出,她看着倒在地上的柯成和满脸绝望的叶优优,只是一个劲地哭。

　　乐可杰一把推开面前的桃子和叶优优,把柯成从地上拽了起来,然后又一拳挥了过去。柯成没有还手,他明白该来的终于来了,他明白,这一切都是他欠乐可杰的。他更明白,今天过后他就失去了一个伤心难过时可以喝酒聊天的兄弟了。他想着想着,泪腺温热了起来。

九

　　乐可杰打够了,慢慢地走到叶优优的面前。他开口说话,声音是哽咽的："加加，还记得那个下雨天吗？我把你从那几个小混混手中救了出来。那个时候你的衣服已经被扯破了，我把我的外套披在你身上，你哭着扑到我怀里不停地说谢谢。就是那一刻，你埋在我的胸前拿走了我的心。后来我追你，过了很久你才答应我。这几年我们携手并肩非常快乐，你说会一直和我走下去，我也一直以为我们会永不分离，可怎么就变成了现在这个样子了呢？"乐可杰停顿了一会儿，擦了擦红肿的眼睛，"我现在真的不知道你有没有爱过我。"

柯成听到这话，想到了叶优优无缘无故对自己漠视的前一天。那一天柯成和叶优优约好了一起去老街吃老字号云吞面。之前柯成听叶优优说过她喜欢吃慕斯蛋糕，他一大早就起来去姑姑开的蛋糕店里做蛋糕，做着做着就下起了雨，在约定时间快要到来的时候叶优优打来电话问他到哪里了。那个时候蛋糕快要成形了，柯成为了给叶优优一个惊喜，借口说自己堵车了让叶优优再等一会儿。几分钟后叶优优又打来了电话，电话里叶优优大喊着救命，等到柯成赶过去，叶优优已经没有了踪影，她的电话也打不通了。

第二天回到学校，叶优优就和柯成提出了分手，再也没有看过柯成一眼，再也没有和柯成说过一句话。柯成不知道，原来发生了这样的事情。

"对不起，我不知道那天发生了这种事情。"柯成从地上站起来拉住叶优优的手，叶优优连忙甩开了。

"那天我是为了给你准备……"

"不要再说了,我什么都不想听。"叶优优因为乐可杰的那番话特别是最后一个问题,脑子里一团糟。她觉得脑子里有一团毛线,在不停地缠绕着,怎么都找不到那个线头。

"加加,我等你,我等你给我一个答案。"乐可杰说完又走到柯成的面前,柯成看到乐可杰的眼里有浓雾般的悲伤和绝望,他的嘴角抖动着扬起来,好像在笑,又好像在哭。

"柯成,今天之前,很高兴认识你。再见。"

看着乐可杰离开的背影,柯成的心紧紧揪在一起。他突然发现,现在的这一切,根本不是自己想要的。

十

第二天一大早,我收到了叶优优发给我的短信。她告诉我,她谁都没有选择。对于我,她说她原以为还是喜欢的,但发现那么久过去了,原先的一切好像都变了。她还说,那天她被混混堵到巷子里无助绝望怎么都等不到我的时候,一切好像就发生了变化。

看着短信,我笑了又哭了。

昨晚一整夜我都没有睡,我把和叶优优在一起的每个画面都重温了一遍,里面当然还包括桃子以及后来出现的乐可杰。我不想再去探究这段感情里面谁对谁错,我也不想再去思考该如何挽留这段你骗我我骗他的感情。

面对这个结果,我突然有种如释重负的感觉。

我想了很多，我突然觉得这段感情好像是真的应该画上一个句号了。从一开始叶优优欺骗我，到后来我欺骗乐可杰，冥冥之中好像注定了这段感情不会有好的结局。果真也是这样。但我一点都不后悔我所做的一切，包括我原谅叶优优最开始的欺骗，包括后来我为了接近叶优优而骗取乐可杰的真心，包括我对于桃子的亏欠。我努力过，争取过，好像就足够了。但唯一遗憾的，就是我和叶优优没有解开误会，我后悔没有在她最需要我的时候出现在她的身边。

其实我很想知道，很多年以后叶优优还会不会记得曾经有个很像电影《泰囧》男主角的男生喜欢过她。是的，我承认我还爱着叶优优，但是我想我一定会慢慢地走出来，走出她的"骗局"，走出她的世界。

很多人都应该有过这么一段曾经疯狂追逐最后不得不相忘于江湖，但内心还恋恋不舍的感情吧。如果你们和我一样，那就把爱放心里吧，让岁月的洪流冲散它，让时间的脚步踏碎它。

勇敢地向前走，不回头，一定会有别样的精彩。

——柯成

≈ **我在你遥远的身旁**

曾经的　朝思暮想

如今的　念念不忘

一

2013年5月，常江的生活中发生了两件于他而言非常重要的事情。

第一件事情，是他养了两年多的桃子去世了。桃子不是猫狗之类的普通宠物，而是一只来自澳洲的蜜袋鼯。他把桃子埋葬在街心公园的大榕树下，一有空就坐在树下陪它说说话。桃子于他而言，早已不只是一只宠物，而其中的缘由，只有他一个人懂。

第二件事情，发生在桃子离开一个礼拜后。那天傍晚，常江被佳希叫出去散步的时候，有一辆奥迪从他们面前疾驰而过。电光石火，常江还是看见了车厢内那个熟悉的身影。他还看到驾驶座上有个男人一边开着车一边恬淡地笑着。那一刻，他的心跳除了比平时快了几倍外还缺了一个大大的口子，呼啸的风猛烈地灌进去，只觉得刺骨地冷，生生地疼。

——苏叶,阔别两年,很高兴又看到了你。

在散步的间隙,常江发了一条这样的微博。晚上回家后,他又立马发了一条题为《寻找苏叶》的长微博。点击完发送键,常江闭着眼睛长舒了一口气,当他慢慢抬起头睁开眼的时候,窗外夜幕中闪耀的星光猝不及防地闯入他的眼。

然后往事汹涌澎湃,那一条叫作回忆的长绳,再次将他的心紧紧地箍住。

二

常江飞奔进校门的时候,晚自习早已经开始了。想到被称为"灭绝小师太"的班主任,他在心里不由得埋怨起前几天在路边捡到的那只被他称为"多多"的流浪猫。要不是回家吃饭时给掉进阴沟的多多洗了一个澡,他想自己怎么都不会迟到。

"灭绝小师太"在讲台上正襟危坐,巡视着教室,常江打开一条小小的门缝正准备猫着身子闪进去,教室里却传来了窸窸窣窣的偷笑声。看着那些望着自己一脸看好戏样的同学,他感到有一点莫名其妙,但这也助长了他的胆量,常江索性破罐子破摔大摇大摆地走向座位。

一来到座位,他才明白为什么大家会看着他偷笑。因为左边原先属于佳希的座位上,坐着一个陌生的女生。那个女生低垂着头,披散的长发盖住她的脸,乍一看有点贞子的味道。

"为什么没有经过我的同意就把佳希换走?"常江望向讲台,

掷地有声地问道。

"我换的是佳希,不是你。"

教室里传来了一阵哄笑。

"你……可佳希是我同桌啊,你总要在乎下我的感受啊!"

"那你在乎我的感受吗?你进教室喊了'报告'吗?还有,我都没有追究你晚自习迟到的事情,你还来讨伐我了。要不我们两个身份互换一下?"说完这句话,"灭绝小师太"冷笑了一声。

听到这话,常江那像上膛的子弹般随时准备喷射的话顿时游回了心里。他握紧拳头,重重地坐下,椅子拉动发出的巨大声响,震得身边的女生抖了抖。

一下课,几个和常江玩得好的男生立马凑了过来。

"常江,这下你和佳希劳燕分飞了啊。"

"是孔雀东南飞,五里一徘徊!"

"滚滚滚,你们有完没完?!"说着常江看了看被调到前几排的佳希。这些话男生说得很大声,佳希应该也听到了。可她依旧埋头写字,好像一切都与她无关。唉,哪怕是转过头来骂几句也好啊,常江的心里有一点失落。

接下来,那几个男生就把注意力转移到常江的新同桌身上,这个时候常江才知道身边的女生叫苏叶。

"苏叶,刚才从进门到自我介绍你怎么一直低着头?我们都没看清你的脸呢。"

"是啊,是啊。"另外几个男生点头附和。听到声响,周围的人也望向这边。

可苏叶听到这些话一丁点反应都没有。看到这一幕,常江没来由地觉得无趣,但他的视线驻扎在苏叶的头上不愿离开。那头乌黑秀丽的长发像瀑布垂流而下,让人看着就想到洗发水广告里那些漂亮的女明星,常江那一刻异常想看看那头黑发下的脸。

这时候,有个胆大的男生伸出手撩起了苏叶的长发,下一秒,在他尖叫的同时,苏叶激动地拍案而起,愤怒地望向身边的那群男生。

苏叶的皮肤、嘴巴和鼻子都能和美女画上等号,但是她左眼的眼球,青灰浑浊毫无神采,眼角还残留着乳白色的黏液。

整个世界的喧嚣就此隐匿。几秒钟的静谧过后,教室里席卷起浪潮般的喧闹声,那个撩起苏叶长发的男生大叫着满教室乱跑,其余同学也凑在一起议论纷纷。在看到苏叶左眼的第一时间,常江就将其与自己最不爱吃的松花蛋的蛋黄联系到了一起,他有一种想要呕吐的感觉,连忙坐下来端起书本转移注意力。

一切都是预料中的样子,但苏叶的身体还是不由自主地颤抖了起来。她慢慢地垂下头,柔顺的长发又一次遮住她的脸庞。

苏叶坐下的时候衣服不小心触碰到了常江的手臂,一刹那,常江条件反射般大叫一声,然后跳离了自己的座位。常江的举动像一把重锤砸在苏叶的心上,她的眼睛一下子就酸涩了起来。

三

苏叶就这样成了众矢之的。

周三的体育课，老师让大家一对一打羽毛球，苏叶"民心所向"地落了单。而有事耽搁的佳希因为晚来也落了单，她左顾右盼了好久，最终把手中的羽毛球拍递给了苏叶。

对于佳希的邀约，苏叶有一点震惊，也有一点感谢，但马上心里的那一点感谢就灰飞烟灭了。

"苏叶，你到底会不会打羽毛球啊？你一个球都接不到是想怎样？你想帮我捡球就直接说好吗？

"喂，你不要和我开玩笑好不好？"

佳希的话像一张密不透风的网，把周围的同学都网罗了进来。常江看到人群中心的苏叶和佳希，就好像看着自己心里的天使和恶魔。他不知道该怎么做。

是的，常江喜欢佳希。在开学第一天佳希走上台做自我介绍的时候，她的笑容和嗓音就在常江的心里播下了一颗小小的种子。此后他越来越发现佳希的好，除了身材高挑面容姣好，她还成绩优异爱好广泛，这样完美的女生哪个男生会不喜欢呢？

而对于苏叶，常江有另外的情愫。在她成为自己同桌的那晚，常江就去找了"灭绝小师太"，他一直都没有告诉别人"灭绝小师太"是他的表姐。因为年龄比学生大不了几岁，所以表姐只能用各种规章制度和冷峻的外表来建立自己的权威，因此被学生冠以"灭绝小师太"的称号。那晚在常江一次次质问为什么无故调动佳希的座位，并且要求把苏叶从自己的身边调离时，表姐终于发了火。

"常江，不要以为我不知道你喜欢佳希。你再这样信不信我马上打电话告诉你爸妈？！"

听到表姐的这句话，常江的士气就灭了一大半。然后，表姐一鼓作气，把苏叶的故事告诉给了常江。一个天真烂漫的小孩因为一场突如其来且不被重视的疾病，永远地失去了自己的左眼，此后一直经受着冷嘲热讽，不得不一次次地转学来逃避现实。表姐知道常江的本质，所以她安排苏叶和常江坐在一起，并希望他好好照顾她。

"苏叶，你到底是真瞎子还是假瞎子啊？"佳希这句像尖刀般锋锐的话一出口就把常江从回忆里拉了出来，也燃起了苏叶的怒火。

"会选择和瞎子打羽毛球的人才是真正的瞎子吧。"说完这句话，苏叶扭头就走，一转身，她的眼泪就落了下来。

其实，她何尝不想和其他人一样拥有一双清澈明亮的眼睛呢？要是没有小时候的那场恶疾，那么一切都会和现在不一样吧。这样，她就可以想扎马尾扎马尾，想剪短发就剪短发；那样，她就可以勇敢地对自己喜欢的男生表白；那样，她就可以穿着好看的衣服拉着好姐妹的手快乐自信地去逛街……苏叶曾无数次梦到过那些在别人看来平常无比而在她眼里却可望而不可即的幸福事。可是，梦境终归是梦境，梦醒了，再美的灰姑娘也要被打回原形。

平凡的女生渴望变得漂亮，而对于苏叶而言，她这辈子唯一的愿望就是能够成为一个平凡的女生。真的是这样，只要有一双正常的眼睛，哪怕那双眼睛很小也没事。所以，谁都无法理解苏叶对身边那些女生的欣羡甚至是嫉妒，特别是对佳希。

除了各方面表现优秀之外，佳希还拥有一双水汪汪的大眼睛。那双大眼睛像星辰像明镜像琥珀，那长长的睫毛只要忽闪一下下，就会在苏叶的心里掀起一场关于羡慕嫉妒的海啸。

"不要哭了。"随着男声的响起，一张纸巾从背后递到了她的面前。

苏叶转过头去，看到是常江后，愣在了那里。

"苏叶，不要哭了。佳希没有恶意的，她只是性子比较急。刀子嘴豆腐心，你懂的。"

苏叶是知道常江喜欢佳希的，不光无数次听别人对常江调侃过这件事情，而且做同桌这些天以来，她经常看到常江望着佳希的背影出神。纵然这句安慰自己的话里有对佳希的包庇，但苏叶还是感到有阵阵的暖流在心里流淌。

"谢谢你。"她接过纸巾，笑着说道。

午后暖融融的阳光正好倾泻在苏叶的身上。长长的刘海儿遮住了她那只坏死的左眼，常江觉得面前的女生不仅和平常的女生没有什么差别，还多了几分甜美和柔和。

四

常江答应过"灭绝小师太"会照顾苏叶，实际上他也是这么做的。当再有人把苏叶当作谈资的时候，他都会义不容辞地挺身而出。最开始大家都对常江的行为表示不解或者鄙视，但后来大家慢慢地不再嘲讽苏叶了。因为每一次苏叶都一动不动、一声不吭，.大家很快就把注意力放到了别的地方。

对于苏叶而言，她觉得常江就是黑暗道路上的一盏烛火，用微弱的光芒照亮了自己前行的道路。在这之前，从来没有一个人像常江那样，像一个骑士披荆斩棘保护自己。

这天的早读课上，英语老师在讲台上领读，常江把英语书高高地竖在课桌上，然后埋头偷吃着东西。当苏叶用手指捅了捅他的手时，他哆嗦了一下，手里的东西差点掉在地上。

"怎么了？"苏叶从来没有主动跟他说话，常江对她突如其来的反常举动甚是疑惑。

"我可以尝尝你正在吃的东西吗？"

听到这话，常江惊诧得下巴都快掉到了地上，但他还是递了一块给苏叶。

"你喜欢吃这个？"

"当然，青麻糍啊，以前小时候在奶奶家吃过。糯米加粳米磨成粉蒸熟，然后把白糖以及煮熟的艾草一起捣，等三样东西混合完全了再铺展开来撒上金黄色的松花。"说这话的时候，苏叶闭着眼睛，嘴角轻轻上扬。她竭力压低的声音轻轻柔柔的，让常江不由得沉浸在苏叶的世界里。

"哎，这个东西还有吗？你们家附近有卖吗？有的话帮我带一点过来。"

常江再一次因为苏叶的话震惊，这时候他突然间想到了什么，停顿了好几秒后慢吞吞地说："有啊，可是很贵，你知道这个是纯手工无公害的食物，要 50 块钱一袋呢。"

常江的话还没说完，苏叶就把 100 块钱递了过去："来一袋吧，另外的钱你有空再给我好了。"

常江用苏叶给的 100 块钱和自己省吃俭用积攒下来的几百块钱给佳希买了一条项链。常江是在某天课间无意听到佳希说喜欢这条项链的，对于自己喜欢的女生所喜欢的东西，当然要竭尽全力地得到，哪怕上天入海，经历万重艰苦。

在周五下午大扫除的间隙，常江拉住佳希，一边把项链递给她，一边说出了自己对她的喜欢之情。他万万没有想到的是，佳希既没有说话也没有接过项链，而是冷冷地看了常江一眼，然后扭头就走。

这一幕完完整整地落进了苏叶的眼里，当常江看到苏叶的时候，眉头紧皱了起来。

"不好意思，我不是故意的。我是准备下楼，然后不小心看到的。"

"不小心让你看笑话了，呵呵。"常江耸了耸肩膀，苦涩地笑了笑。

苏叶不知道该说些什么，这时候常江再次开了口："陪我走走吧，安慰安慰我。"

五

那次聊天说是安慰常江，可到最后变成了苏叶的诉苦会。苏叶告诉常江自己的父母忙着经营公司，根本就没有时间管自己；苏叶告诉常江因为父母工作忙碌而耽误自己眼睛治疗的事情。说到自己眼睛坏了后遭受的各种白眼时，苏叶忍不住哭了起来。

这是她第一次对外人毫无保留地袒露自己的心境。她低着头，小小的身子随着哭泣颤抖着，像是迷途的小鹿惹人怜爱和疼惜。

"不要哭了。"常江这样说着抱住她，然后轻轻地拍打着她的脊背。

就是这样的一次聊天，让苏叶觉得生活又充满了希望，那天她打电话告诉爸爸，说她想要好好去医院看看眼睛，然后装一个义眼。其实在眼睛坏死的初期她就可以装上义眼的，可那会儿苏叶死活不肯，不仅因为怕痛，更因为那是陪伴了她多年的身体的一部分。而且义眼不能恢复视力，为何要装呢？

后来苏叶因为那个眼睛遭受了各种各样的欺凌，她就更不想装义眼了。既然没有人真正地关心自己，既然没有人能给自己温暖，为何要做这样一件吃力不讨好的事情呢？

可是，现在不一样了，因为常江的出现，那些流失的温暖关怀好像都回来了。所以，她想要变成更好的自己，她想证明给那些人看——我苏叶，其实不像你们所说的那样。

苏叶是在接到爸爸发过来的就诊时间后才打算把这件事情告诉常江的。那个时候已经放学了，常江被一帮男生叫去篮球场打球了。她整理好东西，起身去找常江。她刚走到篮球场的铁丝网外，就听到了那群男生边打球边大声讲话。

"哎，常江，你和苏叶走得挺近啊。你是不是换目标了啊？"

"哪有啊，你们在说些什么啊。"

"那你们算朋友吗？"

"哎，你们提这些干什么？好好打球行不行啊？"

那一刻，苏叶的心跳骤然加速，她再走近了几步。

"常江，你上次说的50块钱还给苏叶没有啊？你也太坏了吧，那个青麻糍明明10块钱一袋，你却骗人家说是50块钱一袋。没想到你这么坏啊。"

"干吗干吗？我这不是要凑钱给佳希买礼物嘛……"

听到这儿，苏叶"啊"的一声叫了出来，然后她转身拔腿就跑。常江他们听到声响转过头来，在看到是苏叶的一刹那，常江真的有想要杀死自己的冲动。

第二天，苏叶没有来上学，心里满是愧疚的常江晚上打电话找"灭绝小师太"问情况，可"小师太"除了苏叶有事请假外也不知道具体的原因。

"那你有苏叶的电话号码吗？"

"常江，你怎么了？你从来没有那么关心一个人。你不是喜欢佳希吗？现在怎么……"

"怎么会啊？你胡说什么啊！"

说完这句话常江就挂断了电话，他发现自己的脸有点热，像是在火炉边坐了很久一样。

第三天，常江到学校的时候，苏叶已经坐在自己的座位上了。她依旧低着头，沉默安静得像是给美院学生用来素描的雕塑。常江慢慢地走过去坐下，他想要和苏叶说些对不起之类的话，可那些打了两天腹稿的话却像鱼刺鲠在喉咙里，怎么都说不出来。

上课的时候，常江还在思忖着该怎么说那些话，苏叶递了一张字条过来。

"常江，你当我是朋友吗？"

还没看完那行字，常江就拼命地点了点头。

"常江。"看到常江拼命地在点头，台上的数学老师喊了他的名字，"我刚才问这个问题大家听懂了没有，既然你一直在点头，那么你就上来给大家讲一遍吧。"

那一刻，常江"石化"了。而低着头的苏叶则紧紧掐着自己的手臂，竭力压抑住想要大笑的冲动。

六

后来那天常江把本就该属于苏叶的 90 块钱还给了她，还郑重地道歉。

苏叶很开心，放学后她拿着那 90 块钱和常江去了学校附近的小吃街，拉着常江的手说着笑着买了好多零食。苏叶曾经有一个愿望，那就是能够拉着好姐妹的手开心地逛街，没想到这个愿望这么快就实现了。虽然身边的人不是小姐妹，但他比小姐妹重要一千倍一万倍，她想，要是没有常江，自己真的不知道现在过的会是怎样的生活。

在烧烤摊前面，苏叶小心翼翼地把书包甩到胸前，然后拉开拉链。

"啊，这是什么东西？这么可爱，比我捡的流浪猫还可爱。它怎么不会动？哎，我怎么从来都没见过这种动物啊？"看到苏叶书包里的东西，常江忍不住惊呼道。

"它是蜜袋鼯，是属于袋鼠科的。因为它喜欢吃桃子，所以我给它取名叫桃子。它现在不会动是因为在睡觉，它和猫头鹰一样是晚上才出来活动的呢。你知道吗？它和狗狗一样聪明一样黏人，但是它比狗狗好多了，因为它可以随身携带。我上学的时候就把它放在书包里，它不动也不吵，可乖了。"

"怪不得我之前都没有发现呢。桃子真的好可爱啊。"

"嗯，它已经陪伴我好多年了，在我最困难的那些日子里，我都会和它说话。要是没有它，我不知道自己会怎样。"

"没事，以后有我在呢。"

这句话说完，常江和苏叶都愣住了，苏叶的脸上飘起了火烧云，而不知道怎么会说出这句话的常江也好不到哪里去。他的脸火辣辣的，他傻笑着摸着自己的后脑勺，最后低下了头。

对于苏叶主动提出来要佩戴义眼，叶爸爸非常赞同，他联系了当地最好的医院，给苏叶做了好几次专业的检查。为了能够佩戴上最好的义眼，叶爸爸还让当地的专家联系了国外的医生，希望能最大程度上让苏叶变得和普通人一样，即使义眼不能改变视力，但至少能够让苏叶的外表得到很大的改观。

苏叶是在课间操结束的时候接到爸爸的电话，他说一个礼拜后去国外动手术，挂了电话她第一个想到的就是把这个好消息告诉常江。遇见常江之后，她觉得生活的每一条缝隙都被阳光填满，那些曾经吸附在自己身上的阴霾好像从来就没有存在过。

她兴奋地跑到教室的时候，教室里乱成一锅粥，大家都围在她课桌的周围，叽叽喳喳地说些什么。苏叶拨开人群，在看到放在桌上的"桃子"，还看到了一脸阴沉的"灭绝小师太"和政教处主任。

学校明文规定，携带宠物来学校的人一律记大过处分。苏叶心里顿时一惊。

"这个东西是谁的？苏叶，这个东西是从你书包里翻出来的，是你的吗？"教导主任厉声问道。

"我看到过好几次这个小东西，我确定是苏叶的。"教导主任刚说完，佳希连忙说道。

教导主任和"灭绝小师太"皱着眉头望向苏叶，苏叶正考虑怎么回答，上厕所回来发现这个情景的常江抢了她的白。

常江冲上前去抱住桃子，然后生气地望向大家："这是我的，你们干吗要动我的东西？！"

"你，常江你……""灭绝小师太"听到常江这样说气得说不出话来，"这件事情的处理方式我先去和主任商量一下，你们先在教室等着。"

老师走后，常江恶狠狠地望向佳希，然后拽着她的手臂把她往教室外面拖，苏叶想要追上去，但被常江瞪了回去。等他们走后，苏叶才慢慢跟上前去。

"佳希，你为什么要这样做？你这样做对你有什么好处？"爱一个人很难，恨一个人很简单，常江觉得面前自己喜欢过的女生变得分外陌生。

佳希自己也说不出个所以然来，她看着一脸怒气的常江，久久都没有说话。

年少时的爱都带着那么点虚荣和霸道，看到曾经说喜欢自己的男生突然间对另外一个女生那么好，纵然自己不喜欢他，可心里还是觉得不舒服。明明他是属于我的啊，可为什么现在变成了别人的呢？佳希每每看到常江和苏叶在一起，都有一种心爱之物被人抢夺的感觉，所以她才会把无意间看到苏叶带来宠物的事情告诉政教处主任。

"苏叶做了什么对不起你的事情吗？你知不知道你现在变得很可怕？"

站在几米开外树丛边的苏叶听到常江这样说，心里被某种温暖的东西填得满满的。

"苏叶、苏叶。常江，现在你开口闭口都是苏叶，你喜欢上她了是不是？"

常江没有想到佳希会说出这样的话来，他的脸一下子像煮熟的基围虾那样红。几个跑来看好戏的同学听到佳希的话兴奋了起来，纷纷伸长脖子屏息等待常江回答。不知道为什么，常江觉得羞耻感扑面而来。

停顿了好久后，常江仰着头望着佳希说："谁喜欢苏叶啊？谁会喜欢那个独眼龙啊？"

最后一个字落地的时候，常江觉得自己的心很痛很痛，而在远处的苏叶，觉得整个世界的光亮骤然熄灭。

七

上述这些，是发生在2011年的故事。

忘了说，那个叫桃子的蜜袋鼯被发现的第二天，苏叶就离开了学校离开了常江。她一句话都没有留下，只留下了桃子。

这个世界上有太多后知后觉的事情，常江是在苏叶离开后才发现自己已经爱上她的。回想过往的种种，他发现自己曾经好几次有机会袒露自己真实的想法，可每一次他都或因为害羞或因为那所谓的面子而选择了逃避。当他幡然醒悟，一切都已经来不及了。

常江满世界地寻找苏叶，他向"灭绝小师太"要来了电话号码，可已经变成了空号，他通过各种各样的途径去寻找苏叶，可每次都无果而归。后来他申请了一个微博账号，在里面记录他和桃子的生活以及对苏叶的想念。苏叶离开后，桃子变得郁郁寡欢，经常挑食、发脾气。常江用了各种办法还是没让桃子回到苏叶在时那活泼黏人的样子。后来他查阅了资料，发现桃子有可能是因为离开相处已久的主人而得了抑郁症。常江每天一有空就和它说话，可桃子还是开心不起来。

2012年6月，常江考上了曾经和苏叶约定过要一起考的大学，他一直都没有放弃寻找苏叶。这个世界那么大，这个世界又那么小，他想，如果真的有缘分，一定会再次遇到她。

然后，常江和苏叶的故事就来到了小说开篇的那一段。

发了那条留有各种联系方式的长微博之后，常江陷入了漫长而焦灼的等待之中，幸好几天后，有人给他发来了私信。

——我是苏叶。那天车上的人是我，我回来了。

看到那行字，顷刻之间，常江的泪腺就温热了起来。

——好久不见，出来聚聚吧。在我们曾经吃过烧烤的小吃街。明天下午2点，不见不散。

常江看着自己发过去的话想了很久，最后又加上了这么一句话——还有，带上你的男朋友吧，人多会热闹一点。

第二天去聚会的时候，常江除带上自己新买的蜜袋鼯之外还叫上了佳希。人与人之间的关系总是那么奇妙，常江怎么都不会想到在苏叶离开后，自己会和佳希成为知心的好朋友。

"你男朋友呢？"看到苏叶一个人来赴约，常江立马就问。

看到常江身边的佳希，苏叶愣了一下然后笑着说："他有点事情在忙，过一会儿就到。"说完苏叶就拿出手机发了一条短信。

在等待苏叶男朋友到来的时候，常江拿出了蜜袋鼯。

"苏叶，这是你送给我的桃子。你看，我把它养得够胖吧？"

苏叶瞥了那只蜜袋鼯一眼，然后朝着常江咧开嘴："常江，你到现在怎么还那么喜欢骗人？桃子跟了我那么多年，它化成灰我都认识，这个根本就不是桃子。"

"这……"

这个时候，常江才注意到苏叶的左眼。不同于之前的浑浊青灰，苏叶现在的左眼明亮清澈，虽然不能够转动，但不仔细看的话和常人没有什么两样。

几分钟后，苏叶的男朋友及时赶到，化解了尴尬的氛围。

苏叶站起来，拉住那个男人的手说："这是我男朋友，陆捷。"

这一幕常江在脑海里彩排过无数次，可是没想到真正到来的时候，他还是感到像一个拳头重重地打在自己的心上。时光荏苒，物是人非，常江知道自己回不去了。

他牵扯起一抹笑容，然后拉起佳希的手："你好，我是常江。这是我的女朋友，佳希。我们前几天刚在一起。"

一顿饭吃得不咸不淡，吃完饭常江提议去唱唱歌，但被苏叶以累了想回家休息为由拒绝了。

钻进陆捷的车里，苏叶一下子瘫坐在座位上。她看着窗外常江和佳希肩并肩在路边打车的背影，鼻子阵阵发酸。

"这些眼药水怎么用你都清楚吧？"说着陆捷把几瓶眼药水塞到苏叶的手里。

苏叶闭上眼睛点了点头，几秒后她睁开眼望向陆捷："今天谢谢你了，陆医生。"她把头扭到一边，成串的泪珠从右眼顺着脸颊流下。

回家后苏叶就对常江的微博取消了关注。这个微博账号是苏叶专门为了解常江的生活而建立的小号，而现在苏叶觉得已经没有用了。

两年前的突然离开，苏叶其实不仅仅是因为听到常江对自己冠以"独眼龙"的标签，更重要的是她想要变成更好的样子与常江比肩而立。可现在她准备好了，他的身边却早已经没有她的位置了。想到两年多来辗转各地医治眼睛的艰辛，苏叶觉得值得，又觉得不值得。

值得的是，常江看到她现在漂亮的样子了。

不值得的是，常江的身边已经有了佳希。

苏叶对着电脑想了很多很多，她想，她是从什么时候开始喜欢上常江的呢？

是从小时候去农村奶奶家奔丧时，看到常江来丧宴上找骨头给小狗吃的那一刻起吗？是从某天放学时无意看到常江在路边给流浪猫喂食，最后抱流浪猫回家的那一刻起吗？还是从小吃街常江对她说"以后有我在"的那一刻起呢？

可是，答案好像已经一点都不重要了。

≈ **不爱了我就
送你远航吧**

曾经的　朝思暮想

如今的　念念不忘

一

"你不要再跟着我了好不好？"

不知道这是顾远航第几遍对我说这句话，但我还是低着头一声不吭地跟在他身后。我最远大的梦想是谈一场永不落幕的恋爱，可是在这个变脸比变心更加迅速的时代，这像中体育彩票的头彩般难上加难。看，我又被甩了。10分钟前，在情侣人头攒动到处洋溢着甜蜜气息的大街上，顾远航面无表情地对我说了分手。

"妍萱，我们分手吧。"

我动了动嘴唇想要说话，他立马就伸出手阻止了我。"妍萱，爱了就爱了，不爱了就是不爱了。"他说得自然而然，随后扭头就走。有一股彻骨的寒意从脚底急速地攀附到我心上。我觉得自己像是赤身裸体地站在了冰原上，北风如刀，雪花肆虐。

我不明白自己哪里做得不好、哪里惹到他，我不甘心地拽着手里包装精美煞费苦心准备的礼物追上前去。然后,就这样有了开头的那一幕。

我像顾远航的影子般尾随在他身后,他快我快他慢我慢,像是进行着一场持久的拉锯战。

这个时候,一只手抱住了我的大腿,下一秒,我听到了顾远航近乎咆哮的声音:"你干什么?"我回过神低下头去,看到一个衣着单薄满脸污垢的小孩气喘吁吁地一手抱着我的大腿,一手抱着顾远航的大腿。

"哥哥,买朵花给姐姐吧。"他抬起头楚楚可怜地看着我和顾远航,他的左手上握着几朵娇艳欲滴的玫瑰花。

"你放开我,快点!"顾远航抖了抖腿,恶狠狠地朝着那小孩说。那小孩丝毫没有害怕,相反地,他更加用力地抱紧了我们的大腿。我别过头,看到顾远航眼睛里升腾而起的愤怒,我还没反应过来,就听到那小孩"哎哟"一声惨叫。

我从未想过顾远航会对一个小孩做出如此粗蛮的举动。我扶起倒在地上的卖花小孩,往他怀里塞了一百块钱,顾不得询问他的伤情就起身追随顾远航而去。

我抬起头的时候,映入眼帘的是街对面顾远航深情地将身穿小洋装的女生拥入怀里的画面。那个女生是我们新闻专业的系花林莉,追她的人连起可以环绕一个足球场。路灯下面的他们,男生俊朗女生美艳,像一盏霓虹灯照亮了黑夜,却灼伤了我的眼。

我转过头去的时候看到地上散落的七朵残损的玫瑰花。更远处,是那个卖花小孩摇晃着身子离开的背影,那一刻我突然间想到电视里经常播放的关于幕后黑手指使小孩为自己赚钱的新闻。凭着新闻专业的学生独有的好奇心和敏锐感,我提起脚步跟上前去。

偷偷跟随小孩战战兢兢穿过好几条幽深寂静的弄堂后,我才看到零星的微光。低矮的房子前,那个小孩把一把零钱和我给的一百块钱交给了一个穿着白色卫衣的男生。看到这个画面,我立马拿出包里的相机,颤抖着手按下了快门。

二

一回到寝室,还没来得及和室友讲述再次被甩的悲伤情事,我就登录学校的论坛上传了刚才拍到的照片。不知道是不是被失恋冲昏了头脑,我将顾远航带给我的怒气一股脑儿地发泄到了那个男生的身上。因为天黑和手发抖,照片拍得很模糊,只能看到人的基本轮廓,所以我在文字上加大了力度。在帖子里,我字字辛辣句句尖锐,像是那个男生做了万恶不赦的事情一样。为了起到渲染作用,我还用了一个长长的标题——《万恶人贩子拐卖小孩逼其寒夜卖花》。

我是咬牙切齿发完这个帖子的。发完帖子我还觉得不解气,顺手将其转载到了城市论坛上。

第二天我还在睡梦中,被连环夺命般的电话铃声吵醒。睁着惺忪的睡眼看到是顾远航的来电,我一个鲤鱼打挺精神百倍地蹲坐到床上。

"张妍萱你的帖子火了你知道不知道？现在它已经传遍各高校了！"我刚按下接听键，顾远航的声音就"噌"的一声传入耳中，"昨天我也在，你怎么不叫我啊？看你拍的照片多模糊。对了，这个新闻可不可以算我一份？"

我和顾远航都是新闻专业的学生，学院里有规定，只要挖掘到重量级的新闻就能免去研究生考试的笔试。我以为顾远航是要回心转意，没想到居然是这个目的。我对顾远航的爱里面顿时加了点鄙视。

"你听我说话没有，张妍萱？你这成绩算我一份可不可以？"顾远航的声音明显比平时高了几个音调，透过电波，我可以想到他握着电话讲话时脸上眉飞色舞的表情。

"张妍萱，你是不是激动到话都不会讲了？"

"没有。"

"那这个新闻算我一份好不好？"

"哦，随你便。"还没等顾远航再说话我就挂了电话，我突然间觉得人是这世上再变幻莫测不过的存在。前一天他才对我冷言冷语，第二天就对我喜笑颜开。我不知道这是不是所有人都具有的"禀赋"，但顾远航就是这样的。

和顾远航打完电话下楼吃饭，我还没走出一楼的铁门，就听到有人低声叫我的名字，看到来人我顿时怒火万丈。

那人不是顾远航，而是照片里穿着白色卫衣的男生。这个时候我才看清他的脸,黑得发亮的碎发干净简单,单眼皮,嘴唇薄薄的,乍一看有点像韩国明星李俊基。

"张妍萱,我是苏天伦。我不是你想的那种人,你可以把照片删除吗?"他双手插着口袋缓缓地走到我跟前。他看着我,一副怯懦而卑微的样子。

"呵呵,名字很好听啊!苏天伦,你说你不是那种人,那你是哪种人?"真搞笑,这世上哪有坏人说自己是坏人的。说完我头也不回地离开,留下一脸茫然的苏天伦。

那一刻,一阵阵快意在身体内汹涌澎湃。

三

我从来没有想过要用情场上的失意来换取学业上的得意。吃完饭回到寝室的时候,室友芳芳刚和男友约会回来,她翻动着刚刚做完的指甲一脸的春风得意,我站在寝室门边不由得眼睛发酸。

"你怎么了,宝贝?是不是和顾远航吵架了?"芳芳看到我这样子立马上来关切地问我。

我是在泪眼婆娑着和芳芳讲述自己的失恋事件时接到顾远航的电话的,电话那头他不停地催促我十分钟内赶到新闻课张老师的办公室。

一进办公室我就看到顾远航和张老师坐在沙发上谈笑风生。

"张妍萱,这次你和顾远航采集的新闻很不错呢。唯一的缺点就是照片的清晰度不够,我希望你可以继续跟踪报道这个消息,争取拍张清晰点的。"。

"好好好,我们一定办到,老师你放心。"我还未开口顾远航就率先开口。我惊讶地转过头看向他,没想到他的视线是对着我的,当我们的视线交接,他扬着嘴角对我眨了眨眼,一刹那我像被闪电击中晕眩不已,和顾远航第一次见面的情景闪现在了脑海里。

那是进入大学的第一个中秋节,班级里的22个男生和22个女生抽签两两配对完成游戏。我恰好和顾远航抽到了一起,在一个晚上的活动中,我们以超乎想象的默契战胜了其余组合夺得了冠军。上台领取奖品的时候,顾远航牵起了我的手,台下顿时一片起哄声。他看着我歪着头笑了笑,那一刻我觉得喧嚣都隐匿了,星光也陨落了,只剩下一个光彩夺目的他。

回忆再美好也抵不过现实的残酷。张老师的话一下子就将我狠狠地拉回了现实。他是这样对我和顾远航说的——"听说你们两个在一起,男女搭配干活不累,你们俩要好好地继续加油啊,以后要给老师吃喜糖啊。"

如果是一天前听到张老师这样说,我一定会笑着点头答应,可是我们在昨天已经分道扬镳。我看到了顾远航的脸上升起了一丝尴尬的笑容,但瞬间又消失不见了。

接着,我听到了顾远航一句让我猝不及防的话——"谢谢老师,到时不光请你吃喜糖还请你喝喜酒呢。"

四

顾远航是牵着我的手走出办公室的,一拐弯他就放开我的手向前走去。

"顾远航。"我喊住他,"你这算什么意思?"

他回过头来看我,紧皱着眉头一脸疑惑。

"你和张老师说这话是什么意思?难道你昨晚和我说的话是假的?"

顾远航看着我露出洁白整齐的牙齿笑了,但我觉得他这个笑一点都不温暖,反而让我觉得脊背发凉。

"妍萱,你应该也看到我和叶莉在一起了。所以,你明白的。"

"那我现在就去告诉老师这个新闻是我一个人的,我有照片的底片,你怎么解释都没有用。"说着我转身就想往教导处走去,我还未迈出步,顾远航就拉住我的手将我拽入他怀中。我听到他那熟悉的怦怦的心跳声,有一股暖意从他的指间通过我的手臂传入到心间。那一刻,我又心甘情愿地沦陷在顾远航的世界里。

"张妍萱,我问你,你爱不爱我?"顾远航的眼睛像是两个深不见底的黑洞,里面旋转着让我不得不屈服沦陷的介质。我目不转睛地看着他重重地点了点头。

"既然你爱我,那我知道你一定不会这样做。"

如果有人在这个时候问我爱是什么,我一定会告诉他,对于我来说,爱是忍让爱是卑微爱是迁就,爱是孜孜不倦爱是头破血流爱是粉身碎骨,爱是不惜一切满足对方的一切要求。因为,面对顾远航这样的请求，我再次点了点头，毫不犹豫地。

夜晚的商业街霓虹灯闪烁如白昼，走在人潮涌动人声鼎沸的街头，心里像下过一场大雨般潮湿泥泞。这是我和顾远航第一次约会的地点，就是在那次中秋晚会之后。在这条街上，顾远航背过我吻过我牵过我的手；在这条街上，我曾冒着肆虐的雨雪为生病的他买过感冒药；在这条街上，顾远航对我说过许多甜蜜情话；也是在这条街上，顾远航决绝而残忍，牵了林莉的手。

"张妍萱。"有人拍了一下我的肩打乱了我的思绪，回过头去，映入眼帘的是苏天伦的脸。

"张妍萱，我……"

"苏天伦，你什么都不用说的，这件事情一点商量的余地都没有，你不要再来找我了。"苏天伦还未说完就被我抢了白。突然间我想到了张老师的话，立马打开背包翻找起相机来。

"不，我不是要说这个，我是想问，你心情不好吗？我看你一个人来来回回走了好多遍了。"

听到苏天伦这么一说，我的动作一下子就僵在那里。

"你跟踪我？"我抬起头瞪着问他。

苏天伦接连后退了几步："没有没有，我在这奶茶店上班，今天生意一般，所以我就到处张望，没想到看到了你。"

听到他这么一说，我才注意到他穿着奶茶店的工作服，视线往上移，我看到他棱角分明的脸上写着些许怯懦，顿时我觉得有一种异样的情愫涌上心头。

"你是失恋了吗?"

我望着闪烁的霓虹灯没有说话。

"其实我也不确定你是不是真失恋,但是很多来我们奶茶店的失恋的女生都是像你这样无精打采的。她们很喜欢把她们的故事告诉我,我也很乐意开导她们。你愿意把你的故事告诉我吗?说出来心里或许会好受一点。"

说完他的脸上就泛起了红晕,同时,那张脸上也写着不可亵渎的真诚。

五

那晚我将自己和顾远航的事情事无巨细地告诉了苏天伦。他是一个很好的倾听者,听我讲故事的时候,他托着腮帮子目不转睛地注视着我,认真的样子让人动容且欢喜。在我说到重要处的时候,他还会斟酌着给我一点小建议。我想,这样的男生一定很受女生喜欢。最后苏天伦还送我回了家。送我回家的时候,他一直走在靠近马路的一边,我觉得安心极了,这是顾远航从未带给我的宠溺。

这一切,美好得甚至让我忘记了苏天伦的身份,忘记了要拍下他清晰的样子。

再见苏天伦是在几天后叶莉的生日聚会上。除了脸蛋漂亮,叶莉还是家境显赫的主儿,她纤手一挥就邀请全系的人去吃饭唱歌。

因为顾远航，我对这个邀请抵触不已，但最后还是被芳芳的那句"不吃白不吃"拉了去。

苏天伦是穿着跑菜员的服装端着菜盘子出现在大家面前的。水晶吊灯散发出来的柔光打在他的身上，浑身上下泛着光芒的他一下子就笼络了众多女生的心。大家交头接耳窃窃私语，只有我一个人忐忑不已。那感觉，像是有此起彼伏的浪潮拍打心房。

"你们发觉没？他就是妍萱帖子里的那个男生！"不知道谁大声地吼了一声，接着埋头吃饭的人一窝蜂地掏出手机相机对准了苏天伦。一片闪光中，不知所措的苏天伦打破了盘子狼狈不堪。

百感交集的我面对这混乱的场面焦头烂额，我回过头去，看到顾远航紧皱眉头一脸的气急败坏。

那晚，混乱的不仅仅是包厢内，校内的论坛和城市论坛上，苏天伦一张又一张照片被上传，然后造成了前所未有的轰动。一整个晚上我辗转反侧怎么都睡不着，一闭上眼睛脑海里就浮现出那晚苏天伦给我温暖的画面。

上次一张照片就引发了小热点，不知道这次那么多张照片会造成怎样的局面。彼时，我心里想的就只有这一点。

第二天早上一起床我就去了之前和苏天伦相遇的奶茶店，在找人未果的情况下我凭着记忆去了苏天伦的家。还没走到门口我就听到了这样的声音——"小晨，以后哥哥再也不让你去卖花什么的了。哥哥一定会让你和其他小朋友一样开心地上学开心地玩耍。"

遽然，像是有什么哽在了我的喉咙里，说不出话，酸涩得难受。

并且，像是有密密匝匝的藤蔓缠住了我，使我迈不开脚步去叩响那扇门。

这个时候门开了，苏天伦看到我，一下子愣在了原地。那个被苏天伦唤作小晨的卖花小孩也看到了我，他下意识地倒退了几步。

正当我尴尬不已的时候，手机适时地响起，顾不上看是谁的来电，我就接了起来。是芳芳，她让我立马赶到教室去。电话那头一片嘈杂，我隐隐约约听到"照片""卖花"，心沉了一下。

六

我拽着苏天伦来到教室的时候，一下子就引起了一阵骚动。

"就是他，就是他！"

"张老师你看，他就是那个指使小孩子去卖花的人！"

此起彼伏的叫声窜入耳中，我感觉到苏天伦的手轻微地颤抖，我立马拽紧了他。我转过头去，他对我点了点头。

"张老师，现在照片拍到了，妍萱也把人找到了，我们是否就可以……"

"不，我们都搞错了。"顾远航还没说完我就打断了他的话，"我们搞错了，苏天伦不是我们想象中的那样，那个小孩是他的弟弟，亲弟弟。"

在我拉着苏天伦来学校的途中，他告诉我，在小晨很小的时候，他们的父母就因为一场事故失去了生命，一直以来他们都是靠着社区的救济金和打工的钱来生活和学习的。那些颓唐难熬他从未向别人提起，却被我肆意地践踏。我不知道除了力证他的清白还能怎么做。

"妍萱，你怎么回事？你被这人买通了是不是？"听到我这么说，顾远航万分诧异，他那嘴巴张得都能吞掉一头大象，"你们说，有照片，铁证如山，事实摆在面前，他不是指使儿童的幕后黑手是什么？！"

顾远航说完，其余人异口同声地附和。

"不是，不是，我哥哥不是，我哥哥不是坏人，你才是坏人！"当我和顾远航焦灼对峙的时候，小晨哭着跑了进来，他看到顾远航就举起拳头猛地敲打他，"你那天还踢了我一脚，我现在还疼！"

听到这句话，顾远航的脸变得红一阵白一阵。

这个时候，杂沓的脚步声由远及近，不一会儿教室门口出现了一队人马，有扛着摄像机的，有拿着话筒的，毋庸置疑，他们是电视台的。看到这阵势，苏天伦连忙把小晨拉到自己怀里不让他的脸被拍到。

"记者，这个人就是我和妍萱拍到的指使小孩卖花的人，你们把他曝光了吧。"顾远航把我拉到他身边，指着苏天伦对记者说道，我被他紧紧拽着的手臂隐隐地疼痛。对面的苏天伦双手搂着小晨倔强地仰着头，眼神清冽而尖锐，像一把匕首，直直地插入我的胸腔。

听到顾远航这么说，记者愣了一下，随后摇了摇头。他从口袋里掏出一张泛黄的报纸翻到社会版递给我们。一整版报道了一起车祸，报纸的左上角和右下角有两张照片，一张是惨不忍睹的车祸现场，而另一张则是一个年幼的小孩牵着另一个更加年幼的小孩。那个稍年长的小孩泪水饱满的眼睛里有着和现在苏天伦眼睛里一样的神色。

"张妍萱，顾远航，你们这是怎么回事？你们没有搞清楚事情的来龙去脉就在网络上大肆宣扬，你们还有没有作为一个新闻工作者的责任感了？！"在事实水落石出的时候，张老师愤怒发红的脸上青筋暴起，纵横交错得像是掌心的纹路。

我低着头沉默着不说话。

"张老师，不是这样的。照片根本不是我拍的，帖子也不是我发的，这所有的一切都是张妍萱一个人做的。我之所以和你说是我和张妍萱一起做的，是因为……是因为张妍萱想要因此留住我的心。"顾远航边说边用力举起我的手，"都是张妍萱，都是她一个人做的！"

"你们……让我怎么说你们？！你们自己看着办！"甩下这么一句话，张老师愤然离去。

见到张老师离开，顾远航奋力甩掉我的手也愤怒地离去。我的手从空中落下的那一刻，心里的某些属于顾远航的东西也随着落下。想着刚才他和张老师说的那些话，我的心痛得像被一只手揉搓。

我没有哭，我只是后悔自己把那次活动中的幸运巧合错当成默契，还一直沾沾自喜，我只是后悔自己在那么长时间里都把一块顽石当成了宝玉，还一直不愿放弃。

七

内心厚重的愧疚感和亏欠感使我没有勇气去叩响那扇门,等到远处商业街的灯一盏一盏地亮起时,我才在弄堂口等到苏天伦。他见到我,停下脚步冲我微微一笑,见到他这样,我的鼻子一下子就酸起来。

"苏天伦,对……对不起。"我埋着头不自然地用脚踢着路上的石头。

"我要感谢你才是,没有你或许我的冤屈就不能被洗清了,没有你我差一点就变成了现代版的男版窦娥了。我请你喝奶茶吧。"

苏天伦的话真诚而幽默,我心里的担忧、愧疚和阴霾减少了一点点。

在苏天伦打工的奶茶店里,他给我点了一杯加了一半椰果一半珍珠的草莓味奶茶:"你以前来的时候都是点这个,不知道现在你还喜不喜欢。"

我记得顾远航的生日、顾远航最喜欢吃的菜、顾远航最喜欢喝的奶茶,我甚至低眉顺眼为他做过许多抛却自尊的事,可他总是将这一切当作爱情里理所当然的付出。他从没有想过要费心了解我体谅我关爱我,他还经常买错我喜欢喝的奶茶的口味。

可是,这个微小却可以窥见真心的细节苏天伦记得。并且,那时候我们只不过是顾客和卖家的关系而已。

"有人吗？来两杯奶绿。"听到有顾客叫喊，苏天伦连忙起身走出去，追随着他的身影，我看到顾远航和叶莉的身影。顾远航也看到了我，他轻蔑地瞥了我一眼，伸出手搭住叶莉的肩。

那一刻，胸腔内有一块石头重重落下，我长舒了一口气，如释重负。

"你没事吧？"苏天伦转过头问我。

"我能有什么事啊？"

是啊，喜新厌旧抛弃我，因为利益又接近我，最后东窗事发后将一切责任都推卸给我的顾远航，他和我还能有什么事呢？

我没有告诉苏天伦，我曾想过许多个方法想要挽回顾远航，我也曾想用关于他的这条新闻留住顾远航的心。可是，当他刚才用轻蔑的眼神看我的时候，我放下了他，放下了想要实施的挽留计划，放下了那颗对他念念不忘的心。人不能生气，但要争气。

顾远航说得对，爱了就爱了，不爱了就不爱了。不爱时再多的强求都是徒劳。年轻时谁没有错爱过一个人？年轻时谁没有为爱受过伤？

所以，苏天伦，谢谢你让我看清爱情看清顾远航。

所以，顾远航，谢谢你教会我爱教会我成长。

≈ **最后的晚餐**

曾经的　朝思暮想

如今的　念念不忘

楔子

　　一门之隔，是喜气喧腾的婚礼现场。西装革履的褚一鸣拿着掌厨的长勺，眯着眼透过门缝看着里面的场景。

　　"希曼小姐，你愿意嫁给陆博文先生吗？"

　　身着婚纱头披白纱的新娘听到司仪的话，一下就红了眼睛。

　　"我……"她愣怔地看着面前同样红了眼的新郎，哽咽着说不出话。

　　不要啊，不要答应他！褚一鸣捏着拳头在心里这样想。

　　"褚总，蛋炒饭还上吗？"

　　这时候，厨师长拍了拍褚一鸣的肩膀。褚一鸣回过头，思绪还停留在新娘的脸上。

　　"哎，你怎么哭了？"厨师长的话将褚一鸣彻底拉回到了现实中。

"什么？你刚才说什么？我没有听到。"

"我说，蛋炒饭还上吗？"

"上，干吗不上？啰啰唆唆问了几遍了！"褚一鸣佯装要打厨师长，飞快地转过身去，然后他仰着头伸出手揉了揉眼睛。

氤氲的视线里，一切仿佛又回到了原点。

一

褚一鸣和希曼第一次见面是在2010年7月15日，褚一鸣之所以记得这一天，是因为前一天晚上，当他用3个月的生活费和2个月的兼职工资买了一个名牌钱包，兴冲冲地跑去参加女朋友叶茜茜的生日聚会，却撞见叶茜茜和另一个男生拥抱在一起。看到那一幕，褚一鸣终于明白这些天叶茜茜对自己冷淡疏离的原因。他没有上去向叶茜茜讨个说法，更没有上去和那个男生大打一架，他只是匆匆看了一眼就仓皇逃离，好像犯错的是他。

褚一鸣原以为自己在结束这段半年多的感情后会哭，可在回学校的路上，他发现自己心里的难过并没有想象中的那么多，相反心中的情感更多的是一种如释重负的舒坦。

很多东西一旦深陷其中就难以自拔，他庆幸自己还没有全身心地投入，他庆幸自己还能全身而退。

但是，问题来了。

给叶茜茜买名牌包之前，褚一鸣为自己预留了两个礼拜的生活费，谁知失恋后的第二天就接到了系里要上交团日活动旅费的通知。这下，生活费严重告急，于是当天一下课褚一鸣就马不停蹄地找起了兼职。

褚一鸣满大街逛，找了很多工作，可不是招满了就是不招兼职。在心灰意冷的时候，他在街边看到了"饭跑跑"的招聘启事。"饭跑跑"是一个 APP 软件，它招聘很多厨师，给在家不会烧饭或懒于烧饭的人提供上门烧饭的服务。褚一鸣对着那个招聘启事看了很久，最后低着头走进去，把一本厨师证书放在了面试官面前。

当天褚一鸣就接到了第一个客户，这个客户就是希曼。

希曼的家在当地著名的别墅区，褚一鸣在门口按了很久的门铃才有人来开门，看到希曼的第一眼，褚一鸣吓得倒退了一步。面前的女生穿着白色的丝绸睡衣，墨黑色的长发中分着垂下，看到褚一鸣被吓坏后，她慢慢地抬起头斜睨了褚一鸣一眼，转身往屋里走。

跟着希曼往里走的时候，褚一鸣听到了前面女生极力压抑的偷笑声。

二

希曼家的厨房很大，差不多有 5 间学生寝室那么大。褚一鸣看着光洁如新的厨具和满冰箱的新鲜食材，愣神了好几秒。回过神来后，他手颤抖着把冰箱里的东西一件件拿出来放到桌台上，打开了水龙头。

希曼坐在沙发上看电视，她把声音调得很大，完全覆盖住厨房里褚一鸣洗菜切菜的声音。她时不时地抬起头，往厨房里探一下。

哐当一声,厨房里突然传来的巨大声响把希曼吓了一跳。

"怎么了?发生什么事情了?"希曼一边喊着一边冲到厨房里,她看到不锈钢炒锅倒扣在地上,炒了一半的菜散落一地。而始作俑者褚一鸣则站在一旁,像被抽了魂一样傻站着。

"哎,你还傻站着干吗?还不赶紧收拾!"

希曼的叫喊声把褚一鸣拉回到现实中:"对不起,对不起,我不是故意的。"褚一鸣说着蹲下身整理起来。

"炒个菜连锅都会掉到地上,还高级厨师呢!"希曼挑着眉,语气里是满满的不悦。

半小时后,褚一鸣将做好的菜放到了餐桌上。菠菜汤、剁椒鱼头、蒜泥青菜、红烧肉、清蒸梭子蟹,四菜一汤,色泽鲜艳,香味扑鼻。

"你一个高级厨师就只能做这些家常菜?"

"鱼太咸了,再配上剁椒,太重口味了吧?!"

"青菜炒得太老了!"

"这红烧肉你是不是没有放糖啊?!一点甜味都没有!"

"对了,你做这么多菜,我一个人怎么吃得完?!"

希曼拿起筷子之后,挑刺儿声就没有停过。她原以为褚一鸣会解释,可到最后发现一直都是自己在唱独角戏。

她一愣,放下筷子抬起头,撞上了褚一鸣墨黑色深邃的眼睛。他站在桌旁,双手放于背后,脊背挺直,像是五星级酒店里的顶级厨师。他剑眉星目、鼻子高挺,整张脸英气十足,唯一的缺陷是额头的左侧有一个淡淡的伤疤。

褚一鸣一动不动地看着希曼,希曼的心里顿时刮起了一场飓风,但马上她又竖起了身上的尖刺:"哎,你没听到我说的话吗?你有什么想解释的吗?"

"不好意思,给你带来了这么失败的晚餐,如果有下一次,我一定会改进。"说完,褚一鸣给希曼深深鞠了一躬。

褚一鸣的举动和希曼脑子里原先设想的截然不同,这下,希曼的脾气顿时像漏气的皮球,一点点瘪下去。

三

结束的时候,希曼黑着脸给了褚一鸣一笔额外的小费,但褚一鸣心里明白不过,自己这回是刚就业就失业了。

在希曼一句句挑刺儿自己做的菜的时候,褚一鸣其实很想解释,他不是只会做家常菜的高级厨师,他以前从不会把炒锅摔到地上,他以前……

每个有故事的人的心里大抵都有一个伤疤,它潜伏在幽暗晦涩的角落苟延残喘,一旦被触碰,就会带来鲜血淋漓的伤痛。所以,褚一鸣选择沉默以对。

与此同时,褚一鸣回去后一狠心把"饭跑跑"的工作辞了。可没想到几天后他又接到了希曼的电话。

"喂,你怎么把工作辞了?"

"你是……"

"希曼。之前你来我家烧饭了！"

听到这句话，褚一鸣一下子就明白了。

"现在你来我家烧饭吧，我饿了！"

褚一鸣还没回答，电话里就传来嘟嘟的忙音。褚一鸣有点哭笑不得，他在床上辗转反侧了很久，最后还是起床前往希曼家里。

这一次前来开门的希曼没有像上次那样扮贞子来吓人，但和上一次一样的是，希曼依旧对褚一鸣做的菜各种挑刺儿。这一次对于希曼的挑刺儿，褚一鸣有一点莫名其妙，因为在上菜之前他偷偷尝了一下，味道不咸不淡，刚刚好。他看着穿着粉色睡衣的希曼拿着筷子一边来回指着菜一边不停地"吐槽"，她奶白色吹弹可破的脸上可以看到淡淡的青筋，她的脸颊因为生气而鼓鼓得像两个包子。看着看着，褚一鸣扑哧一声忍不住笑了出来。

"喂，你没听到我说的话吗？"

"啊，你说什么？"

"我说你做的菜不好吃！"

"哦！"

"你……"听到褚一鸣淡淡地回了一个"哦"，希曼啪的一声把筷子甩在桌上，"你走吧，我不想看到你！"

"你怎么了？"

"你太没劲！我不想和你玩了！"说着希曼站起来不由分说把褚一鸣往门外推，毫无防备的褚一鸣节节败退，一下子就被推到玄关处。希曼这突如其来的翻脸让褚一鸣觉得莫名其妙。他只是做了一桌味道尚可的菜,为何她要处处刁难,还赶自己走?刚想到这些,褚一鸣已经被推到了门外。

"哎,我的包……"

"啪!"褚一鸣的背包从窗口被摔到了院子里。

"真是有病!"褚一鸣捡起包看了看紧闭的房门,忍不住骂了一句。

四

看到褚一鸣垂头丧气地回到寝室,室友连忙围了上来,正在气头上的褚一鸣把自己省吃俭用给叶茜茜买名牌钱包,到被希曼连耍了两次的事情一五一十地说了一遍。

"最近也真是奇了怪了,从来没有这么衰过。这阵子除了团日活动和上课,我再也不去外面了。不打工了,只要好好学习天天向上,想要的东西都会有的!"最后,褚一鸣这样总结陈词道。

褚一鸣是这样说的,也是这样做的,一下课他就往寝室里赶,同学约他出去看电影吃饭也一一拒绝。饿了或吃点方便面或吃点室友友情赞助的从食堂打包的饭菜,渴了喝点寝室里的桶装水,两个礼拜过去,没想到省下来不少钱,这让褚一鸣大喜过望。同时,在平淡的生活里自得其乐的褚一鸣没有再想起叶茜茜以及那个见一次就和自己抬杠一次的希曼。

叶茜茜的突然邀约打破了褚一鸣顺遂的生活。

在约定的咖啡厅里,叶茜茜一上来就说自己这些天对褚一鸣的想念之情。她穿着白色的连衣裙，妆容精致，笑容甜美，棕色的大波浪卷发将她的脸蛋衬得更加小。

褚一鸣看着面前漂亮的女生，心里蔓延开层层苦涩。同时，他也为叶茜茜感到可悲，因为她不知道他已经知道了她劈腿的事情，所以从进门开始，都是她一个人在竭尽全力演着独角戏。多么无知、可笑、可悲的人啊。

"我生日那天你怎么没来呢？听说你给我买了一个名牌钱包是不是？"

听到叶茜茜的这句话，所有的一切昭然若揭。叶茜茜不是来道歉的，更不是来叙旧的，她是来要那个钱包的。

褚一鸣看着还卖力演戏的叶茜茜，慢慢扬起了嘴角，这一刻，他心里对于叶茜茜最后的希望和对于这段爱情最后的留恋，像夜幕中璀璨绽放的烟火，转瞬即逝。

褚一鸣回到寝室后怎么都找不到那个钱包，前前后后想了很久后，他猜想那个钱包有可能那天落在希曼的家里了。他在通讯录里把希曼从黑名单中拉出来然后打了过去。

"你为什么把我拉进黑名单？你知道我给你打了多少个电话吗……"一上来，希曼就冲着褚一鸣一顿河东狮吼，褚一鸣没有理睬，而是直截了当把自己的目的说了一遍。

"是，那个钱包在我这里。"电话那头的希曼意料之外地一口承认。

"你可以还给我吗？"

"好。作为条件,你来我家,再给我做一顿饭吧!"

五

再一次来到希曼家拿起锅铲的时候,褚一鸣的身体还是情不自禁地僵硬了起来,他咬着嘴唇皱着眉,额头上冒出细密的汗珠来。这一次褚一鸣做了自己最最拿手的菜,他知道这是自己最后一次给希曼做饭,同时为了拿回钱包,褚一鸣做得格外认真。做好后他尝了尝觉得没问题才端到希曼面前。

希曼拿起筷子把每道菜都试吃了一遍,然后咂咂嘴,慢悠悠地放下筷子。

"怎么样?"褚一鸣迫不及待地问她。

"不好吃。还是和之前一样,有的偏咸有的偏淡,我不知道你的师傅是怎么教你的,你这高级厨师证书应该含了很多水分吧……"

"你可以怀疑我的厨艺,但你不能怀疑我的师傅!"没等希曼说完褚一鸣就抢过了话,"这些菜都是我最拿手的,端上来之前我也都尝过,根本没有你说的咸淡不一的问题。"

"你不知道每个人的口味不一样吗?你觉得口味适中不一定适合我,谢谢!"

"每一次你都这样说,我觉得你根本就是鸡蛋里挑骨头!"

"没有,我没有!"希曼据理力争。

"那好,那你说说看,这几个菜哪几个偏咸哪几个偏淡!我改！"

"呃……"听到这话，希曼的脸一下子就涨得通红。她拿起筷子满桌乱指，"不好吃，不好吃，全都不好吃！"

"你根本就是无理取闹！"说着褚一鸣一把抓住希曼满桌挥舞的筷子，"我的饭都做好了，你也该把钱包还我了吧？"

"不给。"希曼用力拽住筷子想要从褚一鸣手里抢过来，褚一鸣拽得很牢，两个人来来回回谁都不让谁。希曼想要抬起另一只手助力的时候，褚一鸣一下子放开了筷子。突然失去重力的希曼跌坐到椅子上，她愣怔地看着褚一鸣，眼眶里有泪水在打转。

"我发现你这个人真的有病！快把钱包还给我！"

"对，我就是有病！"听了褚一鸣的话，希曼一下子站起来，"我是有病，所以你们这些正常人看不起我这个有病的人吗？！"希曼的脊背挺得笔直，她扶着椅背恶狠狠地瞪着褚一鸣，像一只随时准备斗架的公鸡。

很多时候，我们都习惯用坚强的外表来粉饰内心的脆弱，这世上的情感真真假假太多，唯一不能欺骗的是自己的心，唯一抵抗不了的也是自己的心。

说完这句话，希曼豆大的泪水顺着脸颊滚滚而下，随即她紧咬着嘴唇别过头去。

希曼突如其来的情绪变化让褚一鸣措手不及："你……你怎么了？"希曼轻轻的抽泣声像一把小小的锯子在褚一鸣的心里来回拉扯着，难受极了，"哎，好了，你没病你没病，是我有病！"

"你……"谁知道听到这话，希曼哭得更凶了。

褚一鸣安慰了希曼很久都没能抚平希曼的情绪，愣了一会儿后褚一鸣默默地走进了厨房。10 分钟后出来时，他的手里端着一碗蛋炒饭。蛋炒饭在大大的圆盘里被堆砌成金字塔的样子，鸡蛋和米饭毫无黏合，鸡蛋金黄发亮，米粒晶莹剔透。褚一鸣刚从厨房走出来的时候，希曼就闻到了扑鼻的温暖得让人一下子就安静下来的香味。

"不要生气了，吃碗蛋炒饭吧。以前我不开心的时候我爸就会给我做蛋炒饭，你尝尝，这个合不合你的口味？"

希曼接过蛋炒饭安静地吃起来，吃完一口后她没有说好吃也没有说不好吃，只是低着头拿着勺子一个劲把蛋炒饭往嘴里扒。

"你慢点吃，不要那么急。"看到她那样，褚一鸣在一旁哭笑不得地提醒道。

"好吃，好吃！这是你做过最好吃的东西！"把整个盘子都舔干净后，希曼抬起埋着的头望向褚一鸣。她是笑着的，她左边的嘴角微微地扬起，嘴角处露出一个小小的梨窝。因为刚哭过，她白皙的脸颊绯红绯红的，像一个水分饱满的水蜜桃。那两个大而圆的眼睛，泪波辗转，灿然如星。

那一刻，褚一鸣有一种时间静止心跳归零的错觉。

"你知道我为什么一次次叫你来我家做饭吗？"

平复心情后把钱包交给褚一鸣的时候，希曼这样问，没等褚一鸣回话，希曼就自顾自地说了下去。

"你是我在'饭跑跑'网站请的第 31 位厨师,之前的 30 位厨师没有一个受得了我的脾气,对于我的挑刺儿他们一个劲地解释,很多人甚至和我争吵,没有人愿意第二次再来我家做饭,除了你。"

"你爸妈呢?"褚一鸣说出了一直以来放在心里的疑问。

"我妈是'空中飞人',满世界出差。从小就是我爸带着我的。我爸是职业画家,很恋家,每天他不是待在画室画画就是给我做饭。长久的分离让两人的情感、喜好和价值观都发生了巨大的分歧,前几个月他们分开了。分开后我爸没有和我说一声就搬了出去,以前他经常叮嘱我说外面做的菜不好吃不卫生,他做菜很拿手,最拿手的是蛋炒饭,比你做的还好吃。可我这辈子再也吃不到了,因为现在我连他在哪里都不知道。"

说完最后一个字,希曼咧着嘴笑了,可褚一鸣怎么都笑不出来。他原先真的觉得自己和希曼是不同世界的人,可希曼的故事像一个越箍越紧的圈把他们紧紧包围。希曼有很大的房子,希曼有很多的钱,可是她孤单寂寞没有人陪。

这一刻,褚一鸣恨不得把所有希曼缺少的都给她。

"不要怕,有我在呢。以后你的饭都由我来做。"褚一鸣情不自禁对希曼这样说道。

就这样,褚一鸣只要有空就往希曼家跑,给她做饭。褚一鸣告诉希曼,自己的厨艺是从小跟着做厨师的爸爸学的,而自己头上的伤疤就是小时候做菜时被热油烫到的。他曾经的梦想是一辈子做美食，他高二那年爸爸在烧菜的时候突发脑出血身亡，之后褚一鸣害怕进厨房，害怕看到那些锅碗瓢盆，就再也没有做过菜。所以，他才会在前几次来希曼家做饭的时候手忙脚乱。

褚一鸣给希曼做中国四大菜系的拿手菜，给希曼做西餐，但他给希曼做得最多的还是蛋炒饭。加了各种配料的蛋炒饭油光发亮，色泽鲜艳，每一次希曼都会含着热泪把一整碗都吃光。

世界上最幸福的童话，就是一起度过柴米油盐的平淡岁月。褚一鸣和希曼就这样在一碗碗蛋炒饭中走到了一起。

六

相处中，希曼会经常无缘无故地发脾气，每当这个时候褚一鸣就会给她做一份蛋炒饭让她平静下来。事后褚一鸣问希曼为什么会突然间这样，希曼总是摇着头说自己也不知道，说着说着她就会沉默地低下头去。时间久了，褚一鸣就习以为常了，况且褚一鸣觉得希曼的这个缺点相对于她的优点来说，实在是微不足道。希曼温柔、可爱、善良，最最重要的是希曼给了褚一鸣足够的安全感，因为褚一鸣无论什么时候去找她，她都在家里等着他来。

褚一鸣问希曼怎么不读书，希曼告诉他说因为父母的分离带来的打击太大，她休学了一年。

希曼发脾气不重要，希曼暂时休学不重要，褚一鸣觉得和希曼在一起后自己的生活打开了新的篇章。每一次从学校去往希曼家给她做饭的时候，他总会想到以后他们结婚了他每天下班后匆匆赶回家给希曼做饭的场景。他在厨房里忙着做菜，她在客厅里看电视，这样的场景太过温馨美好，褚一鸣每每想起，心里就会掀起无以复加的喜悦和幸福。

褚一鸣对希曼很好，他变着法子给希曼做好吃的，他一有多余的钱就给希曼买礼物，他把之前想送给叶茜茜的钱包送给了希曼，他一有空就跑去希曼家里陪她……这样的希曼，当然也乐于把她介绍给自己的同学朋友。

圣诞节的前几天，褚一鸣带着希曼约了室友一起吃饭。那是在新开的一家正宗的四川火锅店，大家点了微辣的口味，可不知道是不是服务员弄错了，火锅辣到不行，大家吃了几筷子就像夏天的小狗般伸着舌头直灌饮料，只有希曼一人还一筷子一筷子地吃得不亦乐乎。

"希曼，你不辣吗？"褚一鸣不可思议地问道。

听到褚一鸣这样问她，希曼快放到嘴里的筷子停在了半空中，筷子夹着的金针菇掉在了桌上。

"啊，不辣啊，我觉得还好啊！你们觉得辣吗？"愣了几秒后，希曼笑着说道。不知道是不是因为太热了，希曼的脸通红。说完，她又举起筷子，夹了几块牛肉放到嘴里。

"你要讨好我室友，给他们留下好印象也不用这样啊，傻瓜。"看到希曼这个样子，褚一鸣连忙凑到她耳边说道，然后他从希曼的包里掏出化妆镜递给希曼，"你看看你的嘴唇，都肿得和香肠一样了。"

希曼接过镜子，看到镜子里自己的脸红得像冰糖心大苹果，那嘴唇堪比周星驰电影里的如花。希曼的眼里闪过一丝不易察觉的悲伤，但马上她又笑起来："大家吃得开心才最重要，这么丑的我大家都见过了，所以以后我在大家面前也没有好藏着掖着的了，这就是最最真实的我！"说着希曼又拿起筷子从汤锅里夹东西。

"希曼，你怎么在这里吃饭？"

这时候有个身材高大的男生一脸诧异地叫住了希曼，希曼看到来人立马神色紧张地从座位上弹起来。

"你的味觉恢复了？"这时候，男生的话像一枚炸弹在人群中炸裂，大家不约而同地望向希曼。

希曼的脸涨得通红，她的手紧紧扶着台面，但身体还是情不自禁地颤抖起来。

"希曼，你……"过往的种种在褚一鸣的脑海里翻转，希曼对味道的各种挑剔，有次问希曼哪个菜咸哪个菜淡，她说不出来发了脾气……褚一鸣的心加速跳动起来。

"我没有，我什么时候失去味觉了？你搞错了吧？！"下一秒，希曼甩下筷子推开褚一鸣，怒气冲冲地跑了出去，留下满脸震惊和一头雾水的众人。

七

那次聚餐的第二天，希曼的妈妈突然间找到了褚一鸣。她在感谢褚一鸣的同时，告诉了他希曼更多的事情。那天聚餐发生的事情和希曼妈妈的话让褚一鸣一时之间有点难以接受，他发觉自己从来都没有真正地了解过希曼。他所以为的可爱、善良其实只是希曼伪装的表象，真正的希曼是深不见底的湖泊，湖中央深深的旋涡让此刻的褚一鸣望而却步。

第三天，褚一鸣终于拨通了希曼的电话约她见面。

"你怎么现在才打电话给我？我以为你不想理我了。"

几天不见，希曼眼睛凹陷，黑眼圈浓重，整个人看起来没有一点精气神。听到这话，褚一鸣感觉到自己的心被生生拉扯了一把。一时间，褚一鸣想说的话哽在了喉咙口。

"我承认，我有病。从我懂事起就知道自己没有味觉，我之所以瞒着你，只是想把最好的自己展现给你。"希曼望着褚一鸣，眼前慢慢地升起白茫茫的浓雾。

"我懂你，希曼。"褚一鸣说着从包里拿出一个饭盒，"这是我出门前做的蛋炒饭，你热热吃了吧。"

看到蛋炒饭，希曼的眼睛一下子就亮了。她打开饭盒，闻了闻："嗯，真香，这次和我爸爸做的有点像，不过还差了那么一点。一鸣，你陪着我找我爸爸好不好？找到后让他教你怎么做蛋炒饭。"希曼一边说，一边吃了起来。

看着希曼开心的样子，褚一鸣说："希曼，我不想要最好的你，我只想要最真实的你。"

"怎么了？"听到褚一鸣突然说了这么一句莫名其妙的话，希曼停下来望向他。

"希曼，你可以面对现实吗？你妈来找我了，你爸爸根本就不是和你妈妈分开了，他是外出采风跌入悬崖离开这个世界了。所以我们再也找不到他了，你明白吗……"

"你搞错了吧？！"褚一鸣还没说完，希曼就激动地站了起来，手中的饭盒哐当一声落地，金灿灿的蛋炒饭散落一地，"你搞错了，我爸没有死，他只是和我妈离婚了！"

"希曼，你不要激动。"褚一鸣连忙站起来想要稳住希曼的情绪，可没想到她越发激动暴躁，各种难听的话从她的口中蹦出来，与此同时，一串串泪水也从她的眼睛里夺眶而出。

褚一鸣想要抱住她，她却一把推开他，大哭着夺门而出。

看着希曼飞速消失在视线里的背影，褚一鸣瘫坐在咖啡厅的沙发上，无助而悲伤。

他想到吃火锅的第二天，那个点破希曼失去味觉的自称是希曼堂哥的人，带着希曼妈妈来找自己，希曼的妈妈流着泪把希曼没有味觉，还有因为爸爸意外离世而精神异常的事情告诉了他。她说在国外找到了可以治疗希曼味觉丧失和精神疾病的医生，希曼却一直吵着要找到爸爸，她希望褚一鸣劝劝希曼。

可是褚一鸣没有想到，希曼的反应会这么大。

八

褚一鸣知道这时候的希曼最需要静一静，所以直到第二天早上，他才打电话给希曼，可听筒里只是冰冷呆板的"您好，您所拨打的电话已关机"。褚一鸣以为希曼还在生他的气，就又等了一天，可第三天打过去的时候电话还是没有通。这下，褚一鸣急了，挂了电话后他连忙跑去希曼的别墅。

屋里空荡荡的，只有一个保姆在打扫卫生。她告诉褚一鸣，昨天晚上希曼就跟着家人坐飞机去了美国。听到这个消息，褚一鸣傻傻地愣在一边，从脚底开始蹿到全身的冰冷让他觉得自己像是站在冰原中。

他不知道为何希曼不说一声就离开。他也不知道，他自以为想要希曼面对现实的劝告，却打中了她最不想让人触及的软肋。希曼曾以为褚一鸣是自己停靠的岛屿，可谁知道变成了席卷而来的海啸。

后来几年，褚一鸣一直在等待希曼回来，可是最后他等来的却是希曼要回国结婚并在他所在的酒店举办喜宴的消息。

此刻，希曼就在一门之隔的婚宴现场。四年不见，褚一鸣觉得穿着婚纱的希曼既熟悉又陌生。

如果此刻推门进去告诉她自己的心里还有她，她会回头吗？他好想问问她，这四年她有没有想到过他。褚一鸣扒着门缝往台上看，和台下所有宾客一样屏息期待着新娘回答。

"我愿意。"

时间一分一秒地过去，就在褚一鸣觉得时间就此停滞的瞬间，他听到了掷地有声的三个字。下一秒，婚礼现场爆发出雷鸣般的欢呼声，排山倒海般向他袭来，他看到舞台上的希曼拼命地点着头，豆大的泪珠顺着白皙的脸颊飞速滚落。

"褚总,让一让,我们把蛋炒饭端进去。"厨师长的话再一次把褚一鸣拉回到现实中。

"不用了,不用送了,退回去吧。"

≈ 后记
和青春认真地
告个别

曾经的　　朝思暮想

如今的　　念念不忘

一

我是在 2009 年高考结束后的暑假开始写文章的。

那时候家里没有电脑,我偷偷在房间里将心中的故事写在作文纸上,然后跑去同村有电脑的同学家里打成电子稿。在那个炎热的夏天,我就这样循环往复,乐此不疲。

9 月份上了大学,上课和参加社团活动之外的时间,我都泡在学校的机房里埋头打字。那个时候我打字很慢,学校的电脑动不动就死机或蓝屏,写完一篇 7000 字的稿子通常需要一个礼拜甚至更久,但我甘之如饴。

写完之后,我将稿子反复修改,然后给各个杂志投稿。那时的我每天都要登录 QQ 邮箱十几次,只为查看编辑有没有回复。

"感谢你的来稿,你的稿子未达到出版标准,期待你下次来稿。"

"你好，稿子未过，谢谢你。"

那个时候，我收到过很多封诸如此类的退稿信。但也有认真负责的编辑加我QQ，细心地指出稿子中的优缺点，并推荐我去买几本杂志多看看别人写的故事。于是，学校旁边的报刊亭成了我每月必去报到的地方。每一本杂志的每一个故事我都会认真阅读，除此之外我还会分析故事的构架并摘录下好词好句。

那时候，看着那些每个月都固定出现在杂志上的作者名字，我想，要是我能和他们一样该多好啊！

二

被退稿很多次，我一直都没有放弃。

我是在一个午后接到人生中第一封过稿信的。至今我还记得那个稿子的名字和我当时喜极而泣的心情。在那一刻我才真正地体会到"天道酬勤"这四个字的真正含义。

从那以后，我更加努力地写稿，我更加频繁地购买杂志。为了更好地写稿，我央求父母买了一台笔记本电脑，然后没日没夜地写稿。那个时候刚上大学，同学都忙着吃喝玩乐，而我却把所有的空闲时间都泡在电脑前。很多人不理解我，但我知道我自己在做些什么。我不会体育不会唱歌不会画画不会跳舞，我只会看书写字。这是我唯一的技能，也是我最盛大的梦想。

在追梦的道路上，没有谁能随随便便成功。我还是时不时地被退稿，我经常写到一半就写不下去，有时候我想破了脑袋也想不出好的"梗"……幸好，在那段颓唐难熬的日子里，一直有 W 陪伴在我的身旁。

W 是我高中隔壁班的同学，我忘了和她是怎么熟络起来的。反正那段时间我每写完一篇稿子都会第一时间发给她看，每次她都会一字一句认真看完并给我中肯的意见。

在不顺遂的时候，我时常向她抱怨自己的不容易和对那些经常发表文章的作者的欣羡。在安慰我的同时，她给予我更多的是支持和鼓励。

——你可以的，我相信你会成功的。

——我希望能永远做你第一个读者。

——你一定会出书的！

三

我真的像 W 说的那样在 2015 年出版了人生中的第一部长篇小说《如果可以戒掉坚强》，又在次年出了该系列的第二部。我被越来越多的人认识，被越来越多的人喜欢，我慢慢地变成了曾经想要变成的自己。

在得知可以出版短篇小说集的时候，我第一时间在微信通讯录里找到 W，这时候我发现我已经很久没有和她联系了。

——我要出短篇小说集啦。我第一个告诉你。感谢你在那段时间里的陪伴和支持，谢谢你。

过了一会儿，她发消息来说：又出书啦，恭喜你啊！

我看着她回过来的消息,愣了很久。

那一刻,脑海里全是大学里像个打不死的小强般努力写稿的自己。嗯,我又出书了。

大学的时候,我的梦想就是能出一本属于自己的书。

2015年出版《如果可以戒掉坚强》的时候,我觉得我的梦想终于实现了。

而这一次,我出版了短篇小说集。我觉得我的梦想甚至是人生,一下子圆满了。

这本短篇小说集收录了我写作至今的15个短篇故事,关于爱情、亲情、友情和梦想。在整理短篇小说的时候,我又认真地把每一个故事仔仔细细地看了一遍,每看一个故事我都能清晰地想起当时写作的初衷以及当时的心境。我曾失落曾开心曾为某个人心动,我曾难过曾沮丧曾为某件事后悔不已。

所以,这些故事都是我美好青春的最好凭证,而这本书,就是关于那逝去的青春最好的最独一无二的纪念册。

四

谢谢你,那些来过我青春的或还陪在我身边的或早已相忘于江湖的人。

谢谢你,那些让我成长或好或坏或让我开心或让我难过的事情。

最后,谢谢在黑暗中给予我光明的W,谢谢给我机会出版这本书的马叛,谢谢一直以来陪伴在我身边的你们,我亲爱的读者们。

下一本书见。